上海译文出版社

Schachnovelle

象棋的故事

斯特凡·茨威格 / 著　韩耀成 关惠文 / 译

目录

雨润心田*

去年夏天，天气奇热，久旱未雨，致使全国庄稼歉收，多年以后人们对此还记忆犹新，心有余悸。六七月里只有个别干旱地区的地里下了点阵雨，八月以来就滴雨未见。我和别人一样，原以为在蒂罗尔[①]的山谷里会凉快些，哪晓得就连这里高山上的空气也被火焰和尘埃染成了番红花般的颜色，热得灼人。一大早，黄色的太阳像高烧病人的眼睛，从空漠的苍穹里迟钝地盯着毫无生气的原野。几小时以后，晌午的黄铜蒸锅里缓缓腾起一片淡白的、闷热的蒸汽，弥漫在整个山谷里。远方，白云石山[②]巍然耸立，上面白雪皑皑，纯洁明净，但只有眼睛才能从中感觉到白雪闪耀的清凉，而在这蒸锅似的山谷里，白天黑夜都弥漫着一股热气，它那千百片嘴唇贪婪地把人们身上的一点水分吮干吸尽。这种时候，要是眷恋地望着白云石山，想着白云石山上此刻也许正在呼呼吹拂的清风，那是很让人痛苦的。在这正在沉沦的世界上，植物枯萎，树叶凋零，溪流干涸，就是在人的内心，一切有生气的运动也渐渐停滞了，时间变得无聊而懒散。我和别人一样，这些没尽头的日子几乎都是在房间里打发过去的，半裸着身子，拉上窗帘，无可奈何地等待天气的变化，等待凉气的降临，没精打采、软绵绵地做着下雨的梦，做着下大雨的梦。不久，连这个愿望，这种思绪，也变得模糊郁闷和无可奈何了，就像热切盼望雨水的小草的心愿和默然不动、雾气弥漫的树林的压抑的梦一样。

天气一天比一天热，而雨还一直没有下。从早到晚太阳晒得大地灼热如焚，它那折磨人的黄色目光还渐渐染上了神经病人的那种迟钝的执拗。整个生命仿佛都要停滞了，一切都是静悄悄的，连牲畜也不叫了，从白闪闪的地里传来的只是浮荡着的暑气的轻声歌唱——这沸热的世界的嗡嗡的蒸腾声，除此之外什么声音也没有。我本想到树林里去，在绿叶颤动的阴影里一躺，以躲避那太阳的执拗的黄色的目光；可是就连这几步路我也懒得走。于是我就在旅馆门前找了把藤椅坐下；华盖似的屋檐在沙砾上投下一条细长的阴影，我躲进阴影里，一坐就是一两个小时。薄薄的四角形阴影渐渐缩小，太阳爬到了我的手上，我挪动一下位置，随后又往椅子上一靠，呆呆地望着迟钝的阳光出神，没有时间感觉，没有期待，没有意愿。时间在这可怕的闷热中熔化了，在沸烫的、失去理智的梦里煮烂了，融解了。在外面，空气灼烫着我的毛孔，在我体内，扑腾

---

* 本篇原名《女人和景物》。

① 奥地利的一个州，首府在因斯布鲁克。

② 即多洛米蒂山，是意大利北部阿尔卑斯山脉东段的群山，山体由浅色白云质石灰岩构成，其最高峰马尔莫拉达峰海拔三三四二米。

扑腾跳动着的血液在猛烈地捶打，我能感觉到的就是这些。

突然，大自然里仿佛飘过一丝呼吸，很轻很轻，仿佛是从某处发出来的热切的、憧憬的叹息。我当即一跃而起。这不是风？当时的情景我已经记不得了。枯萎的肺叶已经许久没有饮过这种清凉剂了，所以我并没有感觉到风已经挨近了我，我还蜷缩在那屋顶投下的一隅阴影之中；但是那边山坡上的树木一定感到某种异常的东西来到了，因为它们一下子都轻轻地晃了起来，似乎彼此在喁喁细语。树木之间的影子也晃荡起来了，像是一种活的、激动的东西来回忽闪。突然，远方响起了一个低沉而震荡的声音。果然，起风了，习习的、哗哗的风声俄而变成了低沉的呼啸，现在则是狂风咆哮了。突然间，一团团烟雾似的尘土惊恐万状，越街穿巷，都朝同一方向席卷而去；原先栖息在浓荫深处的小鸟，现在也飞在空中吱吱乱叫，马在那里鼻喷白沫，远处的山谷里牛羊在咩咩直叫。一定是什么威力无比的东西苏醒了，而且临近了，大地已经知道，树林和动物也已经感觉到了，天空中已经蒙上了一层灰色的轻纱。

我兴奋得浑身颤抖。我的血液受了酷暑的刺激在涌流，我的神经绷得紧紧的，在吱吱作响；对于风的欢乐和雷雨的怡然的喜悦，我过去从来没有像现在这样了解得深切。雷雨快来了，已经临近了，天空乌云密布，雷声隆隆。风把一团团白云慢慢推了过来，山的背后气喘吁吁，仿佛有人在滚动着千斤重的东西。有时这吁吁的喘气声似乎倦了，暂时停歇下来。随后枞树颤动得越来越轻了，似乎它们也想谛听一下，我的心也在跟着颤动。极目望去，各处的大自然同我的心情一样，也都在盼雨。地上那些长长的龟裂，犹如张开的一张张干渴的小嘴巴。我感觉到自己身上的毛孔也一个个张开了，在紧张地寻找凉爽，寻找雨水带来的凉冰冰的、让人哆嗦的欢快。我的手指下意识地紧紧握了起来，好像会把云层抓住，迅速扯到这干旱的世界上来。

云层真的来了，懒散地、黑压压地来了，像许多圆圆的、鼓鼓囊囊的口袋，由无形的手推了过来。这都是些沉甸甸的、带雨的乌云，它们互相碰撞的时候，像坚硬的东西发出隆隆巨响，有时从乌云的表面打过一道微弱的闪电，像是嚓地一下划亮一根火柴。后来云层现出了蓝色的亮光，显得异常险峻。云层越堆越厚，越来越黑。铅灰色的天空，像剧院的防火帷幕在徐徐下垂。现在整个天穹都蒙了一层乌黑，闷人的溽热空气都被压缩在一起，最后的一次期待现在默默地、可怖地开始了。一切都被从天穹上垂下来的沉甸甸的乌云窒息了，鸟儿也不再吱吱鸣叫，树木站立着，气都不呵一声，就连小草也不敢颤动一下；天穹像一口金属棺材，罩着这炎热的世界，世界上的一切都因为盼着第一道闪电而凝固起来。我屏住呼吸在这里站着，双手互相交叉套扣着，浑身紧缩，感到一种奇特的、甜蜜的恐怖，因此我一动也不动。我听到身后人们在四处奔跑，他们从树林里，从旅馆的大门里出来，四面八方都有人在奔跑躲避；侍女放下卷帘式百叶窗，吱吱咯咯关上窗户。突然间，一切都呈现出忙乱、兴奋，人们都在搬东西，作准备，时间紧迫。只有我纹丝不动地站着，神经极其兴奋，缄口不语，我整个身心都憋着一声呼喊，见到第一次闪电时的一声喜悦的呼喊，这声呼喊已经升到我的嗓子眼了。

这时我突然听到紧挨我身后发出了一声叹息。那是从痛苦的内心里突发出来的。在这声叹息里还交织着一句热切的话，好似在哀求：“但愿马上就下雨吧！”这声音是如此强烈粗犷，威力无比，它是从压抑的感情里迸发出来的，仿佛是干旱的土地，是在铅一般沉重的天穹的压力下被折磨、被窒息的原野，用它裂开的嘴唇自己喊出的。我转过身。背后站着一位姑娘，这话显然出自她之口，因为她的嘴唇，她那苍白的、微微噘起的嘴唇，还干渴地张启着，她倚在门上的胳膊在微微颤动。她的话不是对我说的，也不是对其他任何人说的。她俯着身子，好像在深渊之上，她的眼睛毫无光泽，望着外边垂挂在枞树上的暗影呆呆地出神。她的目光黑而空，像无底深渊，呆板地朝深远的天空凝望。她贪婪的目光聚精会神地注视着高空，注视着团团云层，以及悬在云层上面的雷阵雨，她的目光根本就没有触到我的身上。因此我可以从容不迫地打量这位陌生的女子。我看见她那隆起的胸脯，看见梗塞着她咽喉的东西在往上挪动，看见她敞开的衣服里裸露着的柔嫩的脖子在打颤，最后连嘴唇也动了，干渴得张开了，又说了这句话：“但愿马上就下雨吧！”我又一次感到，这是整个郁热的世界发出来的叹息。她那雕像般的体态上，她那松弛的眼光里有种夜游症和梦幻般的神情。她站在那里，白色的衣服衬托着铅灰色的天空，我觉得她本身就是干渴的化身，体现了整个干旱的大自然的期望。

我身旁的草丛里发出了轻轻的窸窣声。屋子的飞檐上有什么东西在敲打。滚烫的沙砾上响起了轻微的沙沙声。突然间，到处都响起了窸窸窣窣的声音。我突然意识到，感觉到，这是沉甸甸地落到地上的雨点，初下的、落下就蒸发的雨点，是一场清凉的倾盆大雨的幸运的使者。啊，下了！已经下了。我幸福地陶醉了，失去了自制。我还从来没有像现在这样精神振奋过。我跳到前面，用手接了一个雨点。雨点沉甸甸、凉冰冰地打在我的手指上。我摘掉帽子，要好好体验一下雨点打在头发上的乐趣。我焦急得发抖了，我要让雨水把我淋个透，我要在我灼热的、窸窣干裂的皮肤上。在张开的毛孔里，一直到兴奋的血液中来感受一下雨水的滋味。噼噼啪啪的雨点还很稀疏，但我已经预感到倾盆大雨将要到来，我仿佛已经听到了雨水哗哗而降，像开了闸一样，仿佛已经感觉到老天爷在把幸福的甘露往树林上，往这郁闷的、烤焦的世界上倾泼。

可奇怪的是雨点没有更快地落下来。掉下的几颗雨点寥寥可数。雨一滴、一滴、一滴地下着，发出噼噼啪啪的声音，丝丝的声音，周围还有微微的呼啸声，但是这些声音并不愿合在一起，奏出一支雨水哗哗的大型乐章。雨怯生生地下着，节奏非但没有加速，反而放慢了，而且越来越慢，最后居然一下停止了。这就像钟的秒针突然停止了滴答声一样，时间凝固了。我这颗因焦急而燃烧起来的心，一下子就冷了下来。我等啊，等啊，但是雨并没有下。天空中突兀着灰黑色的云头，黑黝黝、呆愣愣地朝下凝望，几分钟之内万籁俱寂，但随后天幕上仿佛划过一道微弱的讥讽的光亮。天空先从西边开朗起来，云墙慢慢散去，但云层继续滚动着，发出微微的隆隆声。莫测深厚的乌云越来越浅，越来越薄，正在悉心倾听的原野看到地平线上正在发亮，于是陷入一种无能为力的、没有得到满足的失望之中。树木怒火中烧，气得发着最后的、微微的颤抖，它们俯下曲枝，刚才贪婪地伸长脖子的树叶，又有气无力地缩了回去，像死了一样。云层越来越透明，毫无防御能力的世界上空，现出了凶恶而危险的明亮。雨没有下来，雷阵雨消散了。

我浑身颤抖。我感到愤怒，感到一种无意义的、束手无策的愤怒，失望的愤怒，被出卖的愤怒。我真想狂呼怒骂一阵，这时我心里起了一种砸东西的欲望，一种做坏事和冒险的欲望，一种想报复的、无意义的冲动。我在自己心里体验了整个被出卖了的大自然的痛苦，感觉到小草的热切的期望，马路的炽热，树林蒸发的雾气，石灰石的灼烫，整个被欺骗的世界的干渴。我的神经像铁丝一样烧红了：我的神经像通了电似的颤了一下，一直传到带电的空气里，在我绷紧的皮肤下，神经像许许多多小火苗在燃烧。一切都使我感到痛苦，所有的响声都像长了锋利的尖尖，锥刺着我，一切都好像被细小的火焰围了起来，极目所见，一切的一切都在燃烧。我内心深处十分激动，我觉得许多意识往常都默默地在郁闷的脑子里沉睡，现在像许许多多小鼻孔，一个个都张开了，我感到每个鼻孔里都有一团烈火。我也弄不清楚，这里面哪些激动是属于我自己的，哪些是属于世界的。世界与我之间存在的一层感情的薄膜业已撕破，一切东西都激起了共同的失望。我晕晕乎乎地凝视着，下面山谷里慢慢亮起了灯光，我觉得每一盏灯都照进了我的心扉，每一颗星星都在我的血液里燃烧。外部世界和内心世界都充满了同样极度狂热的激动，在痛苦的魔术中，我觉得在我周围膨胀起来的一切东西都好像压进了我的心里，并在那里生长、燃烧。我觉得，那个包含在千姿百态之中的神秘莫测、生气勃勃的内核，仿佛在我的内心深处燃烧起来了，我感觉到一切，在神奇的真实意识中，我感觉到每一片树叶的愤怒，感觉到那只耷拉着尾巴绕着几扇门窜来窜去的狗的迟钝的目光，一切我都感觉到了，而我所感觉到的一切都使我痛苦。我的身体几乎也开始燃烧了，当我现在用手指去抓木门的时候，手指下面像有导线，发出噼噼啪啪的声响，带着点干焦味。

晚餐的锣声响了。铜锣的声音深深地印在我的心上，这声音也充满了痛苦。我转过身。这里的人都到哪里去了，那些起先惊吓地、激动地从这里跑过去的人都到哪里去了呢？他们在哪里，那些怀着热切的祈望在这里站着的人在哪里呢？在失望、迷惘的几分钟里我把他们忘到九霄云外去了。一切都消失了。我孤零零独自一人站在这沉默不语的天地里。我又用目光把高空和远方扫视一次。天空里现在空荡荡的了，但并不澄清。星星上面蒙着一层浅绿色的薄纱，正在升起的月亮闪烁着猫眼似的凶光。天空的一切都是苍白的，嘲讽式的，危险的，但在这看不见的球体下面，现在正是夜色朦胧，磷火点点，像是热带海洋，飘荡着一个失望的妇人的痛苦而淫荡的呼吸。天空中还有最后一抹亮光，明朗而带着嘲讽的意味，地上笼罩着郁闷的黑暗，感到疲惫和累赘，万物之间相互各怀敌意，天和地之间正在展开一场可怕的无声的战斗。我深深呼吸着，饮进腹中去的只是激动。我伸手抓了一把草，草像木头一样是干的，在我手指间窸窣作响。

锣声又响了。我真讨厌这死亡的声音。我一点也不饿，也不想到别人那里去凑热闹，但是这外面的寂寞又太可怕了。整个沉重的苍穹默默无语地压在我的胸口，我觉得再也经受不住铅一般沉重的苍穹的重压了。我走进餐厅。小桌子已经坐满了。人们在轻声交谈，可我还觉得声音太响。嘴唇的轻微的呷啜声、餐具的叮当声、碟子的嘎嘎声，每一个手势、每一次呼吸、每一道目光——这一切触着我激动的神经的东西都使我感到烦恼。这一切都震颤着我，使我感到痛苦。我抑制住自己，以免行动有失检点，因为我从自己的脉搏上感觉到，我所有的感官都烧得冒烟了。我又没法不看见这些人，而当我见他们恬静地坐在那里，吃得津津有味、悠闲自得的神气，我就火冒三丈，这时我恨他们每一个人。他们吃饱喝足，在那里憩歇，对世界的痛苦漠不关心，快要渴死的大地的胸腔里无声的癫狂正在激荡，而他们对此却无动于衷，因此某种嫉妒袭上我的心头。我的视线向所有的人扫了一遍，想看一看是否有人和大地有同样的感觉，但是所有的人好像都没精打采，无动于衷。这里全都是恬静安逸的人，呼吸着的人，清醒的人，没有感觉的人，健康的人，只有我一个病人，一个正在发着世界的高烧的病人。侍者给我端了饭菜来。我试着吃了一口，但又不愿下咽。一碰到饭食，就会使我讨厌。我的心里充满了郁闷、烟雾，和苦痛的、患病的、备受折磨的大自然的难闻的热气。

我旁边的一张椅子挪动了。我怔了一下，直起身子。现在我听到任何声响都好像是烧红的铁熨在我身上一样难受。我朝那边瞧了瞧，全是陌生人，是新来的，我都不认识。一位老先生及其夫人很是文静，他们来自市民阶层，眼睛圆圆的，镇定自若，面颊随咀嚼而一动一动地伸缩着。他们对面是一位年轻姑娘，半背着我，显然是这两位老人的女儿。我只看到她的颈项，白皙而细嫩，往上就是一头黑黑的，几乎是黑里透蓝的头发，像是一顶钢盔。她坐着一动不动，从她那呆呆的神情，我认出她就是在下雨之前热切地张启着嘴唇，像朵干枯的白花，站在高坎上的那位姑娘。她小小的、过于纤细的手指在烦躁地玩弄着餐具，但并没有弄出叮当的响声；她周围的这片寂静使我感到很舒坦。她也一口没吃，只有一次，她的手匆匆地、贪婪地拿起杯子。啊，她也感觉到了，感觉到这世界在发烧，她那干渴地拿起杯子的动作使我感到无比欣喜，我把充满友善和同情的目光，柔和地投到她的颈项上。现在我发现了一个人，唯一的一个人，她没有与大自然隔绝，在酷热如焚的世界上她也在燃烧，我想让她知道我的情谊。我真想大声对她说："你想想我呀！想想我呀！我也和你一样，是清醒的，我也在痛苦呀！你想想我呀！想想我呀！"我的心愿像强烈的磁场，把她围了起来。我望着她的背影，远远地赞赏她的头发，我的眼睛盯着她，我用嘴唇向她呼喊，我紧紧地盯着她，我凝视着，凝视着，把我的全部热情都投了过去，好让她感觉到。但是她并没有转过身来。她呆呆地坐着，像尊雕像，冷淡而显得有点异常。没有人帮我的忙。她也没有感觉到我。啊，这世界在她心里也没有反映。我只是独自一人在燃烧。

啊，这外部和内心的郁闷，我简直无法再忍受了。饭菜既油腻，又带点甜味，还冒着热气，真让人恶心，任何声响都在往我的神经里钻。我觉得浑身血液沸腾，眼冒金花，快要晕倒了。我心里盼望的是凉爽和远方；这里的人那种亲近感，那种沉闷的亲近感，快把我憋死了。我旁边有一扇窗子，我忙把它推开，推得大开。啊，真是妙极了：外面又变得神秘莫测了，我血液里闪烁着的火焰完全融化在无垠的夜空里了。天上的月亮像一只发炎的眼睛，带着一个红红的蒸气圈，闪耀着白里带黄的光华，一片淡白的热气幽灵似的在田野上空飘去。蟋蟀拼命唧唧地叫个不停；空气里仿佛绷着许多金属的琴弦，奏出刺耳的尖声，其间有时还加进癞蛤蟆的一片鼓噪声，狗也叫开了，汪汪的吠声非常之响；远方，牲畜在叫。我想起，黑夜发着这样的高烧会使奶牛的奶中毒的。大自然病了，大自然也愤怒得无声地癫狂了；我从窗子里往外凝视，好像在照一面感情的镜子。我整个身心都飞了出去，我的郁闷和大自然的郁闷互相交融，彼此默默地、湿漉漉地搂抱在一起。

我旁边的椅子又挪动起来，我又一怔。晚餐结束了，人们喧哗着站了起来：我的邻座也站起来，打我身边走过。父亲在最前面，吃得饱饱的，显得悠然自得，眼含愉快的微笑；其次是母亲，女儿在最后。现在我才看到她的面孔。她的面颊苍白，有点发黄，像外面的月亮一样，也是那种黯淡和病态的颜色，嘴唇和先前一样，还一直半启着。她无声地走着，可是并不轻快。她身上流露出某种松弛和疲乏的神情，这事奇怪地提醒我注意自己的感情。我感觉到她走近了，我心里忐忑不安。我很想与她搭上亲密的关系，我希望她的白色衣衫能触到我，或者在她走过的时候能闻到她头发的香味。就在这时候，她朝我望着，她暗淡的目光呆滞地、紧紧地、吮吸地盯着我，直透我的心里，我只感觉到她的视线，却看不见她白皙的面庞，我唯一感觉到的，就是面前的一片忧郁的昏暗，我像坠入万丈深渊似的跌进了这片黑暗之中。她又往前走了一步，但是视线并没有离开我，而是像长矛一样戳在我的身上，我感到她的目光在我身上越扎越深。现在矛尖已经碰到我的心了。周围静悄悄的。就这样，她的视线在我身上停了两三秒钟，而我呢，我屏住几秒钟的呼吸，这几秒钟里我感到软弱无力，被黑黝黝的瞳孔的磁铁吸了过去。随后她从我身边走过。我立即感到自己的血液好像从裂口喷了出来，在全身涌流。

什么——这是怎么回事？我像死而复苏一样，这事把我搞得那么迷糊，是我发烧了，以致身边走过的女郎匆匆一瞥就把我弄得神魂颠倒？不过当时我觉得，在她的凝视中我仿佛感到了那种同样无声的癫狂，那憔悴的、失去理智的、快要渴死的欲望，这些现在在一切东西上都在表现出来：在红月亮的目光中，在大地热切期望的嘴唇上，在牲畜的痛苦的号叫中，它与我心里闪烁和颤动着的那种欲望完全一样。啊，在这奇妙、闷热的夜晚，一切都乱了套，一切都融化在期待和焦急的感情中了！难道是我神经错乱了，或者是这个世界神经错乱了？我很激动，希望知道这个问题的答案，于是我就随她进了前厅。在那里她挨着她父母亲坐了下来，悄悄靠在沙发椅上。她危险的目光被眼睑遮盖着，看不见了。她在看一本书，可我不信她能看得下去。可以肯定地说，如果她的感觉同我一样，如果她对这神志不清的、闷热的世界的折磨感到痛苦的话，那她就不可能在安闲的阅读中得到憩息，这不过是为了隐蔽，为了掩饰未曾有过的好奇心而已。我在她对面坐下，凝视着她，紧张地等待她那曾使我着迷的眼神，说不定它又会投过来并向我揭开其秘密呢。但她动也没动。她的手漫不经心地一页页翻着书，目光还一直被遮挡着。我在她对面等着，等得越来越不耐烦，全身滋生出某种谜一般的意志力，一心要把这装模作样的东西砸个粉碎。大厅里人们安逸地聊天、抽烟、玩牌，在这些人当中，现在一场无声的搏斗开始了。我感到，她不肯，她不愿抬起头来看一看，可是她越是不愿意，我却非要她抬起头来不可，而且我的力量非常之大，因为整个渴求的大地的期望，整个失望的世界干渴的炽热全在我的心里。夜晚的湿腻腻的闷热还在不停地侵袭我的毛孔，我的意志也在对她的意志步步进逼，我知道，她马上就会向我投来一瞥的，她一定会这样做的。后厅里有人在弹钢琴。清脆悦耳的声音轻轻飘送过来，有时只有几个简短的音阶，那边的一堆人被一个毫无意义的玩笑弄得哈哈大笑，这一切我都听到，感到了，一分钟也没放过。我现在一面在心里大声地一秒一秒地数着时间，同时我的视线在她的眼皮上移动着，吮吸着，想从远处用这种意志催眠术来使她倔强地俯着的头抬起来。时间一分一分地过去——这期间清脆悦耳的琴声还在从那边飘过来——我已经感到我的力量渐渐不支了。这时她突然忽的一下站了起来，望着我，正面直愣愣地望着我。又是那同样的、没有尽头的目光，是黑黝黝的、可怕的、吮吸的、虚无的目光，是干渴的目光，这目光在将我吮吸，没遇到一点抵抗。我愣愣地盯着她的瞳孔，像盯着照相机镜头的黑窟窿似的，同时我感到，这架照相机倒是先把我拉到这生疏的血液里去了，我的灵魂出窍了；地板在我脚下消失了，我体验到了眩晕突起的全部甜蜜滋味。在我的上空我还听到不时有银铃般的琴声滚来，但是已经弄不清自己是在哪里了。我的血都流掉了，我的呼吸停止了。我感到，我的喉咙哽塞了，在这分钟或这秒钟，或是永远哽塞了——这时她的眼皮又合上了。我像个快要淹毙的人从水里浮了上来，快冻僵了，还因发烧和危险而浑身哆嗦着。

我朝自己周围看了看。我对面坐着的还是这位秀气的年轻姑娘，在人群中她埋头看书，雕像似的一动不动，只有膝盖在很薄的衣衫下轻轻地颠动着。我的手也颤抖了。我知道，期待和抗拒之间一场极其欢愉的游戏现在又要开始了，还得要等紧张的几分钟，那目光才会重新把我置于它黝黑的火焰之中。我的太阳穴有点湿润，我浑身血液沸腾。我无法再忍受了。我站起来，径直走了出去。

在灯光闪耀的屋子前面，黑夜广袤无垠。山谷好像沉下去了，天空湿漉漉、黑黝黝地闪着光，宛如潮湿的苔藓。这里也没有凉爽，还一直没有；这里也到处充满了干渴和醉意，我感到自己血液里也是这样。田野上笼罩着一股像是高烧病人呼出来的气味，病态而潮湿，渐渐变成乳白色的雾霭；远处火光闪动，忽隐忽现地透过沉浊的空气；月亮周围绕着一个黄圈，使月光呈现出一副恶意。我感到非常困倦。这里有一张白天留下的藤椅，我就在椅子上坐下。我的四肢像散了架一样，我一动不动地直直地躺着。身子沉在椅子里，紧紧靠在椅背上，这时我忽然感到这郁闷非常奇妙。它不再使我感到难受了，它紧紧挨着我，温柔而淫荡，我并没推拒。我只是闭上眼睛，这样可以什么都不看，可以更强烈地感受到大自然，感受到包围着我的活生生的东西。像水蛭一样，现在有一种软绵绵、滑腻腻、吮吸着的东西聚集在我的周围，黑夜用千百张嘴唇在触着我。我躺着，任凭摆弄，把整个身心都给了那搂着我，偎着我，围着我，饮着我的血的东西；在这闷热的搂抱中我第一次得到了一种官能上的感受，像一个陶醉在温柔之乡的女人一样。我感到一阵甜蜜的恐惧，一下子就毫无反抗地把自己的身子给了世界，真是奇妙啊，这看不见的东西柔媚地触摸着我的皮肤，渐渐钻到皮肤底下，松开了我的四肢，我的感官任凭摆弄，我没有丝毫反抗。我让自己在新的感受中驰骋，我只是朦胧地、梦幻地感到，黑夜和先前那目光，女郎和大自然，其实是两位一体的，在这两位一体的结合中忘却自己，那是一种甜蜜。有时我觉得，这黑夜仿佛就是她，而那撩拨我四肢的炎热就是她的肉体，和我的身子一样，她的肉体也融化在黑夜里了。我在梦里感觉着她，不一会儿，我就带着官能的快感渐渐消融在忘却的黑色的热浪中了。

不知是什么东西把我惊醒了。我全神贯注地摸摸自己，但又找不到自己。后来我才看见，才明白，我靠在这里的椅子上睡着了，可能已经睡了一个小时，也许是几个小时，因为旅馆前厅里的灯光已经熄灭，大家早就睡觉去了。我的头发湿腻腻地粘在太阳穴上，这美妙的无梦的昏睡仿佛一颗灼热的露珠从我身上掉了下来。我的思绪紊乱，我站了起来，回到屋里。我心情郁闷，思绪像一团乱麻。远处传来隆隆声，有时亮光划过天穹。空气都带有火焰和电花的气味，山后不时打着闪亮，回忆和预感则像磷火似的在我心里闪烁。我待着沉思了一会儿，并享受一下这神秘的环境和气氛；时间太晚了，我走进了旅馆。

前厅里已经空无一人，只有唯一的一盏灯亮着。在苍白的灯光下，椅子被挪得七零八落。椅子没有人坐，空荡荡的显得阴森可怕。我下意识地将一把椅子想象成那个古怪女郎的柔媚的形象。她的目光曾把我撩拨得神魂颠倒；她的目光现在还深深印在我的心坎里。这目光拨动着我的心，在黑暗中把我照亮。我有一种神秘的预感，深信她一定在某个房间里，而且还醒着，她的目光所做的许诺，像磷火一样在我血液中游动。天气仍然是那么闷热！一合上眼，就感到眼皮后面紫色火星直冒。灼热的白天还在我心里闪闪发光，这震颤的、湿漉漉的、闪光的、神奇的夜晚还在我心里动荡。

但是我不能待在走廊里啊，这里一切都笼罩在黑暗中，显得零落不堪。于是我就走上楼梯，但我又不想上去。我心里滋生起一种自己无法加以制服的反抗。我很疲乏，睡觉吧，又觉得太早。某种神秘莫测、明晰清新的预感使我深信一定还会碰到某种离奇的事，我全神贯注地竭力想把活生生、热乎乎的东西搜索出来。我的神思出了窍，像长了无数细小而灵敏的触角，来到楼道里，触摸每个房间。如同先前我的心完全飞进了外面的大自然一样，现在我把全部身心都放在了这座房子里。我感到人们在睡眠，感到许多人的从容的呼吸，他们黑而稠的血液在掀着沉重的、无梦的波澜，我感到他们单纯的宁静，但是也感到某种力的磁性吸引力。我预感到有什么东西也和我一样是清醒的。难道这就是那目光，是那搞得我迷离恍惚的大自然吗？透过墙壁我感觉到有个柔软的东西；不安的火苗在我心里颤动，在血液里引逗，还没有燃完。我勉强顺着楼梯往上走，但在每一级楼梯上都停下谛听一会儿，不只是用耳朵，而是用全部身心。我觉得先前的事什么都不足为奇，我心里还在等待着异乎寻常的、稀奇古怪的事，因为我深知，没有奇妙的事，黑夜不会结束，没有闪电，闷热就不会消退。当我站在楼梯上倾听的时候，我再次和正处在晕厥状态的，并在呼唤着暴风雨的外部世界合二为一了。但是一点儿动静也没有。只有轻微的呼吸穿过这没有一点风的屋子。我疲惫而失望地走上最后几级楼梯，在自己寂寞的房间前站着，就像站在一口棺材前面一样，感到恐惧不安。

房门的把手在黑暗中隐隐地闪烁着，一抓把手就感到湿漉漉、热乎乎的。我开了门。房间后面的窗户开着，现出一块四角形的黑夜的阴影，窗户外面是树林子的密密的枞树梢，中间是一片布满云层的天空。里面和外面，世界和屋子到处一片昏暗，只有窗框旁边有个瘦长而挺直的东西，像一道孤独的月光在闪着亮。这是什么？真是蹊跷，无法解释。我惊奇地上前一步，想把在这月色朦胧的夜里闪亮的东西看个究竟。我走近了些，仍然毫无动静。我感到惊异，可并不害怕，因为今夜我心里奇怪地充满了奇妙的感觉，先前一切都想到过，像梦里一样清清楚楚。无论碰到什么事我都不会感到意外，眼前的事更是微不足道。果然，那里站着的是她，是她，是我下意识地思念着的，每上一级楼梯、在这座沉睡的屋子里每走一步都思念着的她，我的官能透过过道和门窗感到她是醒着的。我只见到她的脸上有一抹闪光，白色的夜服像一抹薄雾似的围绕在她的身上。她倚着窗子，她的心灵跑到外面的大自然里去了，被楼下月色闪亮的反光所吸引，神秘莫测地漫游在自己的命运之中，很有点童话色彩，像奥菲利娅①在池塘上面一样。

我走近了一些，又胆怯又激动。她一定听到响声了，所以转过

---

① 莎士比亚名剧《哈姆雷特》中的人物，与哈姆雷特热恋。

身来。她的脸是背亮的。我弄不清，她是否真的看见了我，是否听见了我，因为她的动作丝毫没有显出突然和惊恐，也没有一丝反抗的意味。我们的周围，一切都异常寂静。墙上的小挂钟在滴答作响。周围依旧十分寂静，后来她突然轻声地、出乎意料地说："我真怕。"

她是对谁说的？她认出了我？她是对我说的？这声音和今天下午对着又低又近的云层哆哆嗦嗦地说话的声音一模一样，颤抖的声调也完全一样，那时她的目光还一点没有察觉到我呢。这事真是有点蹊跷，可是我并没有惊异，并没有不知所措。我走到她面前，叫她放心，并抓着她的手。她的手摸上去烫而干，我把她柔软的手指捏在我的手心里。她一声不吭地让我捏着。她身上的一切都是松弛的，没有感觉，毫无反抗。只有从她的嘴唇上又发出了悄声低语，像是从远处传来的："我真怕！我真怕。"随后一声叹息，声音渐渐减弱，好似被窒息了一样。"啊，多闷啊！"这声音是从远处传来的，可又像我俩在轻声诉说一桩秘密。尽管如此，我还是感到：她并不是对我说的。

我抓着她的胳膊，她只是微微颤抖，就像下午雷雨之前的树木，但是并没有反抗。我紧紧地抓着她：她顺从了。她的肩膀软软地、毫无反抗地倒在我的身上，宛如一股奔泻的热流。现在我和她贴得很近，连她皮肤的闷热和头发上的湿气都能呼吸到。我一动不动，她也默不作声。这一切都很奇怪，我的好奇心油然而生。我渐渐耐不住了。我把嘴唇贴着她的头发——她并没有拒绝。随后我就捧过她的嘴唇。她的嘴唇又干又烫，当我吻它的时候，它突然张开，来吮吸我的嘴唇，但并不是迫不及待的，也不狂热，它只是像小孩一样悄悄地、无力地、贪婪地吮吸着。我感到她是个正在枯萎的人，同她的嘴唇一样，她那苗条的、在薄薄的衣衫下面一起一伏的热乎乎的身体就像先前外面的黑夜，紧紧地将我吸附，虽然没有气力，但充满了悄悄的、沉醉的贪欲。我扶着她——我的方寸仍然乱成一团——觉得挨在我身上的是湿热的土地，犹如今天外面那灼热的、有气无力的大自然，渴望下场雷阵雨，好痛痛快快地舒展一下。我将她吻了又吻，仿佛在她身上享受了这巨大、闷热、期待的世界，仿佛她脸颊上散发出来的热就是地里的热气，仿佛这震颤的大地正在从她柔软、温暖的乳房里呼吸。

可是正当我的嘴唇想从她的嘴唇移到眼睛上去的时候——她眼睛里黑黝黝的火焰曾使我感到不寒而栗——正当我抬起头来看她的脸并打算尽情欣赏一会儿的时候，看见她的眼皮是紧紧合着的，这使我十分惊讶。她闭着眼睛，昏迷地躺着，宛如一尊希腊的石头面具，像是死去的奥菲利娅，飘浮在水上，从黝暗的水流里抬起她那苍白的、毫无感觉的面颊。我大吃一惊。在这次奇遇中我第一次感觉到了现实。我不禁浑身哆嗦，我知道我扶着的是一位没有知觉的女郎，喝醉的、病态的女郎；我胳膊上抱着的是一个梦游女郎，她像危险的红月亮，带给我的只是黑夜的闷热；我抱着的是一个女人，可她连自己在干什么都不知道，也许她并不喜欢我。我大吃一惊，我感到她在我胳膊上沉甸甸的。我想把这位没有知觉的姑娘轻轻放在沙发椅上，放在床上，以免因神志晕眩而贪欢，做出什么她本人也许并不愿意，而只是她身上的那个恶魔所喜欢的事来，这个恶魔主宰着她全身的血液。但是她几乎还没有感到我在把手松开，就开始低声呻吟了："别松开！别松开！"她恳求着，她的嘴唇更加热烈地吮吸着，身子紧紧地压着我。她双眼紧闭，脸上露出痛苦的神情，我打着寒战，觉察到她想醒来，但又醒不了，她酩酊的感官想从昏迷状态中大声呼叫，想要清醒过来。在她那昏昏沉睡的面具之下有种东西在争斗，想从迷惑状态中摆脱出来，正是这东西，对我具有危险的诱惑力，使得我要将她唤醒。我的神经耐不住了，急不可待地要看看清醒时的她，说着话的她，作为真正的人的她，而不是只看到作为梦游者的她，无论如何我要在她沉睡的身上看到这个真情。我把她拉到我身上，使劲摇晃她，用牙齿紧紧卡着她的嘴唇，用手指卡着她的胳膊，想使她最终睁开眼睛，神志清醒地表现出种种风韵和妩媚，而这些，方才她的春心只是在抑郁状态下领受的。但是她只是一个劲地弯着身子，一边痛苦地紧紧抱着我，一边呻吟着。"再抱紧些！再抱紧些！"她以一种热情，一种没有理智的热情喃喃地说。这种热情使我激动不已，弄得我自己也失去了理智。我感到她已经快要清醒了，她紧闭的眼睛想睁开来了，因为她的眼皮已经在不安地颤动了。我抓着她，挨她更近，把脑袋深深地埋在她的身上。突然，我感觉到一颗泪珠从脸颊上滚了下来，流到嘴里，略带咸味。我贴她越紧，她的胸脯就起伏得越厉害。她呻吟着，她的四肢在抽搐，仿佛要炸掉什么可怕的东西，绷开她用昏睡裹着的一个箍似的；突然——犹如闪电划过雷声隆隆的天空——她的心碎了，全身的重量一下子又压在了我的胳膊上，她的嘴唇离开了我，双手垂下。我让她躺下，她一动不动，像死了一样。我大吃一惊。我下意识地摸摸她，触触她的胳膊和脸颊。她的胳膊和脸颊全凉了，僵硬了，变得像石头一样。只有太阳穴上血液还在一颤一颤地微微搏动。她躺着，像一尊大理石雕像，泪水湿润了她的面颊，呼吸的时候鼻孔微微翕动着。有时她还起一阵痉挛，这是兴奋的血液渐渐平静下来的余波，可是她胸脯的起伏却越来越轻微了。她越来越像一幅画像。她的面貌变得越来越有人性，越来越孩子气，越来越明亮和轻松。痉挛过去了。她昏昏欲睡。她沉沉地睡着了。

我坐在床沿上，颤抖着朝她弯下身子。她躺着，像个恬静的孩子，她双眼紧闭，嘴露微笑，内心的梦使她脸上显得富有生气。我俯下身去，挨她很近很近，看到了她脸上的每一根线条，脸颊上感到有她的呼气。我看着她，挨她越近，反而觉得离她越远、越神秘。她躺着，像石雕一样，是闷热的黑夜的炎热的气流把她驱到我这个陌生人这里来的，就像海水把一个死人冲到沙滩上，可是她的神志现在究竟在何处？躺在我手上的这位姑娘是谁，她从哪儿来的，是谁家的呢？她的情况我一点也不知道，只是感觉到我和她之间没有什么关系。我注视着她，这几分钟非常寂寞，只有墙上的挂钟匆忙地滴滴答答走个不停，我想从她无言的面庞上来了解她，可是对她的一切都毫无所知。我想把她从这异乎寻常的沉睡中唤醒，从我身边，从我房间里，从我生活的旁边唤醒，可是我又怕她醒来，怕她神志清醒时的第一眼。于是我就坐着，默默地坐着，俯身凝视着这沉睡的素昧平生的女子，凝视了一小时，也许是两小时。我渐渐觉得，仿佛这并不是女人，这个奇怪地来到我身边的并不是人，而是黑夜本身，是渴望的、备受折磨的自然在我心里所显示的奥秘。我觉得，这里躺在我手上的仿佛是整个炎暑的世界，但其神志却是清爽的，我觉得，大地仿佛被煎熬得拱起了腰，而她正是从这奇异、美妙的黑夜那里派来的使者。

我背后格楞一响。我像罪犯似的心里一怔。窗户又格楞响了一次，仿佛有个巨大的拳头在窗户上擂动。我一跃而起。窗前和方才大不一样了：夜变了，变得险峻、黑黝和狂颠乱动。那边狂风劲吹，发出可怕的呼啸，云层在空中堆起黑色楼阁，风从黑夜里朝我迎面吹来，冷冰、湿润、势头猛烈。大风以移山倒海之势跳出黑暗，抡起拳头捶打窗户、擂打屋子。天上、地下一片黑暗，犹如可怕的深渊。云层席卷而来，转瞬之间一堵堵黑墙高耸，天地之间狂飙疾驰。这一阵气流把闷热的暑气一扫而光，一切都在奔流，都在扩展，都在激动，从天空的一头向另一头狂奔乱窜，牢牢扎根在土壤里的树木在呼啸的狂风的无形的鞭打之下痛苦地呻吟。突然，白光一闪，这一切都被撕成了两半：一道闪电从天空划到地下。闪电之后便是嘎啦一声巨雷，好像整个云层都裂开了。我的后面什么东西动了一下。她已经忽地站起来了。闪电扯掉了她眼睛上的睡意。她迷惘地呆望着自己。“怎么回事？”她说，“我在哪儿？”声音和先前大不一样。声音里虽然还流露出恐惧，但现在的音调听来甚为爽朗，像新鲜空气，清晰而纯净。又是一道闪电，把大自然的镜框撕开了：我一下子看清了在狂风摇撼下的枞树的雪亮的轮廓，云层像飞奔的野兽在空中疾驰，房间被照得雪白，比她苍白的脸还白。她一跃而起，其动作一下子变得从容自如，这我还从来没有在她身上见到过。她在黑暗中凝望着我。我感到她的目光现在已经清醒了，眼里含着无边的仇恨。随着一阵雷声，黑暗又笼罩了我们，黑暗里我想抓着她，安慰她，向她解释一下，但是没有成功，她挣脱了。又打了一道闪电，把房门给她照亮，她猛地把门推开，冲了出去。房门又自动关上了，这时嘎啦一声巨响，又打了一个雷，仿佛天整个儿掉到了地上。

接着外面发出哗哗声响，天像开了闸的河，滂沱大雨像瀑布似的从万丈高空倾泻而下，宛如无数根湿绳子被狂风吹得噼噼啪啪地来回直晃荡。有时大风把冰凉的雨水和甜丝丝、香喷喷的空气一束束地投进窗户里边我站着凝望的地方，我的头发全被打湿了，冰冷的水珠一滴一滴往下掉。但是我能感受到这纯洁的元素，心里感到幸运，我觉得这一下仿佛我的闷热也在闪电中消散了。我快活得真想高声大叫。又可以呼吸了，又清新凉爽了，我简直狂喜之极，也就把一切都忘了。我像大地一样往自己体内吮吸着清凉：我感到有一种像荡秋千时那种快乐的战栗，就像被雨水的湿鞭抽打得窸窣摆动的树木一样。天与地的欢娱的争斗真是妙不可言，像是狂喜的新婚之夜，我也分享了它的欢乐。电光一闪，天就直往下插，一声巨雷轰鸣，天就摔倒在战战兢兢的地上，在这充满了呻吟的黑暗里，天和地互相迅速沉落插叠在一起，宛如两性之间的媾和。树木快活得喘着粗气，越来越亮的闪电把远方织合在一起，天上滚烫的血管敞开着，水珠喷洒，并掺和着一道道潺潺细流。黑夜和世界，一切都打碎了，倒塌了——一种活的生命力，混合着田野的芳香与天空火热的气息的生命力，渗进了我的身心，使我感到凉爽。持续了三星期的酷热在这场斗争中退却了，我的心里也感到轻松。我觉得雨水仿佛哗哗地流进了我的毛孔，狂风仿佛在我胸前呼啸，令人神清气爽，我觉得我自己和我的生活已不再是单个的了，不再是有生命的了，我是世界，是狂风，是雷雨，是生物，是显示自然本色的黑夜。后来一切又渐渐平静下来，电光只是蓝蓝地、微微地划过天边，隆隆的雷声也变成了严父般的告诫声了，随着势头正在减弱的狂风，雨水的淅沥声也变得有节奏了，这时困意和疲倦也在向我袭来，我感到我颤动的神经像音乐似的在奏鸣，四肢有种软绵绵的舒松感。啊，现在和大自然一起睡吧，然后再和它一起苏醒！我脱了衣服，躺到床上。床上还保留着软软的、陌生的身体压下的印窝。我感觉到了这个无声的身体的印窝，这次奇怪的韵事还会引起回味，但是我再也不能理解它了。外面还在淅淅沥沥地下着雨，雨水冲洗了我的思想。我觉得，这一切不过是个梦而已。我总还想追忆先前所发生的事，但是雨在淅淅沥沥地下着，这柔和、奏鸣的黑夜是一只奇妙的摇篮，我躺在摇篮里，在夜的催眠曲中沉入了梦乡。

第二天早晨，我走到窗边，看见世界完全变了样。在灿烂的阳光下，大地显得清新，轮廓分明，也更加辽阔；大地的上空，那天地相交的穹隆处，像一面平静光亮的镜子，显得湛蓝而遥远。天地之间界限分明，天显得高远莫测，而它昨天却低垂在田野上，把大地折磨得痛苦不堪。但是现在天非常遥远，与地没有一点纠缠，没有一处地方再接触到这芬芳的、呼吸着的、已经解了渴的大地——它的妻子。天地之间有一个蓝色的深渊，在闪闪发光；天空和原野，他们彼此生疏地相对而望，都没有要求和愿望。

我下楼走进大厅。大家都已在那里了。他们的心情也和那几个可怕的、闷热的星期大不一样了。大厅里气氛热烈，情绪高昂，笑声爽朗，言语悦耳、铿锵，妨碍他们的沉闷的气氛已经一扫而光，缠绕他们的郁闷的束带已经脱落。我在他们之中坐下，心里的敌意也全消了，由于某种好奇心，我也在寻找另一个人，她的形象几乎被睡眠从我手里夺了去。果真，我所寻找的她正坐在那边侧面桌子上她爸爸妈妈中间。她很快乐，肩膀很轻松，我听到她在笑，银铃般的笑声无忧无虑。我好奇地用目光盯着她。她没有觉察到我。她正在讲什么使她很高兴的事，讲的中间不时夹杂着珠落玉盘似的稚气的笑声。后来她间或也朝我这边看看，她的视线匆匆掠过的时候，那笑声也就下意识地停止了。她的目光锐利地盯着我。好像有什么事使她感到诧异，她双眉紧蹙，她的眼睛严厉而紧张地在盘问我，她的脸上渐渐现出一种紧张而痛苦的表情，仿佛想要追思什么事，可又想不起来似的。我正面与她对视着，心里满怀希望，说不定她会做个激动或羞愧的样子来向我致意呢，可是她又把视线移开了。过了一分钟她的目光又朝我这里投了过来，好像要把事情弄个清楚。她的眼睛又一次打量着我的脸。只有一秒钟，很长的、紧张的一秒钟，我感到她的目光像坚硬、锋利的金属探针似的深深扎进了我的心房；随后她的眼睛又安详地从我身上移开了。从她无拘无束的、明亮的目光中，从她轻快地、快乐地转动着脑袋的样子，我感觉到，她在清醒的时候已经完全记不起我来了，我们的相遇已经随着神奇的黑夜沉没了。我们彼此又像天和地那么生疏和遥远。她同爸爸妈妈说着话，无忧无虑地摇晃着她那苗条的、少女的肩膀。她笑的时候，小嘴唇下面的牙齿在快活地闪光，而就在数小时之前，我还从她的嘴唇上饮下了整个世界的干渴和闷热呢。

看不见的藏品

德国通货膨胀时期*的故事

列车开出德累斯顿两站，一位上了年纪的先生上了我们的车厢，谦恭有礼地向大家打过招呼，然后抬起眼，像对一位老朋友似的特地再次朝我点头致意。最初的一瞬间，我想不起他是谁了；可是待他微微含笑，正要说出他的姓名时，我立刻就想起来了：他是柏林最有名望的艺术古董商之一，和平时期①我常常到他店里去观赏和购买旧书和名人手迹。我们起先随便聊了些无关紧要的事。接着他忽然突如其来地说道：

“我得告诉您，我刚刚是从哪儿来的。因为这个故事可以说是我这个老古董商三十七年职业生涯中所遇到的最离奇的事。您本人大概也知道，自从货币的价值就像逸散的煤气荡然无存以来，艺术品市场上是什么情况：暴发户突然对哥特式的圣母像和十五世纪印刷术发明初期的古版书，以及古老的蚀刻印制品和画像大为青睐；这帮人胃口之大你连变都变不过来，因此还不得不防范他们把屋里的东西一扫而光。他们恨不得连你袖口上的扣子和桌上的台灯都买了去。所以要搞到新的商品也就越来越难了——请原谅，我竟突然把这些我们一向对之心存敬畏的物品称之为商品——但是这批兜里鼓鼓的土老鳖甚至已经让人习惯于把一部精美的威尼斯古版书仅仅视为一笔美金，把圭尔奇诺②的一幅素描看作是几张一百法郎钞票的等价物。这帮突然出现的购买狂个个涎皮赖脸，死缠硬磨，你怎么拒绝阻挡都无济于事。所以我一夜之间就被敲骨吸髓，弄得一贫如洗。我们这家老店号是我父亲从祖父手里接过来的，如今店里只好卖些寒碜的下脚货，这都是些从前连北方的街头废品商贩都不屑放到他们手推车上去的破烂；目睹此情此景我羞愧难当，真恨不得将卷帘百叶窗放下，关门拉倒。

“在这种狼狈处境中，我想到，何不把我们的业务旧册簿拿来翻一翻，找出几位昔日的主顾，兴许还可以从他们那儿弄回几件副本呢。这种老主顾名录总像一片墓地，特别是现在这个时候，其实并不会给我多少引导。因为我们以前的主顾大多不得不早就把他们的藏品拍卖掉了，或者早已去世，对于剩下的少数几位，也不能抱有什么指望。这时我突然翻到一捆大概是我们最早的一位主顾的信件，此人我早就把他忘了，因为从一九一四年世界大战爆发以来，他再也未曾向我们订购或者咨询过什么。我们

---

* 指德国一九二一年至一九二三年恶性通货膨胀。

① 指第一次世界大战前。

② 圭尔奇诺（1591—1666），意大利画家，其湿壁画独创性地利用了引起幻觉的天顶，对十七世纪巴洛克装饰艺术有着深刻影响。圭尔奇诺是一位多能画家，既擅长壁画、架上画，也作铜版画。

的通信几乎可以追溯到六十年以前，这可没有一点儿夸张！他在我父亲和我祖父手里就买过东西，可是在我自己经手的三十七年里，我记不得他曾经来过我们店里。种种迹象表明，他一定是个古怪的旧式滑稽人物，是门采尔[①]或者施皮茨韦格[②]笔下那种早已匿迹的德国人，他们有的还活到我们这个时代，在外省的小城镇有时还可见到，都成了稀有怪人。他手书的文本可说是书法珍品，写得干干净净，每笔款项下面都用尺子和红墨水画上横道，而且总要把数字写两遍，以免出现差错；再有，他还利用裁下的信笺空白页和翻过来的旧信封写信。凡此种种都表明，这个不可救药的外省人十分小家子气，是个狂热的节俭癖。这些奇特的文件除了他的签名之外，往往还署着他的各种繁冗的头衔：退休林务官兼经济顾问，退休少尉，一级铁十字勋章获得者。这位一八七〇年战争的耆宿，要是还活着的话，至少也有八十高龄了。可是这位滑稽可笑、节俭入迷的人物作为古代版画收藏家却表现出不同凡响的聪慧、精邃的知识和高雅的情趣。于是我慢慢整理出他将近六十年的订单，其中第一份订单还是用银币结算的。我发现，在一塔勒[③]还可以买一大批最精美德国木刻的那个时代，这位不显山露水的外省人定已悄没声儿地收藏了一批铜版画，和那些暴发户名噪一时的收藏相比，他的这些藏品却更令人刮目相看。因为

---

① 门采尔（1815—1905），德国画家、素描大师。作品除了大量风俗画、风景画和肖像画外，还画了很多工人及其他劳动者的形象。

② 卡尔·施皮茨韦格（1808—1885），德国画家，擅于描绘小城镇的失意者、街头音乐家、邮递员、守夜人和依依作别的情侣。

③ 德国旧制银币。

在半个世纪里，他单在我们店里每次用不多的马克和芬尼[①]购得的东西积攒在一起，在今天恐怕已经价值连城了。除此之外，还可以想见，他在拍卖行和其他商号一定也捞到了不少便宜货。当然，从一九一四年以来再没有收到过他的订单。我对艺术品市场的行情十分熟悉，要说这样一批藏品无论公开拍卖或者私下出售，是一定瞒不过我的。如此说来，这位奇人想必现在还活着，或者这批藏品现在就在他的继承人手里。

“这件事情引起了我的兴趣，第二天，也就是昨天晚上，我立刻乘火车直奔萨克森一座凋敝的外省小城镇而去。当我出了小火车站，信步走上主要大街时，我觉得在这些平庸、俗气、带着小市民趣味的房子当中，在其中的某个屋子里竟住着一位拥有保存得完整无损的伦勃朗极其精美的画作，以及丢勒和曼特尼亚[②]版画的人，这简直让人难以置信。我到邮局去打听，这里有没有一位叫这个名字的林务官或者经济顾问。当得知这位老先生确实还活着时，我真感到惊讶不已，于是，我在午饭前便动身前往他家，说实话，我心里真还有些忐忑不安呢。

“我毫不费劲就找到了他的住处。他的寓所在那种简陋的外省楼房的三层。这种楼房大概是在上世纪六十年代由某位善于投机的泥瓦匠设计，匆忙地盖起来的。二层楼上住着一位老实的裁缝师傅；三楼的左侧挂着一块闪闪发亮的邮政局长的门牌，在右

---

① 德国辅币单位，一百芬尼等于一马克。
② 曼特尼亚（1431—1506），意大利北部画家，文艺复兴早期艺术家。

侧终于看到了写有这位林务官兼经济顾问姓名的瓷牌。我怯生生地按了一下门铃，立刻就出现一位头戴干净小黑帽的白发老妪。我把我的名片递给她，并问，能否跟林务官先生谈谈。她先是惊讶地、有些怀疑地看了看我，然后看了我的名片。在这座被世界遗忘的小镇上，在这么一幢老式的房子里，居然有人从外地来访，这可是一件大事。她和蔼地请我稍等，便拿着名片进屋去了。我听见她在屋里小声说着，接着突然听见一个响亮的男人声音大声地说：‘啊，R 先生……从柏林来的，从那家大古董店来的……快请进，快请进……我很高兴！’这时，老夫人又急步来到门口，请我进屋。

“我脱下大衣，走进屋去。在这间陈设简单的屋子当中，站着一位身体还很硬朗的耄耋老人，他身板挺直，蓄着浓密的髭须，身着半军装式的镶边便服，热情地向我伸出双手。这个手势明白无误地表示出他喜悦的、自然流露的欢迎，可是这又与他站在那里呆滞的奇怪神情形成明显的反差。他一步也不向我迎来，我只好走到他跟前，心里略感诧异地去握他的手。可是当我要去握他的手时，我从这双手纹丝不动地所保持的水平姿势上发现，他的手不是在找我的手，而是在等待。一下子我全明白了：这是位盲人。

“我从小迎面看见瞎子心里就感到很不舒服。每当想到一个人活生生的，同时又知道，他对我没有我对他那样的感受时，心里总排遣不了羞惭和不是味儿的那种体悟。就是此刻，在我看到在他向上竖起的浓密的白眉毛下那双直愣愣凝视着虚空的瞎眼睛时，也得克服我心里最初的恐惧。可是这位盲人没让我长时间去发愣，因为我的手刚一碰到他的手，他就使劲将我的手握住，并且用热烈而愉快的响亮声音再次向我表示欢迎：‘真是稀客！’他笑容满面地对我说，‘确实是奇迹，柏林的大老板竟会光临寒舍……不过，俗话说得好，商人上门，可得多多留神！……我们家乡常说：来了吉卜赛，快快关上大门扎紧口袋！……是啊，我可以想象，您干吗来找我。在我们可怜的、衰落的德国，现在生意很不景气，没有买主了，于是大老板们又想起了他们的老主顾，又找他们的羔羊来了。不过，我怕您在我这儿交不到好运，我们这些可怜的吃养老金的老人，只要有口饭吃就心满意足了。你们现在把物价弄得疯涨，我们可是没法跟上……我们这样的人是永远被抛弃了。’

“我立即纠正他的话，说他误解了我的来意。我来这儿，并不是要向他兜售什么东西，我只不过是正好来到近处，不想错过这个来拜访他这位我们店号多年的老主顾和德国最大的收藏家之一的机会。我刚说出‘德国最大的收藏家之一’这句话，老人脸上就出现了奇怪的变化。他仍然直愣地、呆滞地站在屋子中间，但是现在他的脸上突然开朗了，而且现出内心深处有种自豪的神情。他转向他估计夫人所在的方位，仿佛想说：‘你听见了吗！’随后他转过脸对我说，声音里充满快乐，刚才说话时还显露出的那种军人的粗暴口气已经无影无踪，而是以和顺，甚至可说是轻柔的语调说：

“‘您这确实是太好了，确实太好了……不过也不会让你白来一趟的。我要给您看些东西，这可不是您每天都看得到的，即使是在您引以为豪的柏林……给您看几幅画，就是在阿尔贝特[1]和讨厌的巴黎也找不到更好的了……可不是，六十年下来，收集了各种各样的东西，这些宝贝可不是平时能在大街上随便见到的。路易丝，把柜子的钥匙给我！'

"这时，发生了一件意想不到的事。这位站在他旁边客气地微笑着，和蔼可亲地静听我们谈话的老太太，这时突然举起双手向我恳求，同时剧烈地摇着脑袋以示反对。起先我还不明白，她的这个信号是什么意思。随后她先走到她丈夫跟前，双手轻轻地搭在丈夫肩上：'可是，赫尔曼，你也不问问这位先生，现在有没有时间看你的藏品，现在到中午了。吃过午饭你得休息一小时，这是大夫特别要求的。等吃完饭你再把你那些东西让这位先生看，然后我们一起喝咖啡，这不是更好吗？那时安纳玛丽也在家，对这些东西她比我懂得多，她可以帮你的忙！'

"她刚说了这些话，似乎越过她毫无所知的丈夫，再次向我重复了那个急切恳求的手势。这下我明白她的意思了。我知道，她是让我不要答应马上就观赏他的藏画，所以我立即借口说，有人请我吃饭。我表示，能允许我观赏他的藏品，我感到莫大的快乐和荣幸，可是在三点以前几乎不可能，三点以后我将乐于再来。

"他生气了，就像是被人把最心爱的玩具拿走了的孩子。他转过身来咕哝着说道：'当然，这些柏林的大老板总是忙得不可开交。

---

① 即著名的奥地利阿尔贝特版画收藏馆。该馆藏品为十八世纪阿尔贝特·卡西米尔公爵所收集，后由阿尔贝特的继承人管理和扩充，直至一九二〇年奥地利政府接管为止。

可是这次您可得拿出点时间来，因为这些藏品不是三五幅画，而是二十七个收藏夹，每位大师一个，而且没有一个收藏夹没有装满。那么，说好下午三点；可得要准时，要不我们就看不完了。’

“他又朝空中向我伸出手来：‘您看吧，您会高兴——或者生气的。您越生气，我就越高兴。我们收藏家就是这样：一切都为我们自己，不为别人！’他再次使劲握了我的手。

“老太太一直把我送到门口。在这段时间里，我注意到她一直忧心忡忡，显出又尴尬又恐惧的神色。可是现在快到门口了，她就压低嗓子，结结巴巴地说道：‘你来我们家之前……可以让我女儿安纳玛丽……去接您吗？……由于种种原因……这样较为妥当……您大概是在旅馆里用饭吧？’

“‘是的。我很高兴，我会感到非常愉快的。’我说。

“果然，一小时以后，我在市场附近那家旅馆的小餐厅刚刚吃完午饭，就进来一位衣着朴素、不很年轻的姑娘，睁大眼睛往四处找人。我朝她走去，做了自我介绍，并告诉她，我已准备停当，可以马上跟她一起去看藏画。可是她的脸一下子突然涨得通红，表现出慌乱和尴尬的神情，就像她母亲先前那样。她恳请我，动身前能不能先跟我说几句话。我马上就看出，她很为难。每当她鼓起勇气，想要说话的时候，脸上忐忑不安、颤动不定的红晕便一直升到她的额头，一只手折卷着裙子。末了，她终于结结巴巴地开口了，这当间又一再沉入内心的慌乱：

“‘我母亲让我来找您的……她什么都跟我说了……我们对您有个很大的恳求……在您到我父亲那儿去之前，我们想先把情况告诉

您……父亲当然要让您看他的藏品，可是这些藏品……这些藏品……已经不很全了……其中缺了好些……可惜，甚至缺了相当多……’

“这时，她不得不再喘口气，随后突然凝视着我，匆匆地说道：

“‘我必须坦诚地跟您说……您了解这个时代，您什么都会理解……战争爆发以后，父亲的双目完全失明，在此之前，他的视力就常出问题，后来因为激动，他的视力就完全丧失了——起先，尽管那时他已是七十六岁高龄了，他还是决意要到法国去打仗，后来德国军队没像一八七〇年那样往前挺进，把他气得七窍生烟，这时他的视力就急剧下降。不过除了视力不济之外，他的身体还是十分硬朗的，直到不久前他还能一连散步几小时，甚至能去进行他喜爱的打猎。可是现在他不能出去散步了，他剩下的唯一的乐趣就是他的藏品，他每天都要欣赏……这就是说，这些藏品他是看不见了，他什么也看不见，可是每天下午他都要把所有的收藏夹拿出来，至少可以把这些画摸一摸，总是按照同样的顺序一张一张地摸，几十年来，他已经将这个顺序背熟了……现在他对别的东西已经没有兴趣，我得老给他念报上各种拍卖的消息，价格越涨，他越高兴……因为……对物价和时代父亲一点也不了解，这才是最可怕的……他不知道，我们已经失去了一切，他每月的养老金还维持不了两天的生活……再加上我妹夫又阵亡了，留下她和四个孩子……可是父亲对于我们这些物质上的困难却全然不知。起初我们省吃俭用，比从前更节省，但无济于事。后来我们就开始变卖东西——我们当然不碰他心爱的藏品……我们卖掉了仅有的那点首饰，可是，上帝呀，这又能卖多少钱！六十年来父亲把能省下的每一芬尼全都用来买画了。有一天，家里再没有什么可卖的了……我们真不知道这日子怎么过下去。这时候……这时候，母亲和我就卖了一幅画。父亲要是知道，那是绝对不会允许的。他不知道，日子过得多么艰难，他根本想不到，在黑市上弄点儿食物有多难，他也不知道，我们已经战败了，阿尔萨斯和洛林已经割让出去①，我们再也不把报上的所有这些消息念给他听了，免得他激动。

"'我们卖了一幅非常珍贵的画，一幅伦勃朗的蚀刻画。商人给我们出价好几千马克，我们本指望用这笔钱维持几年生活的，可是您知道，货币贬值起来有多快……我们把剩下的钱全部存进银行，可是两个月后就付之东流了。因此，我们只好再卖掉一幅，又卖掉一幅，商人总是很晚才把钱寄来，这时货币又已经贬值了。后来我们就拿到拍卖行去，可是尽管人家出价几百万，我们也还是受骗……等这几百万到我们手里，已经成了一堆分文不值的废纸。就这样，仅仅为了维持我们最可怜的生活，父亲收藏的珍品，连同几幅名画，全都渐渐流失了，而父亲对此却毫不知情。'

"'所以您今天一来，我母亲就吓坏了……因为要是父亲给您打开那些收藏夹，那么事情就露馅儿了……每个旧画框，父亲一摸就知道。我们把复制品或者相似的画页放进画框，代替那些卖掉的画，这样他摸的时候，就不会有所觉察。只要他能触摸、能清点这

---

① 普法战争后，法国于一八七一年将两地割让给德国。一九一九年第一次世界大战后，退还法国。一九四〇年第二次世界大战期间，再度割让给德国，一九四五年又归还法国。

些画页（这些画的顺序他已准确地熟记于心），那他就会感到跟从前睁着双眼欣赏这些作品的时候同样的高兴。而平时在这个小镇上，我父亲认为没有人配得上看他的宝贝……每一张画他都爱不释手，我相信，要是他知道，他这些画早就在他手底下流失了，他一定会心碎的。这些年来，自从德累斯顿铜版画陈列馆的前任馆长去世以后，您是第一位他愿意让看他的收藏夹的人。所以我请求您……'

"这位不再年轻的姑娘突然举起双手，眼里闪着晶莹的泪花。

"'……我们请求您……别让他伤心……别让我们伤心……请您别把他这个最后的幻想毁掉，请您帮助我们，让他相信，所有他将向您描述的画还都存在……要是他猜到了真相，他就活不下去了。也许我们做的这件事对不起他，但是我们没有别的法子：人总得活啊……人的生命，我妹妹的四个孤儿，总比印在纸上的画重要吧……到今天，我们也一直没有夺走他的这个乐趣；每天下午能把他的收藏夹翻上三个钟头，跟每幅画都像跟人似的说说话，他就感到很快活。今天……今天说不定会是他最快活的日子。他盼了好些年，盼着有朝一日能给一位行家展示他心爱的宝贝；我请您……我举起双手恳请您，别毁掉他的快乐。'

"她这番话说得那样感人肺腑，我现在的复述，根本无法表达她的这种感情。上帝呀，作为商人，我见过许多人被通货膨胀卑鄙地洗劫一空，弄得倾家荡产，他们上百年祖传的珍宝被人用一个黄油面包就给骗走了——但是在这儿命运创造了一个特例，使我特别震撼。不言而喻，我答应她绝不吐露真情，并尽力帮忙。

“于是我们一起去她家——路上我十分愤怒地听说，人们用一丁点儿钱就骗了这两位可怜的无知女人，我心头就无名火起，但是这更坚定了我帮助她们到底的决心。我们走上楼梯，刚按响门铃，就听见屋里老人愉快而响亮的声音：‘进来！进来！’凭着盲人敏锐的听觉，他一定听见我们上楼的脚步声了。

“‘由于急着要让您看他的宝贝，赫尔曼今天中午一点儿都没睡。’老夫人笑着说。她女儿一个眼神就让她知道我答应了她们的请求，老太太也就把心放下了。桌上铺了一大堆收藏夹，正在等待。盲人一触到我的手，就抓住我的手臂，把我按在沙发椅上，连寒暄话都没说。

“‘好吧，现在我们马上就开始！——要看的东西很多，而柏林来的大老板又没有时间！这里第一个收藏夹里全是大师丢勒的作品，您自己将会确信，收集得相当齐全——而且一幅比一幅精美。喏，看看吧，您自己来判断！’——说着他打开了画夹中的第一幅，‘这是《大马》。’

“于是他便精心细致地，就像人家平时触碰到一件易碎的东西似的，用指尖小心翼翼地从收藏夹里取出一个嵌了一张泛黄的空白纸的画框。他激情满怀地把这张分文不值的废纸举在面前，凝视着，足有几分钟之久，可是并没有真正看见。他张开双手狂喜地把这张白纸举到眼前，整个脸上呈现出一位观赏者迷人地凝神专注的表情。可是他两颗瞎了的僵滞的眼珠，突然闪闪发亮，出现一缕智慧之光——是纸的反光，还是内心的喜悦所造成？

“‘怎么样，’他自豪地说，‘您什么时候见过比这印得更好的画吗？每个细部的线条多么锐利，轮廓多么清晰——我把这张画同德累斯顿的那幅做过比较，德累斯顿那张就显得呆板、木讷多了。再来看看它的来头！这儿——’他把画翻了过来，用指甲丝毫不差地指着这张空白纸上的一些地方，以至我下意识地朝那儿看去，看那儿是否真有标识——‘您看，这儿是那格勒的收藏章，这里是雷米和埃斯戴尔的收藏章。这些著名收藏家大概怎么也料想不到，他们的画居然来到了这间小屋里。’

“听到这位毫不知情的老人如此热情地赞赏一张完全空白的纸，我真感到不寒而栗。看见他用指甲精确到毫米不差地指着只在他的幻想中还存在的看不见的收藏家的标识，真让人感到十分怪异，心里直发毛。恐怖使得我的喉咙感到憋气，像是被绳子勒住了似的，我不知道该怎么回答才好。我迷惘地抬眼看着那两个女人，看见浑身颤抖、异常激动的老夫人又举起了恳求的双手。于是我让自己镇静下来，开始进入我的角色。

“‘简直是超群绝伦！’我终于结结巴巴地说道，‘这幅画的印制真可谓精美无比！’自豪感使得老人的整个脸上立刻显得神采奕奕。‘不过，这还不怎么样，’他得意扬扬地说，‘您得先看看《忧愁》，或者这幅《基督受难》，这幅画色彩之绚丽，印制之精致，世上无出其右者。您看这儿，’说着他的手指又轻盈地抚摸着一幅他想象中的画，‘色彩鲜艳，质感强烈，色调温暖。柏林的大老板们和博物馆的专家们见了不被震得瞠目结舌，惊得呆若木鸡才怪呢。’

“老人得意扬扬，滔滔不绝地说啊，讲啊，足有两个小时。我真无法向您描述，跟他一起观赏这一百张或二百张空白废纸或是拙劣的复制品有多么怪异，多么吓人！这些子虚乌有的画在这位可悲的毫不知情的老人记忆里可是货真价实，真真切切的，他可以毫无差错地按照精确的顺序赞美和描述每一幅画，精确地指出画上的每一个细部。这些看不见的藏品早已风流云散，荡然无存了，可是对于这位盲人，对于这位令人感动的受骗者来说，还实实在在收藏在那里。还完整无缺地存在着。他由幻觉产生的激情是如此感人肺腑，几乎连我也开始相信了。只有一次，他似乎有所察觉，这下，他那梦游者的沉稳和观赏的热情就被可怕地打破了：拿起伦勃朗的《安提俄珀》（这是一幅试印张，想必确实具有无可估量的价值），他又赞赏了印刷的清晰，同时他那感觉敏锐的、神经质的手指深情地将这幅画复绘一遍，随后又照着印象中的线条重新描画时，他那久经磨炼的触角神经在这张陌生的画页上却没有发现那些凹纹。这时他额头上突然掠过一片阴影，声音也变得慌乱了。‘这确实是……确实是《安提俄珀》吗?’他喃喃自语，神情显得有些尴尬。我立刻心生一计，急忙从他手里将这幅装了框的画页拿了过来，热情洋溢地把这幅我也能记得起来的蚀刻画的各种细节描绘一番。盲人的那张已经变得尴尬的脸重新松弛下来。我越赞扬，这位性格怪僻、已到风烛残年的老者就越显得亲切与随和，快乐与真挚。‘这才是行家啊！’他朝他的家人转过脸去，兴高采烈地、得意扬扬地说。‘终于，终于找到一位知音了。你们听听他说的，我这些画有多值钱。你们总是对我心存疑虑，责怪我把所有的钱都花在了收藏上。这倒是真的，六十年来，我不喝啤酒，不抽烟，不旅行，不看戏，不买书，总是一个劲儿省，省下钱来买了这些画。等到有朝一日我不在人世了，你们将会看到——你们发了，成了全城的首富，富得跟德累斯顿最有钱的富人一样，那时候，你们还会为我干的蠢事高兴的。可是只要我活着，一幅画也不许拿出这屋子——你们得先把我抬出去，这才能动我的藏品。'

"他边说边用手指轻柔地抚摸那些早已没有藏品的空收藏夹，就像是抚摸有生命的东西似的。——对我来说，这是一个可怕但又感人的情景，因为在这战争年代里，我还从未在一个德国人的脸上见过如此完美、如此纯真的幸福表情。他身旁站着他的妻子和女儿，神秘地跟那位德国大师蚀刻画上的女人形象[①]极为相似。画上的女人前来瞻仰救世主的坟墓，站在挖开的空墓穴前，脸上的表情既惊恐又虔诚，还有见到奇迹时的狂喜。犹如那幅画上的女门徒被救世主神的预示映得神采奕奕一样，这两个日渐衰老、含辛茹苦、家徒四壁的小市民妇女脸上则感染着老人那天真烂漫、心花怒放的欢乐，她们一面欢笑，一面流泪，这样感人至深的情景我还从未见过。可是，老人对我的夸奖真是百听不厌，他不断把画页堆起，又翻开，如饥似渴地把我说的每一句话都吞进肚里。等到最后，这些骗人的收藏夹被推到一边，老人很不乐意地得把桌子腾出来喝咖啡的时候，对我来说倒是一次休息。可是我这心含内疚的放松又怎能与这位似乎年轻了三十岁的老人，与他激越高昂、升腾跌宕的欢乐情绪，与他的豪迈气魄相提并论！他讲了千百个买画淘宝的趣闻逸

① 这里指丢勒及其蚀刻画《基督受难》。

事，一再站起身来，不要别人帮忙，自己摸索着去抽出一幅又一幅画来：他像喝了酒似的兴奋和陶醉。可是等我末了说，我得告辞了，他简直大为惊吓，像个任性的孩子似的一脸恼怒，固执地跺着脚说：这可不行，还没看完一半呢。两个女人费了好大周折才让这位倔强的老人明白，他不能让我多耽搁了，要不然就会误了火车。

“经过激烈反对，最后他终于顺从了。告别的时候到了，他的声音变得非常柔和。他握住我的两只手，他的手指以一个盲人的全部表达力，亲热地顺着我的手一直抚摸到手腕，像是想更多地了解我，并向我表达言语所不能表达的更多的爱。‘您的光临给了我极大、极大的快乐。’他开口说，语气中透着从内心激起的感触，这是我永远不会忘怀的，‘终于又能和一位行家一起来欣赏我心爱的藏画，对我来说这真是件欣慰的事。我会让您看到，您没有白到我这个瞎老头这儿来。我让我太太作为证人，我在这儿当着她的面答应您，我要在我的遗嘱上再加上一条：委托您久负盛名的字号来拍卖我的收藏。您该获此殊荣，来管理这批人所不知的宝藏，’——说到这里，他深情地把手放在这些早已洗劫一空的收藏夹上——‘直到它流散到世界各地之日。不过您要答应我编制一份精美的藏品目录：让它成为我的墓碑，更好的墓碑我也不需要。’

“我望了望他夫人和女儿，她们俩紧紧地挨在一起，有时会有一阵战栗从一人传给另一个人，仿佛两人是一个身体，因为受到同样的心灵震撼而在那里颤抖。我自己的心情十分庄严，因为这位令人感动的毫不知情的老人，委托我像保管一批珍宝似的保管他那看不见的、早已散失的藏品。我深受感动，答应了这件我永远也无法完成的事；老人瞎了的眼珠又为之一亮，我感到，他从内心渴望感觉到我的真实存在：我从他的和蔼可亲，从他心怀感激和诺言，用手指紧握我的手指的举止上，感觉到了他的这种渴望。

“两位女人送我到门口。她们不敢说话，因为老人听觉敏锐，会听见每一句话，但是她们热泪盈眶，她们的目光注视着我，充满感激之情。我神情恍惚，摸索着走下楼梯。我心里感到十分羞愧：我像童话里的天使踏进一个穷人家里，帮人做了一次虔诚的欺骗，肆无忌惮地撒谎，使一个瞎子在一小时内重见光明，而实际上我确实是个卑鄙的商贩，到这里来是想从别人手里狡猾地捞取几件珍贵的东西。可是我带走的却很多很多：在这麻木迟钝、毫无欢乐的时代，我又一次生动地感觉到了纯真的激情，一种心灵里充满阳光、完全献身于艺术的心醉神迷——对于这种精神状态我们这些人似乎早已忘怀了。我心里充满敬畏之情，——我无法用别的方式来表达——虽然我还因为不知原因而一直感到羞惭。

“我已经到了大街上，这时上面的窗户咔喇一响，我听见有人在喊我的名字：真的，老人非要朝他估摸我所去的那个方向用他失明的眼睛为我送行。他的身子探出窗外老远，他的妻女只好扶着他，以防意外。他挥动手绢，用男孩子快乐而爽朗的声音叫道：‘一路平安！’这是一个令我难以忘怀的情景：楼上窗口上露出一张白发老人快乐的笑脸，由一片善意的幻觉之白云从我们这个可憎的现实世界轻轻托起，高临于大街上那些郁郁寡欢、行色匆匆、忙忙碌碌的人群之上。我不觉又想起了那句真实的老话——我想，那是歌德说的——‘收藏家是幸福的人！’”

一个女人一生中的二十四小时

战争[1]爆发前十年，当时我住在里维埃拉一座小公寓里。有次在饭桌上发生了一场激烈的讨论，想不到竟演变成粗野的争执，甚至差点闹到彼此恶语相加、互相侮辱的地步。当今大多数人的想象力都很迟钝，不管什么事，只要它与自己无关，只要它没有像一个尖利的楔子打进脑袋，他们就不会大动肝火，可是事情一旦发生在他们眼前，直接触动到他们的感情，那么，即使是一件微不足道的小事，也会立即在他们心里引起过分的激动。于是他们便一反往日少管闲事的常态，显出蛮不讲理、气势汹汹的样子。

这次，在我们同桌吃饭的这些十足的平民百姓身上所表现出来的就是这种情景。平日这帮人在一起心平气和地 small talk[2]，互相开点无伤大雅的小玩笑，通常吃完饭大家马上就分散了：那对德国夫妇外出观光游览，拍照留影；胖子丹麦人不嫌单调乏味，独自去钓鱼；举止文雅的英国太太接着看她的书；那对意大利夫妇则到蒙特卡洛[3]去豪赌；我呢，不是偷闲在花园里的椅子上一躺，就是工作。可是这次，那场激烈的讨论把我们大家互相完全纠缠在一起了，吃完饭大家都坐着，谁也没有走；我们中要是有人突然一跃而起，那绝不似平日那样站起来彬彬有礼地向大家告退，而是在脑袋发热、心中愤怒的状态下——这我在前面已经说过——所采取的不加掩饰的激愤形式。

把我们桌上这一小拨人拴在一起的那件事，确实够奇怪的。我们七个人下榻的那个公寓从外表看虽然好似独幢别墅——啊，从窗口眺望悬岩峥嵘的海滨真是妙不可言！——但实际上它只不过是皇宫大饭店的附属建筑，收费较低廉，通过花园同大饭店相连，所以我们这些住公寓的客人同住大饭店的客人常有来往。前天，饭店里发生了一件确凿无疑的桃色事件：一位年轻的法国人乘中午十二点二十分的火车——我不得不准确地把时间交代清楚，因为它无论对这段插曲还是对那场激动的谈话的题目都是非常重要的——来到这里，租了一间滨海房间，可以眺览大海，视野非常好，这本身就说明他相当富裕。使其引人注目、给人以好感的，不仅是他谨慎的优雅风度，更主要的是他那超群绝伦、人见人爱的俊美：一张修长的姑娘般的脸庞，热情而性感的嘴唇上长着一圈轻柔、金黄的短髭，柔软的褐发卷曲在白净的额头上，温柔的眸子投给你的每一瞥都是一次爱抚——他身上的一切都显得柔情绰态，依阿取容，风致韵绝，而毫不扭捏作态，矫揉造作。如果

---

① 指第一次世界大战。
② 英语，闲聊。
③ 世界著名的赌城，在摩纳哥公国境内。

说远远见到他首先会使人觉得有点像陈列在大时装店橱窗里的那些表现男性美理想的、拿着精美的手杖、风度翩翩的肉色蜡人的话，那么走近一看却全然没有一丝纨绔之气，因为他身上的俊秀纯属是天然，与生俱来，宛如从肌肤里长出来的，实属罕见。他从旁边走过时，总要以同样谦恭和亲切的方式向每个人打招呼，见他在各种场合无拘无束地展现的那份时时做好外出准备的潇洒劲儿，真让人赏心悦目。若是有位女士往存衣处走去，他总要赶忙迎上前去，帮她脱下大衣，对于每个孩子他都亲切地看上一眼或是说句逗乐的话，显得既平易近人，又不张扬惹眼——总之，看来他就是那种幸运儿，他们凭借得到验证的感觉，深信能以自己俊美的面庞和青春的魅力使别人满面春风，并将这种自信变成新的优雅风度。只要有他在场，对饭店里大多数年老或者有病的客人来说不啻是一种恩惠，他以那种青春的胜利步伐，以那种逍遥自在、清新潇洒的生命的风暴赋予许多人以优美的享受，使得每个挤到前面来看他的人都无可抗拒地对他产生好感。他来了两个小时就已经在同里昂来的两位姑娘打网球了。她们是那位身宽体胖的富有的工厂主的女儿，十二岁的安内特和十三岁的勃朗希。女孩儿的母亲，那位秀美、窈窕、性格内向的亨丽埃特夫人面露微笑，在一旁看着两位羽毛未丰的女儿在下意识地卖弄风情，同那位陌生的年轻人调情。晚上，他在我们的棋桌旁观看了一小时，这当间随便讲了几个有趣的奇闻逸事，随后又陪亨丽埃特夫人在饭店的屋顶平台上长时间地踱来踱去，而她丈夫则像往常一样，同一位生意上的朋友玩多米诺骨牌；夜里我注意到，他还在办公室的暗影里同饭店的女秘书促膝谈心，神态之亲密简直令人生疑。第二天早晨，他陪我的丹麦同伴出去钓鱼，他在这方面所显示的知识实在令人惊讶；后来又同里昂来的那位工厂主聊了很久的政治，在这方面他也证明自己同样很精通，因为别人听到这位胖先生开怀的笑声竟盖过了海浪的轰鸣。午饭后，他再次单独陪亨丽埃特夫人坐在花园里喝了一小时黑咖啡，又同她的女儿打了网球，同那对德国夫妇在大厅里闲聊了一阵。我所以那么详尽地记下他在各个时间段的时间安排，那是因为这对了解这里的情况是完全必要的。下午六点钟我去寄信，又在火车站遇见了他。他急忙朝我走来，仿佛他要向我告辞似的。他说，他突然接到来信，叫他回去，两天后他仍将回来。晚上，他果然没在餐厅里出现，但这只是他的人不在，因为每张桌上还都在谈他，大家交口赞赏他那种舒适、快活的生活方式。

夜里，大约将近十一点钟的时候，我坐在屋里，想把一本书看完。这时，从打开的窗户里突然听到花园里有不安的叫喊声，又看到那边饭店里的一片忙乱景象。我觉得好奇，但更感到不安，于是马上过去，跑了五十步就到了那边。我发现所有的客人和饭店职工个个张皇失措，乱作一团。原来亨丽埃特夫人每天晚上都要到海滨台地上去散步，今天，在她丈夫照例准时同那慕尔[①]来的朋友玩多米诺骨牌的时候，她就去那儿散步，此时尚未回来，大家担心她会遭到什么不测。她那位身宽体胖、平时行动迟钝的丈夫现在像头公

---

① 比利时中南部城市。

牛似的一再向海滩奔去，并朝黑夜高声呼喊："亨丽埃特！亨丽埃特！"由于紧张，声音都变了，这呼唤听起来像是一只受到致命伤害的巨兽发出的原始而可怕的悲号。茶房和侍役惊恐不安地从楼梯上跑上跑下，所有客人都被叫醒，并打电话报告了警察局。这当间，那位胖丈夫敞着坎肩，一面不停地踉踉跄跄、磕磕绊绊地奔来奔去，一面抽抽噎噎，徒劳地朝黑夜呼唤"亨丽埃特！亨丽埃特"。这时楼上的两个女儿也醒了，穿着睡衣，从窗口朝楼下呼喊她们的母亲；于是父亲又急忙跑上楼去宽她们的心。

随后发生了一件骇人听闻的事，简直难以复述，因为人在遭受巨大打击的瞬间，精神极其紧张，他的举止往往表现出一种悲剧色彩，无论用图画还是文字都无法以同样的雷霆之力将其再现。突然，那位笨重、肥胖的丈夫从嘎吱作响的楼梯上下来，脸色也变了，显得十分疲倦，但却十分愤怒。他手里拿了一封信。他以刚好还能听得清的声音对人事部主任说："请您叫大家都回来，不用再找了。我夫人抛弃了我。"

这就是这位受到致命打击的男人的态度，是他在周围这些人面前所表现的超乎常人的态度。这些人本来都怀着好奇心争先恐后地来看他的，现在突然大吃一惊，个个感到很难为情，人人不知所措，便纷纷离他而去。他剩下的力气正好还够摇摇晃晃地从我们身边走过，朝谁都没看一眼，他还走进阅览室去关掉电灯；随后就听见他沉甸甸的庞大身躯砰的一声跌落在靠背椅里，并听到一阵呜呜的啜泣，像野兽的嗷嗷声，只有还从来没有哭过的男人才会这么个哭法。这种刻骨铭心的痛苦对我们每个人，即使是最卑鄙的人，都具有一种麻醉力。无论是茶房还是怀着好奇心悄悄走来的客人，谁都不敢发出一丝笑声，或者说一句惋惜的话。我们大家都默默无言，对这场可以击碎一切的感情爆炸好像感到羞愧似的，一个接一个溜回各自的房间，只有那位被击倒的人独自在黑暗的房间里啜泣，后来大厦的灯光慢慢熄灭了，但人们还在交头接耳，嘀嘀咕咕，窃窃私语。

人们将会理解，拿这么一桩雷击般落在我们眼前的事件来狠狠地刺激一下那些平时只习惯于悠闲自在、无忧无虑地消磨时间的人大概是非常合适的。但是，随后我们餐桌上爆发的那场讨论，那场如此激烈、差点儿激化为拳脚相加的讨论，虽然是这桩令人惊异的事件引起的，然而从实质上来说，它更是对相互对立的人生观所做的一次原则性的阐述和大动干戈的冲突。这位精神彻底崩溃的丈夫一时气昏了头，将手里的信揉成一团，随手往地上一扔。一个侍女捡起信来看了，但不慎泄露了秘密，因而大家很快都知道，亨丽埃特夫人不是独个儿，而是同那位年轻的法国人串通一气才出走的。这样一来，大多数人原来对年轻的法国人所抱的好感，瞬息之间就烟消云散。现在，一眼就看得明明白白：这位瘦小的包法利夫人将她肥胖的、土里土气的丈夫换了一位风流倜傥、年轻潇洒的美男子。然而，使得饭店里所有的人激动不已的，却是以下这一情况：无论是这位工厂主还是他的两个女儿，或者亨丽埃特夫人先前都从未见过这位 lovelace①，那么，使得一位大约三十三岁左右、品德无

① 英语，花花公子。

可指责的女人一夜之间就把自己的丈夫和两个孩子抛弃，随随便便跟一位素不相识的纨绔子弟远走高飞的，有傍晚时分在平台上的两小时谈话和在花园里喝一小时黑咖啡这两件事大概就足够了。对于这个表面上显而易见的事实，我们桌上的人却一致不予苟同，大家认为，那是这对情人施放的刁钻烟幕和耍的狡猾花招：不言而喻，亨丽埃特夫人同这位年轻人一定早就有了秘密来往，这位情郎这次是专为商定私奔的最后细节而来这儿的，因为——大家这样推断——一位正派夫人同一个男子结识仅两个小时，听到一声吆喝就随他私奔，这是完全不可能的。我觉得，提出一个不同看法倒是蛮有趣的，我竭力为这样一种可能性辩护：我认为，一个多年来对婚后生活感到失望和无聊的女人，心里早已做了坚决的准备，一旦有人追她，就随他而去，这种情况是极有可能的。由于我出其不意地提出了异议，讨论立刻就吸引了每个人，尤其因为德国和意大利这两对夫妇的论点而变得颇为激烈：他们带着毫不掩饰的侮辱和轻蔑的神情否定有 coup de foudre① 的情况存在，若是有，那也只是愚蠢的行为，是无聊小说里的想入非非。

好了，这场争吵从喝汤开始一直进行到吃完布丁为止，这里再来把狂风暴雨般的争论的各个细节咀嚼一遍，确实没有必要：那些 professionels de table d'hôte② 对这种争论司空见惯，餐桌上偶然发生一次争论，情绪都很激动，但所持的论点往往很平庸，因为那

---

① 法语，一见倾心。

② 法语，在公寓里吃饭的人。

只是匆忙之中随便捡起来的。我们的讨论何以会急速发展到恶语中伤的程度，这也很难说得清楚。我觉得，由于德国和意大利这两位丈夫下意识地想要将他们各自的夫人排除在有堕入深渊的极其危险的可能性之外，从这时起争论就开始动了肝火。可惜这两位找不到有力的论据来反驳我，他们说，只有那种只根据偶然的、单身男子廉价地征服女人的例证来判断女人心理的人，才会持那种观点。这话已经使我有几分来气了，而那位德国夫人还拿一大堆废话来教训人，说什么世上一方面有真正的女人，另一方面也有“天生的娼妓”，照她的看法，亨丽埃特夫人准保就是其中之一。这话更是火上浇油，我再也忍耐不住了，于是便立即采取进攻姿态。我说，一个女人在其一生的某些时刻处于神秘莫测的力量的控制之下，只好任凭摆布，这既非她的意愿，她自己也不知晓，这是明摆着的事实，否认这个事实，只不过是为了掩盖对自己的本能，对我们天性中的恶魔成分的恐惧罢了。看来，这样做许多人可以自得其乐，并觉得自己比那些“容易上钩”的人更坚强，更纯洁，更高尚。我个人还觉得，一个女人如果不是像常见的那样，躺在丈夫怀里闭着眼睛欺骗丈夫，而是无拘无束、热情奔放地听从她自己的本能，这样倒是更为诚实。我大致就说了这些话，在这火药味十足的谈话中，别人对可怜的亨丽埃特夫人攻击得越厉害，我为她的辩护也就越发激昂慷慨，这实际上已经远远超出了我内心的感情。我的这种热情，用大学生的话来说，是对这两对夫妇的挑战，他们像是不很和谐的四重奏，恶狠狠地一齐向我反扑过来。上了年纪的丹麦人表情和蔼地坐在这里，宛如足球比赛时手握跑表的裁判，不得不时时用指骨敲敲桌子，以示警告：“Gentlemen，please.”[①] 不过，每次只能起一会儿作用。一位先生满脸涨得通红，已经三次从桌旁跳了起来，他夫人费了好大劲才把他按下去。——总而言之，要不是突然C夫人出来调解，把这场火药味很浓的谈话平息下去，那么过不了十几分钟，我们这次讨论就会以拳脚相加来结束的。

C夫人，这位满头银发、气宇不凡的英国老太太，是我们这桌非选举的名誉主席。她坐在座位上，腰板挺直，对每个人的态度总是同样的和蔼可亲，自己不多说话，但却总是兴致勃勃地倾听别人的意见，单就她的体态风度就给人一个赏心悦目的印象：修心养性的奇妙神态和温文尔雅的风采显露出她雍容高贵的气质。虽然她善于用巧妙的手腕对每个人都表示特殊的亲切姿态，但仍对每个人都保持一定的距离：通常她总是坐在花园里看书，有时弹弹钢琴，很少见她同别人待在一起或者加入热烈的谈话。大家不太注意她，然而她对我们大家却拥有一种特殊的力量，她第一次参与我们的谈话，我们大家就都为自己说话声音太大，未加克制而感到很不好意思。

就在这位德国先生粗暴地跳起来，随即又被轻轻按住，重新在桌旁坐下的当间，C夫人就乘这个令人不快的间歇，出乎意料地抬起她那亮晶晶的眼睛，犹犹豫豫地对我凝视了一会儿，接着便以几乎是客观明确的语气按她自己的理解提起了这个话题：

---

① 英语，先生们，请注意。

“这么说，如果我没理解错的话，您相信亨丽埃特夫人，相信一个女人会无辜地被卷进一桩突如其来的绯闻，相信确有一些这样的女人，会做出一小时之前她们自己都认为不可能，而且几乎也不能由她们来负责的行动?”

“我绝对相信，夫人。”

“这样说来，任何道德评判都毫无意义，任何有伤风化的行为都是合理的了。您要是真的认为，法国人所说的 crime passionnel① 不成其为 crime②，那么还要国家司法机关干吗？什么事不是都得靠并不很多的良好愿望了吗？——想不到您的良好愿望有那么多，”她轻轻一笑，补充说，“在每个罪行中都可找出一种热情来，有了这种热情，罪行也就可以加以宽恕了。”

她说话的声调清晰而快乐，我听了感到分外舒坦，我下意识地模仿她的客观态度，同样以半开玩笑半认真的方式回答道：“国家司法机关对这类事情的裁决肯定比我严厉；它们的职责是毫不留情地维护共同的风俗习惯：它们必须做出裁决，而不是给予宽恕。作为一个人，我看不出我为什么要主动担当起检察官的角色：我宁愿当辩护人。就我个人来说，理解人所得到的乐趣要比审判人所得到的大得多。”

C 夫人睁着亮晶晶的灰色眼睛从上到下将我端详了一番，显出犹犹豫豫的样子。我担心她没有正确理解我的意思，准备把刚才的

---

① 法语，激情导致的罪行。
② 法语，罪行。

话再用英语向她重复一次。可是她却像在主考一样，以一种严肃得有点奇怪的神情继续提问。

“一个女人扔下丈夫和两个女儿，随便跟人跑了，而她压根儿还不知道这人是否值得她爱，您不觉得这事很可鄙，很丑恶吗？这女人毕竟不算很年轻了，为自己的孩子着想，她也必须学会自重，可是她却如此不知检点，如此轻率，对于这样的女人您真能原谅她吗？”

“我再说一遍，尊敬的夫人，”我重申自己的看法，“在这种情况下，我不愿做出判断，也不愿去谴责。在您面前，我可以坦率地承认，先前我说的话有点儿过火——可怜的亨丽埃特夫人肯定不是女英雄，连风流女子都不是，更够不上是个 grande amoureuse[①]。就我所了解的，我觉得她只不过是一位平凡而软弱的女人，我对她怀有一些敬意，因为她勇敢地顺应了自己的意愿，然而我却更多地为她感到遗憾，因为要不是今天，那明天她一定会很不幸的。她的做法也许很愚蠢，肯定过于轻率，但绝不是卑鄙下流的，我始终认为，谁也没有权利鄙视这个可怜的、不幸的女人。”

“那么您自己呢，您还对她怀有同样的尊重和敬意吗？在那位您前天曾同她在一起待过的尊敬的女人和这位昨天跟一个素不相识的人私奔的女人之间，您觉得没有一点儿区别吗？”

“没有一点儿区别。没有一丝一毫区别。”

---

① 法语，伟大的情人。

“Is that so?”① 她下意识地说起了英语：很奇怪，她似乎老是在思考整个谈话。她思索了片刻之后，又抬起她那清澈的目光，询问式地望着我。

“倘若您明天，我们假定说在尼查，遇到亨丽埃特夫人，见她挽着那位年轻男子的胳膊，您还会向她打招呼吗？”

“当然。”

“会跟她说话？”

“当然。”

“您是否会——假如您……假如您结了婚，会把这么一个女人介绍给您夫人，就像什么事也没有发生过？”

“当然。”

“Would you really?”② 她又说起了英语，显出难以置信的、十分惊异的样子。

“Surely I would.”③ 我不觉也用英语回答。

C夫人沉默了。她似乎还一直在认真思考着。突然，她一面注视着我，一面说，好像对自己的勇气感到很惊讶：“I don't know, if I would. Perhaps I might do it also.”④ 说完，她已胸有成竹，便站起身来，亲切地把手伸给我，这就结束了谈话，又不显得唐突，只有英国人最善于用这种方式。在她的影响下，我们桌上又恢复了平

---

① 英语，是真的？
② 英语，您当真？
③ 英语，我确实会这样做的。
④ 英语，我不知道自己会不会那样。说不定我也会那样做的。

静，我们大家心里都很感激她，我们这些人，方才还是对立的，现在都心有歉意、客客气气地互相打着招呼，几句轻松的玩笑话就缓和了刚才火药味很浓的气氛。

我们的讨论虽然最后似乎是以骑士风度结束的，可是被激发起来的恼怒情绪却使我的对手和我之间的关系有些疏远了。那对德国夫妇态度审慎，而意大利夫妇在随后的几天里则老是喜欢带着讥讽的意味问我，听到关于那位“cara signora Henrietta”① 的什么消息没有。尽管在形式上似乎我们大家都彬彬有礼，可是以前我们桌上彼此以诚相待、并非刻意追求的那种快乐气氛却已被破坏，再也回不来了。

那次讨论以后，C 夫人对我表示出特殊的亲切，因此我当时的那些反对者现在对我的讥讽和冷淡就显得更为突出。C 夫人一向极其矜持，在用餐时间以外几乎不与同桌的人聊天，现在却多次找机会在花园里同我攀谈。我几乎想说，她这是对我另眼相看，因为她的举止高雅而矜持，能单独同你交谈一次，就好似对你格外的恩宠了。是的，要是说实话，那么我不得不说，她简直是主动找我的，而且借种种因由来跟我说话，她的这种做法明眼人一看便明白，她若不是满头白发的老太太，那真会让我生出许多胡思乱想来哩。但是，我们在一起一聊，话题就不可避免和不可控制地又回到了原来的出发点，回到了亨丽埃特夫人身上：看来她对指责那位没有责任

① 意大利语，尊敬的亨丽埃特夫人。

心的女人，谴责她的见异思迁、水性杨花感到暗自欣喜。可同时，见我不改初衷，仍旧坚定不移地同情那位娇柔文雅的夫人，而且怎么也不能使我的态度有丝毫改变，她似乎又很高兴。她一再把我们的谈话往这个方向拉，对于她的这种异乎寻常、锲而不舍的执拗劲儿，事后我真不知道该怎么去想才对。

这么着又过了几天，大约五六天吧，她一个字都没有透露，为什么这样的谈话对她那么重要。有次散步时我才明白无误地意识到其中必有隐情。那时我偶然提到，我在这儿的度假快结束了，我想后天就离开。这时，她那平素泰然自若、毫不动容的脸上突然现出奇怪的紧张神色，好似一片阴云飘过她碧如海水的眸子：“多遗憾！本来我还有许多问题要跟你讨论呢。”从这一刻起她就显得魂不守舍的样子，说着这事，心里却想着另一件事，另一桩紧紧纠缠她、驾驭她的事。到后来似乎她自己都对这种心不在焉的状态感到不满了，因为她摆脱了突然出现的沉默，突如其来地向我伸出手来，说：“我看，我没法把原来要对您说的话表达清楚。我还是给您写信吧。”说着，便朝饭店的大楼走去，步履匆匆，完全不像平日闲适的样子。

傍晚，快要开饭之前，我果真在房间里发现一封信，是她刚劲而洒脱的笔迹。只可惜，我年轻时候对于信件很不经意，因此无法引证原信，只能记叙信中问我的大致内容。她在信里问，是否允许她向我讲讲她自己的生活。她说，那个插曲已是很久以前的事了，本来跟她现在的生活几乎毫不相干，又说，我后天就要走了，她把二十多年来一直在内心折磨和纠缠着她的事说出来，就会感到好受些。她说，要是我对这样一次谈话不感到唐突的话，她很想请我给她这个时间。

这里我只是记叙了信的内容，原信对我有着极大的吸引力：信是用英文写的，单这一点就使这封信表达得十分清楚和果断。可是我的回信并不容易，我撕掉三次草稿，最后才给她回了这样一封信：

“您那么信任我，这对我是个莫大荣幸。如果您要我说实话，那我答应，我心里是怎么想的，就怎么答复您。除了您心里愿意讲的，我当然不会要求您对我吐露更多的东西。不过您讲的事情，请您对自己和对我完全说真话，请您相信，我是把您的信看作一个殊荣的。”

晚上，这张纸条到了她的房间，第二天早晨，我发现了她的回信：

“您说得完全正确：一半真实是毫无价值的，只有全部真实才有价值。我将竭尽全力，不对我自己或者不对您做任何隐瞒。请您饭后到我房间里来——我已六十七岁，不必担心会招来什么流言蜚语。因为在花园里或挨着很多人的地方我说不出来。您一定会相信，我下此决心，是绝非轻而易举的。”

中午我们还在餐桌上碰过面，彬彬有礼地说了些无关紧要的话。可是，饭后在花园里遇到我，她显然很慌乱，就避开了，这位满头银发的老太太在我面前竟好似一个羞怯的少女，迅速逃往一条松林道上。见此情景，我心里觉得既歉疚又感动。

晚上，在约定的时间，我就去敲她的房门，门立即就为我打开了：室内光线黯淡，只有一盏小台灯在这平时朦胧昏暗的房间里投下一圈黄色的光影。C 夫人毫不拘束地朝我迎来，请我在圈椅上坐下，她自己坐在我对面：我觉得，她的每个动作都是精心准备的，然而还是出现了冷场，显然并非她所希望的冷场，难于做出决断的冷场。冷场的时间很久，而且越来越久，可我又不敢出声来打破它，因为我感觉到，这冷场意味着一个坚强的意志在同顽强的反抗意识进行激烈的搏斗。楼下客厅里不时断断续续地传来华尔兹的微弱乐声，我聚精会神地听着，似乎想以此来消除这沉默造成的让人喘不过气来的重压。对于沉默所造成的不自然的紧张似乎她也感到有点尴尬，因为她突然一跃而起，说道：

“最难说的是第一句话。这两天我已经做好准备，要十分明白和真实地讲这件事：我希望能够做到。也许您现在还不理解，我为什么要对您这个陌生人讲这些事，可是我几乎无时无刻不在想着这件事，您可以相信我这个老太婆，她要将整个一生都凝视着生命中唯一的一点，凝视着唯一的一天，这是无法忍受的。因为我要对您讲的事，在我六十七年的生活时间里只仅仅占二十四小时，我常对自己说，一个人如果曾一时干过一次荒唐事，那又有什么大不了的。我常常这么说，说得都快成神经病了。然而人们还是摆脱不了我们很没有把握地称之为良心的东西，当时，在听您如此客观地谈论亨丽埃特夫人事件时，我就想，若是一旦我能下定决心，对某个人痛痛快快地说出我生活中的那一天，那么也许就可以结束这毫无意义的追忆和没完没了的自我谴责了。我要不是信奉英国圣公会[①]，

① 英国国教。

而是天主教，那我早就有机会忏悔，说出那件我一直守口如瓶的事，以求解脱了。——可是这种安慰与我们无缘，因此我今天就要奇怪地试一试，原原本本地向您叙述这件事，以此来宣判自己无罪。我知道，这一切都极为奇怪，可是您毫不犹豫地接受了我的建议，为此我很感谢您。

“好吧，我们言归正传。我已经说过，我要对您说的只是我一生中唯一的一天——在我看来其余的一切都是无关紧要的，别人也会感到枯燥无味。直到四十二岁，我在人生道路上一步也未曾越出常规。我的父母亲是富有的苏格兰乡村勋爵，我们拥有几座大工厂和许多出租的田地，我们依照乡村贵族通常的方式，一年中的大部分时间都生活在自己的庄园里，夏天则住在伦敦。我十八岁那年在一次社交聚会上认识了我的丈夫，他出身于名门望族，是 R 家的第二个儿子，从军十年一直被派驻印度。我们很快就结了婚，在我们的社交圈里过着无忧无虑的生活，每年三个月住在伦敦，三个月住在庄园里，其余的时间则去意大利、西班牙和法国等地旅游，在饭店下榻。我们的婚姻从未出现过一缕阴影，我们的两个儿子如今已经长大成人。我四十岁那年，我丈夫突然去世了。他在热带生活期间得了肝病：真是可怕，他发病只有两星期，我就永远失去了他。我的大儿子当时正在军队服役，小儿子在上大学——所以，一夜之间我就形单影只，独守空房了。我这人已经习惯了温馨的家庭生活，现在的孤单和寂寞对我来说真是一种可怕的折磨。家里的每件东西都让我触景生情，让我想起我亲爱的丈夫，他的去世令我黯然神伤。我觉得再也不能在这凄凉的屋子里待下去了，哪怕多待一天也受不了：于是我就决定，在我两个儿子结婚以前到各地去旅游，以消磨岁月。

“其实，从此以后我把自己的生活看作毫无意义、纯属多余的了。二十三年来与我形影不离、意气相投的人已经故世，孩子们并不需要我，我担心自己的郁悒沮丧、黯然神伤的心绪会破坏他们青春的欢乐——就我自己来说，任何东西都不值得去企望、去眷恋了。起初我迁居巴黎，烦闷乏味时就去逛逛商店和博物馆；可是那座城市和我周围的事物显得格格不入，那里的人都用眼睛盯着我的丧服，我受不了他们彬彬有礼的惋惜的目光，所以我总是设法躲开他们，我像吉卜赛人默默地东游西荡。这几个月的时间是怎么过的，我自己也不知道从何说起：我只知道，我老是想死，只是没有力量来促成这个痛苦地期盼的意愿。

“在丧夫的第二年，也就是在我四十二岁那年，自己虽不承认，实际上是为了逃避毫无价值，可又不能马上就死的时间，我于三月末来到蒙特卡洛。坦率地说，我是因为单调无聊，是因为至少要找些外部小刺激来填补一下那折磨人的、像从胃里泛上来的恶心似的内心空虚才到蒙特卡洛去的。我自己心里越是郁郁寡欢，就越发想到生活的陀螺转得最快的地方去：对于没有生活体验的人来说，别人的激情骚动倒犹如戏剧和音乐一样，也是一种精神体验。

“因此我也常常光顾赌场。看到别人脸上惴惴不安、波涛翻涌地变化着喜出望外或惊恐万状的表情可以激起我的兴趣，同时我自己的心潮也吓人地涨涌和退落。再说我丈夫从前偶尔也爱逛逛赌馆，但从不轻率从事，我怀着某种下意识的虔敬，忠实地继续着他昔日的那些习惯。在蒙特卡洛的一家赌馆里，我开始了那个二十四小时，它比一切赌博更加激动人心，从此，年年岁岁长久地使我心意迷惘，怅然若失。

“中午，我是同我家的亲戚封·M公爵夫人一起进的餐。晚餐以后我觉得还不疲倦，还不想就寝。于是我就进了赌厅，在赌台之间来回溜达，我自己并没有赌，而是以特殊的方式观察一拨拨聚集在一起的赌客。我说的‘特殊方式’那是我丈夫在世时有次教给我的。那次我看累了，所以抱怨说，老是盯着同样的面孔，真令人厌倦：在椅子上坐了几个小时才敢押上一枚筹码的干瘪老太婆，老奸巨猾的赌棍和玩纸牌的娼妓——这帮麇集在一起的臭味相投的无耻之尤，您知道，他们远不像蹩脚小说里所描绘的那样充满诗情画意和罗曼蒂克，也不像小说中所写的那些 fleur d' élégance[①] 和欧洲的贵族。再说，二十年前赌钱时台上滚动着的是看得见摸得着的现金——沙沙响的钞票、拿破仑金币、厚实的五法郎硬币一起回旋飞舞。那时的赌场魅力无穷，不像今天，在新建的式样时新的豪华赌宫里尽是些透着小市民气的观光客在无精打采地耗费他们手里那些平淡无奇的筹码。那时我觉得这些千篇一律的冷漠的脸孔实在没有什么吸引力，我丈夫对手相术非常热衷，后来他就教给我一种特殊的观察方法，那确实比懒洋洋地东站站西伫伫有趣得多，心情也更为激动和紧张。这种方法是：绝不要看脸，而要专门瞅着桌子的四边，在那儿再专门盯住赌徒的手，只注视这些手

---

① 法语，优雅的花朵，意为“头面人物”。

的特殊举止。我不知道，您自己是否曾经偶然单单注视过绿色赌桌，专门注视那绿色的菱形桌面，桌面中央那圆球像醉汉似的蹒跚着一个号码一个号码地滚过去。这当间飞舞的钞票、圆圆的银币金币等等赌注纷纷落入各个方格里，宛如种下的禾苗，随后掌盘人的筢子就像锋利的镰刀，一家伙就把这些禾苗割掉，将其筢拢并收拾起来，成了自己的进账，或者将它们作为礼品，推到赢家面前。你只要调准观察的焦距，就会发现，这时唯有那些手才是变幻莫测的——绿色赌台四周的这些手，色泽鲜明，异常激动，都在伺机而伸，都从各自的袖筒里往外窥视着，每只手都像一只猛兽，随时准备蹿将出来；手的形状不一，颜色各异，有裸露的，没戴任何饰物，有的戴着戒指和叮当作响的手镯，有的毛茸茸的像野兽，有的卷曲着，湿漉漉的像鳗鱼，但是所有的手都极其紧张，战战兢兢地显得极其焦灼不安。此情此景常常使我下意识地想到赛马场：开赛前得使劲勒住亢奋的赛马，不让它抢跑。那些马也是这样，浑身打战，仰首向上，高抬前足，直立而起。根据手的各种状态，如伺机而动，迅速攫取或戛然而止，对赌徒的状况就会一目了然：贪得无厌者的手握得很紧，挥金如土者的手放得很松，工于心计者的手关节平稳安静，举棋不定者的手关节战栗不已。从抓钱的瞬间姿态上，对人生百态可以一览无遗：这一位把钞票抓成一团，那一位神经质地把钞票揉成碎纸，或者精疲力竭地微屈着有气无力的手指，在整个一局中没下一处赌注。俗语说赌博见人品，但是我说：赌博的时候手将人展露得更加清楚。因为所有的，或者说几乎是所有的赌徒一下就学会了驾驭自己面部表情的本领——在衬衣领子上部戴着一副 impassibilité[①] 的冷漠的面具——他们能抑制嘴角的皱纹，咬紧牙齿，压住内心的激动，不让眼睛里露出一丝不安的神色，他们能抚平脸上暴凸的青筋，不动声色，装出一副优哉游哉的样子。然而，正因为大家都拼命集中注意力，脸上不露声色，却忘了自己的一双手，忘了有专门观察手的人。尽管赌徒们微笑着噘起的嘴唇和故作冷淡的目光竭力想掩饰自己的心曲，可是别人从他们手上已对他们的一切了如指掌。在他泄露秘密这一点上，这种时候手是最直截了当的。因为总有那么一瞬间，稍一疏忽，那些拼命抑制住的、看似毫无动静的手指就会一齐张开：在转盘里的小球落进小格子里，大声报着赢家们号码时紧张到空气都要爆裂的一刻，这一百只或五百只手就会情不自禁地做出各具个性的、具有原始本能特征的动作来。要是有人像我这样——我丈夫将他的此种癖好教给了我——养成在这手的竞技场上进行观察的习惯，那么就会觉得这些性格各异的赌徒的手一下子做出的各不相同、出乎意料的动作，远比戏剧和音乐更为扣人心弦。手的姿态何止千百种，我简直无法向您描述：有的像野兽伸出毛茸茸的、曲卷的手指忘乎所以地在搂钱，有的手指甲苍白、神经质地哆嗦着，几乎不敢去抓钱，有高贵的和卑贱的，残暴的和畏葸的，诡计多端的和老实巴交的——这些手给人的印象各不相同，因为每一双手表达的是一种特殊的人生，只有那四五双掌盘人的手是个例外。这几双手完全像机器，运作起来就事论事，有板有眼，不偏不

① 法语，无动于衷。

倚，极其精确，跟那些生气勃勃的手比起来，它们简直就像是计算器上咯咯作响的钢扣。然而，即使是这几双冷静的手，由于它们在猎人似的亢奋的手之间忙个不停，两相对照又会留下令人吃惊的印象：我要说，这些手单调划一，犹如群众暴动时处于汹涌澎湃、激昂慷慨的人潮中的警察。此外，对我来说还有一种诱惑，那就是要在几天之后熟悉各种手的种种习惯和癖好；数日之后我在众多的手中总会发现一些熟悉的手，并将它们当作人一样分为喜爱的和讨厌的两类：有的厚颜无耻，贪得无厌，令我恶心，所以我总是像是见到下流事一样，赶紧把目光移开。赌台上出现的每一只新手对我来说都是一件大事，都会引起我的好奇：我往往忘了抬头看看那脸，反正这张脸也不外乎是一副冷冰冰的毫无表情的社交面具而已，它是从高领中伸出来插在礼服或者熠熠闪光的胸饰之上面的。

“那天晚上我走进赌馆，绕过两张已经挤满了人的台子，向第三张走去，并且准备了几枚下注的金币。这时大厅里寂然无声，紧张的沉默像要炸裂似的，这种时刻每逢圆球在轮盘上转得有气无力、只在两个号码之间晃来晃去的时候，总是会出现的。就在这一瞬间我听到正对面传来咔嚓一声，像是折断了手关节，这令我大为惊讶。我不由自主地吃惊地朝对面望去。这时我看见——真的，我吓坏了——两只手，我从未见过的两只手，一只右手和一只左手，像两只横眉竖目的猛兽交织在一起在那里厮拼，互相伸出爪子，朝对方身上狠抓，于是指关节便发出砸干核桃时的那种咔嚓声。这两只手美得简直不可思议，长得出奇，又细得卓绝，绷得紧紧的肌肉宛如凝脂，指甲白皙，指甲尖修得圆圆的好似珍珠轮叶。一晚上我一直盯着这双手，对这双出类拔萃的、简直是绝无仅有的手惊讶不已。然而最先令我惊愕不已的是这双手的热情，它所表现出来的狂热的激情，是两只手的手指互相交织在一起痉挛地拧扭而又相互支撑的情景。我马上便知道，这是个精力过剩的人，他正把自己的激情集中在手指尖上，免得自己被它炸成两半。而现在……这瞬间圆球啪嗒一声落进码格，掌盘人高喊彩门……这瞬间，两只手突然互相松开，就像两只同时被一颗子弹击中的猛兽。两只手一起瘫落下来，确实是死了。这不仅仅是精疲力竭，瘫落的时候清楚地现出一副憔悴、失望、遭了电击、彻底完蛋的样子，这情景我实在无法用语言来表达。我还从未见过，从此以后再也没有见到过表情那么丰富的两只手，它们每块肌肉都是一张倾诉心曲的嘴，可以感到几乎每个毛孔都在泄发激情。随后这两只手在绿色赌台上摊放了一会儿，就像被波涛冲上海滩的水母，扁平，并且没有一点生气。稍后，一只手，是右手，又从指尖上艰难地开始动起来了，它颤抖着，缩了回去，自己转动着，颤颤悠悠，旋转起来，突然神经质地抓起一枚筹码，捏在拇指和食指的指尖中犹豫不决地捏滚着，像在玩一个小轮子。突然手背像一头豹，弓了起来，把一百法郎的筹码快如闪电似的掷进，不，简直就是一口吐到了黑格中。这时那只一动不动的左手像是接到了信号，也立刻激动起来了：它抬了起来，悄悄滑向，是爬向那只索索发抖、仿佛刚才的一掷耗尽了精力的右手。现在这两只手胆战心惊地挨在一起，用腕肘不出声地碰击台面，就像牙齿上下咯咯地打着寒战——没有，我还从来没有见过表情如此丰富、简直像是会说话似的手，从来未曾见过激动和紧张到这副痉挛的样子。我盯着这双索索发抖、呼吸急促、喘息不停、伺机而动、哆哆嗦嗦、胆战心惊的手，简直像着了魔似的，除此之外，我觉得这拱形大厅里的其他一切，无论是各个房间里嗡嗡的喧嚷声，掌盘人那商贩似的叫喊声，还是熙来攘往的人群或者现在高高地弹起又跳进轮盘上圆格之中的小球——所有这些嘤嘤嗡嗡、刺耳地袭击神经的种种飞速变换的印象，突然之间仿佛全都寂静无声，全不存在了。

“不过，这种情景我没有坚持多久，无论如何我要看看这个人，无论如何要看看那拥有这双神奇之手的脸。我怯生生地——是的，真是怯生生的，因为我怕这双手！——让目光循着衣袖慢慢往上移动，到了两只瘦削的肩膀那儿。这时我又吓了一跳，因为这张脸同那双手一样，说着同样毫无节制、想入非非的语言，以同样娇柔的、几乎是女性之美极其顽强地抑制住自己的表情，使之不露声色。我从未见过这样的脸，这样神情专注、沉湎自我的脸。我有着充分的机会，把这张脸当作一副面具，当作一尊没有眼睛的雕像来从容不迫地加以观赏。这对着了魔的眸子一动不动，既不左顾也不右盼：在睁得大大的眼睑下，那乌黑的瞳仁直勾勾地凝视着，像是没有生命的玻璃珠，映出另一个桃花心木色的、在转轮圆盘里呆头呆脑、左冲右突地滚动和跳跃的圆球。我不得不再说一遍，我从来未曾见过如此紧张、如此令人神往的脸。那是一位大约二十四岁的年轻人的脸，窄窄的，很秀气，略长，表情非常丰富。同那双手一样，这张脸也不是十足的男子气的，它更像一个玩得忘形的男孩子的脸——可是所有这些我是后来才注意到的，因为现在这张脸上完全现着贪婪和暴怒的神情。窄窄的嘴馋涎欲滴地张启着，露了多半的牙齿：在十步的距离就可以看到牙齿在上下打着寒战，嘴唇则一直呆呆地张开着。一绺浅黄色的头发湿漉漉地贴在额头上，往前耷拉着，像正在摔下来似的，鼻翼在不停地翕动抽搐，仿佛有一阵看不见的小浪涛在皮肤底下汹涌翻腾。探着的脑袋下意识地越来越往前伸，让人觉得，这脑袋也要卷进转盘，随着圆球一起旋转。这时我才明白，那两只手为什么要使劲地按着，因为只有按着，只有使劲按着，才能使将要从中间摔倒的身体保持平衡。我不得不再三说，我从来未曾见过这样的脸，会把其激情赤裸裸地流露得如此明目张胆，如此兽性，如此恬不知耻。我紧紧盯着这张脸……它是那么魅力无穷，他那狂迷状态令人如此着魔，就像看到那个旋转的圆球的跳跃和颤动一样。从这一刻起，大厅里其余的一切我全然不再注意了，同这张喷着火焰的脸相比，我觉得大厅里的一切都显得黯淡、迟钝和模糊不清，也许有一小时之久，我谁也没看，单单注视着这一个人，注视着他的每一个姿态：当掌盘人把二十个金币推到他贪婪的手里时，他眼睛里闪着晶亮晶亮的光，本来紧紧抱合着的两只手现在也像是被炸散，手指头也抖抖索索地全都张开了。在这瞬间，他的脸上突然容光焕发，显得非常年轻、滋润，没有了皱纹，眼睛开始炯炯有神，前倾的身体也轻快利索地伸直了——他坐在这里，一下子宛如潇洒的骑手，沾沾自喜和爱不释手地用手指捏着圆圆的金币加以拨弄，将它们彼此弹击，让其戏耍跳动，发出叮当的声响。随后他又心神不定地转过脑袋，朝绿色赌台飞快地巡视一遍，就像一只年轻的猎狗用鼻子东闻闻西嗅嗅，要找出正确的踪迹一样。接着，他突然抓起一把金币，朝轮盘的一角扔去。于是那焦急的期盼和紧张的神态又立即开始了。那电控似的波浪起伏式的抽搐又爬上了他的嘴唇，两只手又互相痉挛般地紧紧抓住，孩子脸消失了，换成了贪婪的期待，直到这抽搐着的紧张突然被炸散，化为失望：刚才还孩子气地兴奋不已的脸憔悴了，变得苍白而衰老，目光呆滞，失去了光泽，而这一切都是在一秒钟之内发生的，是圆球落入他未曾猜中的号码时发生的。他输了：他的眼睛愣愣地瞪了几秒钟，目光几乎是痴呆的，仿佛他对所发生的事全然不解似的；可是一听到掌盘人第一声刺激性的吆喝，他的手指又立即掏出几个金币。然而他已没有了把握，他先将金币押在一个格里，随后想了想，又押到另一个格里，圆球已经在滚动了，他突然身子往前一俯，用颤抖的手又将两张捏成一团的钞票飞快地扔进同一个方格中。

“这样惴惴不安地来来回回，有输有赢，从不停顿，大约持续了一小时。在这一小时里我一直目不转睛地盯着那张不时变化着的脸，种种激情时而波浪翻滚涌到脸上，时而又像潮水一样退得无影无踪，我着了魔的目光始终紧紧凝视着，连喘息时都没有移开；我的眼睛也没有放过那双魅力无穷的手，手上的每块肌肉像喷泉一样生动地反映出他感情上的起伏跌宕。在剧院里我都从来没有如此神魂颠倒地注视过一位演员的脸，像注视这张脸那样，这张脸上不停地突然变幻着各种色彩和感觉，犹如自然景色的光和影。我从来没有如此以全身心来关注过赌局，把别人的喜怒哀乐反映在我自己心里。要是有人此刻注意我，见我呆呆地发愣的样子，准会以为我是受了人家催眠术的戏弄，而我当时正处于十足的迷迷糊糊的状态，也真的同受了催眠差不多——我实在无法把目光从这张不断变幻着表情的脸上移开，其他一切，大厅里交织着灯光、笑声、人群和目光的一切，只像一片黄色的烟雾围在我的四周，而在黄色烟雾中心的就是那张脸，它是火焰中的火焰。我什么也听不见，什么也感觉不到，我注意不到身边往前挤的人，也注意不到其他像触角似的突然伸到前面来扔钱或者把钱归拾到自己面前去的手；我看不见转轮里的圆球，听不见掌盘人的声音，可是台面上所发生的一切我确实就像在梦里一样在这双手上全都看到了，这双手犹如凹镜，把巨大的激动和亢奋映照得一览无遗。因为要知道圆球落入红门还是黑门，是在滚动还是已经停下，这些我都不用看转轮：这张洋溢着激情的脸，脸上的神经和表情就像熊熊烈焰，会把输和赢、期待和失望等等变化一一映照出来。

“但是接着就出现了一个可怕的瞬间——整个时间里我心里一直隐隐约约地在为这一瞬间的出现而担心，它像暴风雨一样高悬于我忐忑不安的神经之上，并且突然之间将我的神经从中间扯断。转轮里的小球带着轻微的噼啪声在倒着滚动，那一秒钟又闪烁起来了，二百张嘴唇一齐屏住呼吸，直到响起掌盘人的宣布声，这次他唱出的是‘零位格’[1]，同时他急忙伸出筢子，从四面八方将叮当作响的金币银币和簌簌作响的钞票全部扒拢在一起，就在这一瞬间这双紧紧抓着的手做了一个特别吓人的动作，它们好似突然往上一

① 即“空门”，是轮盘赌场主所得格。

伸，要去抓住某样并不存在的东西，接着就死一般地疲乏地重新跌落在桌上，但用的并不是自身的力气，而只是凭借退回来的重力。可是随后这双手突然又一次活了起来，狂热地从桌上缩回到自己身上，像野猫似的顺着躯干爬上爬下，一会儿左，一会儿右，神经质地伸进每只口袋，看看能不能在某只口袋里再找出一个被遗忘的金币来。然而每次总是空手而回，但两只手还在不断重复这种毫无意义、毫无用处的寻找，这时轮盘又已经开始重新旋转，别人的赌博在继续进行，硬币叮当作响，椅子在挪动，由数百种低声细语组成的一片嘈杂声充满大厅。我不得不如此清楚地亲身来体会这一切，仿佛是我自己的手指在口袋里和在皱皱巴巴的衣服的褶子里拼命寻找一块钱币。突然，我对面的那个人猛地一下站了起来——就像有人突如其来地感到不舒服，便猛地站了起来，以免窒息；他背后的椅子咔嗒一声倒在地上。他连看都没看一眼，也没去理会旁边的人又胆怯又惊讶地避开这位摇摇晃晃的人，自己拖着笨重的脚步离开了赌台。这可怕的一幕使我战栗，我不禁浑身直哆嗦。

“目睹这一情景，我完全惊呆了。因为我立即就明白了，这个人要上哪儿去：去死。这副样子站起来的人是不会回旅馆，不会去喝酒，不会去找女人，不会去乘火车，也不会去过另一种生活，而是径直去跃入无底深渊。在这地狱般的大厅里就连最最冷漠的人也准会看出，这个人不会再在家里、在银行里，或者在亲戚那里得到援助了，他方才坐在这里是拿他最后的钱，拿自己的生命来孤注一掷，现在他踉踉跄跄地走了，到别处去了，但肯定是不想活了。我曾一直担着心，从第一个瞬间起我就神奇地感觉到，这里是一场比输赢更高的赌博。这时，当我看到，生活突然从他眼睛里消失，死亡在这张方才还是活生生的脸上蒙上了一层阴影时，一阵黑黑的闪电猛烈地击在了我的身上。此人生动的姿态深深地印在了我心里，所以当他离开座位，蹒跚地走出去的时候，我也不由自主地要用手抵着桌子，因为那种蹒跚的样子现在也从他的神态中传到了我自己身上，正如先前他的紧张心情进入了我的血管和神经一样。我被吸引住了，不得不跟着他：我还没有想好，我的脚已经开始移动了。我谁也没去理会，也没有感觉到自己，就跑到通往大门的走廊上去了。这完全是下意识地发生的，并非是我自己所为，而只是发生在我身上罢了。

“他站在存衣处，侍役替他取来了大衣。可是他自己的胳膊不听使唤了：殷勤的侍役像帮一个手臂麻痹的人似的费了好大的劲，才帮他套上袖子。我看到他机械地将手伸进坎肩的口袋，想给侍役一点小费，但是抽出来的手里仍是空的。这时，他好像突然间又想起了一切，狼狈不堪地对侍役结结巴巴说了一句什么话，便完全像先前一样，突然猛地朝前走去，接着完全像醉汉似的踉踉跄跄走下赌馆的台阶，侍役先是带着轻蔑的，随后便是理解的微笑，还朝他背后望了一会儿。

“他的姿态感人至深，我为自己在一旁观看而感到不好意思。我不由自主地走到一边，心里感到害羞，因为我像在剧场的舞台前那样观看了陌生人走投无路的绝望神情——但是后来那种难以理解的恐惧突然又推了我一把，我赶忙叫侍役把我的衣服取来，未去想什么具体的事情，完全机械地，完全是本能地，急忙跟着这个陌生人往黑暗中走去。”

C 夫人把这件事讲到这里便停了一会儿。她坐在我对面，脸上毫无表情，以其特有的冷静和客观态度娓娓道来，几乎没有停顿，只有心里早有准备，对发生的事情进行了精心组织和整理的人才会如此侃侃而谈。现在她第一次打顿，显得有些迟疑不决，随后她脱离开刚才所叙述的事，突然直接对我说：

“我曾向您和我自己答应过，”她开始显得有点不安，“保证极其坦诚地把所有的事实讲出来。可是，我现在必须要求您也要完全相信我的坦诚，不要把我的行为理解成有什么隐蔽的动机，认为也许我今天讲出这个动机不会感到害羞了。在这件事情上，这种猜测是完全错误的。所以我必须强调，我在街上尾随这位身心已经崩溃的赌客，绝不是因为我爱上了这个年轻人——我根本没有去想他是个男人，事实上我这个当时已经四十多岁的女人，丈夫去世以后从来未曾正眼注视过任何男人。谈情说爱的事对我来说已经彻底结束了：我要对您强调这一点，而且非对您说不可，否则对于后来所发生的事情的可怕性您就难以理解了。当然，另一方面就我来说，当时我非要去跟随那个不幸的人不可，要把这种感情说清楚也是很难的：这里面有好奇心的成分，但是最主要的还是一种可怕的恐惧，或者确切地说是担心发生什么可怕的事，从第一秒钟起我就隐隐约约地感觉到，那件可怕的事像阴云似的正笼罩在这个年轻人身上。但是又不能把这些感觉加以分解和拆散，这种做法所以不行，尤其是因为这些感觉过于强制性，过于迅速，过于自发，种种因素错综复杂地交织在一起——很可能我所做的完全是救人的本能行为，正如有人在街上看到一个小孩朝汽车跑去，就会马上去把他拉回来一样。或者也许可以这样来解释：自己不会游泳的人在桥上看见一个快要淹死的落水人，就会跟着跳进河里去。他们还没有来得及对自己无谓的冒险壮举做出决定，就受到神奇力量的牵引，一股意志力将他们推了下去，我当时的情况也正是这样，没有思考，没有清醒的考虑，我当时就跟着这个不幸的人出了大厅走到大门口，又从大门口跟下台阶。

“我敢肯定，无论是您或者任何一个能用清醒的眼睛来感觉的人当时都不能摆脱这种充满了恐惧的好奇心；那位顶多二十四岁的年轻人走起路来十分吃力，就像老人一样，摇摇晃晃地又好似醉汉，他四肢的关节像是脱了臼、散了架一样，拖着沉重的脚步从赌馆的台阶上下来朝街头绿地走去。见到这幅可怕的景象，也就不会有思考的余地了。到了那里，他的身体像一只麻袋似的笨重地跌落在一张长椅上。对于这个动作我再一次感到不寒而栗，我想：这人完了。只有死人，或者全身肌肉没有一点生气的人才会这样跌落下去。他的脑袋斜倚着，往后垂靠在长椅的靠背上，两条胳膊软绵绵地垂下来，在路灯闪烁的昏暗的微光中，每个过路人准会以为这是个自杀者。以为这是个自杀者——我无法解释，怎么我心里突然会出现这种幻象，可是这幻象突然站在这里了，看得见摸得着，非常真切，令人毛骨悚然，胆战心惊——以为这是个自杀者，这一瞬间，我望着面前的这个人，我心里绝对确信，他口袋里有支手枪，明天别人就会发现在这长椅上或是另一张椅子上躺着这具气息已绝、鲜血淋漓的躯体，因为他跌落下来的情景完全像一块坠入深谷的石头，中间没有停住，一直摔到谷底。这躯体所表现出来的那种疲惫和绝望的样子，我还从来未曾见到过。

“现在请您想一想我的处境：我站在长椅后面二三十步远的地方，椅子上躺着个一动不动、身心全都崩溃的人。我真不知道该怎么办，一方面意志驱使我走上前去帮助他，但是学到的和因袭的羞怯心理又在将我往后推，不好意思去主动跟大街上的一个陌生男人说话。街灯黯淡地闪烁着，天空布满阴云，只有屈指可数的行人打这儿匆匆走过，因为将近子夜了，我几乎是独自一人在街头花园里同这个颇像要自杀的人在一起。五次、十次，我鼓起勇气朝他走去，每次都被羞涩心理给拉了回去，或者说也许是被内心深处的这种本能的预感拉回去的：正从高处摔下去的人总喜欢拽住救助者一起同归于尽——我这样再三斟酌，反复考虑，自己都清楚地感觉到这种处境既无意义，又可笑。尽管这样，我还是既不能说话，又不能走开，既不能做些什么，又不能离开他。我希望，您相信我，我要告诉您，我在那片绿地上犹豫不决地徘徊了也许有一小时之久，那是无穷无尽的一小时；这时间是在看不见的海洋的波浪千万次撞击下一点点扯掉的。这个人彻底毁灭的形象竟是如此使我震撼，使我无法离去。

“可是，我始终没有说一句话、做一件事的勇气，后半夜我真该也这样站着等下去的，或者也许最后真该让聪明的自私心理说服自己回家去的。是的，我甚至以为自己已经下了决心，让这个晕厥的可怜家伙就这样躺在这里——然而这时一股强大的力量在我进退两难的时候为我做出了抉择。这时下起雨来了。整个晚上海风呼啸，把沉甸甸的乌黑的雨云刮到一起，让人从肺里、心里感觉到，天空整个儿低低地压了下来——突然掉下一滴雨点，接着风助雨势，密密的大雨哗哗而下，竟成瓢泼之势。我不由自主地逃到一座商亭的前檐下，虽然撑开了伞，但是这时从坚实的土地激起的一束束泥水，仍是溅在我衣服上。噼噼啪啪打在地上的雨点弹起带泥的水，溅在我脸上和手上，感到凉丝丝的。

“可是在这瓢泼大雨中，那不幸的怪人仍旧坐在长椅上一动不动，这一可怕的景象，二十年后的今天回想起来喉咙里还感到哽塞。雨水从所有的屋檐上哗哗地流下来，我听到市内隆隆的车轮声，左边和右边都有人撩起大衣在奔跑；一切有生命的东西都怯生生地蜷缩着，都在躲避、逃跑，都在寻找栖身之所，任何地方，无论是人还是动物，都可以感到他们对这场倾盆大雨的恐惧——唯独长椅上那个黑黑的、像团东西的人却纹丝不动。我先前对您说过，这个人具有神奇的法力，能将他的各种感情通过动作和表情生动地表现出来；在滂沱大雨中他纹丝不动，全无感觉地坐着，连站起来几步走到雨水哗哗泼下的屋檐下的力气都没有的那精疲力竭的状态，万念俱灰的心境——世上任何东西也不会像这种情景那样将槁木死灰、彻底自弃以及活人死态表现得如此惊心动魄。这个人活活地任凭大雨浇淋，他精疲力竭，竟懒得动一下来避一避雨。任何雕塑家、诗人，无论是米开朗琪罗还是但丁都不能像这个人那样把万念俱灰的心境，把人间的惨状为我刻画得如此感人肺腑、荡气回肠。

“这一景象把我拉了过去，我也没有别的办法。我猛地穿过密集的大雨，用手去摇长椅上的那个淋得落汤鸡似的人。‘来！’我抓住他的胳膊。他的眼睛吃力地朝上瞪着。他身上似乎想慢慢地动一下，但是他没懂我的话。‘来！’我再次拽着那只湿漉漉的衣袖，这次我几乎要发火了。他慢慢地站了起来，摇摇晃晃地没有一点意志。‘您要干吗？’他问道，我没有回答他，因为我自己也不知道要带他到哪儿去：只要不受冷雨浇淋，只要不再毫无意义地、自杀般地坐在这里万念俱灰的样子。我抓着他的胳膊不放，拉着这个全无意志的人往前走，一直将他拉到商亭那儿。商亭有一个向前伸出的窄窄的屋檐，多少可以为他遮挡一下驾着风势的滂沱大雨。下一步怎么办，我不知道，也不想有下一步。只要把这个人拉到干的地方，只要把他拉到屋檐下就行了：以后的事起先我并没有考虑。

“我们两人就这么并肩站在狭窄的、淋不着雨的屋檐下，我们后面的商亭的门锁着，我们头上只有一片小屋檐，雨还在没完没了地下，只要突然一阵狂风刮来，冷飕飕的雨水就会不断狠狠地朝我们衣服上、脸上猛袭过来。这种情况真是无法忍受。我可不能老是挨着这个水淋淋的陌生人站着。另一方面，既然我把他拉到这儿来了，总不能一句话都不说就将他撂在这儿。总得想个什么办法呀；我慢慢强迫自己坦率地做一次冷静的考虑。我想，最好是雇辆车先把他送回家，然后我自己再回家：明天他就会知道有人救了他。于是我就问一动不动地站在我旁边愣愣地凝视乌云飞驰的夜空的人：‘您住在哪儿？’

“‘我没有住处……我傍晚时候才从尼斯来……要上我那儿去是不成的。’

“最后这句话我没有立即听懂。后来我才明白，他把我当作…… 当作娼妓，当作拉客女了——每天晚上赌馆周围都有成群拉客女出没，她们希望能从赢了钱的赌客或醉汉身上得些好处。不论他后来是怎么想的，直到现在我讲给你听的时候，才感觉到我当时的处境有点邪乎，有点离奇——我把他从长椅上拉走，当然是把他拽去的，这真的不是正派女人的行径，叫他怎能不以为我是娼妓呢。但是当时我没有立即意识到这一点。后来我才开始意识到他对我这个人做出了错误的判断，但是发现这个可怕的误解时已经太晚了。要是早些发现的话，我就绝不会说出下面这句越发增强他的误解的话来了：‘那么，就到旅馆里去要个房间吧。您不该待在这里。您现在必须找个地方安顿下来。’

“这句话一出口，我就立即明白了他的那个令人难堪的误解，因为他并没有朝我转过头来，而只是以一种讥讽的言辞加以拒绝：‘不用，我不要房间，我什么都不需要了。请你别费劲，从我身上是什么都捞不着的。你找错人了，我已身无分文。’

“这句话说得好可怕，心灰意冷的神态真令人胆战心惊。一个全身水淋淋的、心力衰竭的人在这儿站着，垂头丧气地靠在墙上，这情景使我如此震撼，以致根本无暇顾及自己所受的那点儿愚蠢的屈辱。我这时感觉到的，同我见到他蹒跚地走出大厅时第一眼的感觉，以及在这难以想象的一小时里不断得到的感觉是一样的：这里的这个人，这个年轻的、活着的、在呼吸的人正处于死亡的边缘，我一定得救他。于是我便走近他。

“‘钱您不用担心，来吧！您不能待在这儿，我来给您找个地方

安顿下来。您什么都不用顾虑，现在您就来吧！'

"他转过头来。我们四周雨声噼噼啪啪一阵紧似一阵，檐水哗哗地朝我们的脚倾泻下来，这时我感觉到，在黑暗中他第一次竭力想看一看我的面貌。他的身体似乎也正从昏睡中慢慢地苏醒过来。

"'好吧，随你的便，'他让步了，'对我来说反正都一样……毕竟嘛，干吗不去？我们走吧。'我撑开伞，他走到我身边，挽着我的手臂。这突如其来的亲昵姿态使我感到很别扭，令我惊慌失措，吓得我直发凉，一直凉到心底。但是，我没有勇气拒绝他；因为，要是我现在把他推开，他就会坠入无底深渊，直到现在我所做的一切努力和尝试，就全都白费了。我们往回朝赌馆走了几步。现在我才想起，我还不知道拿他怎么办呢。我很快地思忖，最好是把他领到一家旅馆去，到那儿以后把钱塞在他手里，好让他在那儿过夜，明天乘车回家，其他的事情我没有去想。现在正好有几辆马车从赌馆门前匆匆驶过，我叫了一辆，我们上了车。马车夫问我到哪儿去，一开始我竟答不出来。不过我突然想起，我身边这位全身湿透、水淋淋的人，好饭店是没有一家肯接待他的——另一方面我真是个未谙世事的女人，压根儿未往不正经的事上去想，于是我大声对车夫说：'随便找家普通旅馆！'

"马车夫淋着雨，但镇定自若，他把马匹赶得飞快，我身边的这个陌生人一句话都不说，车轮轧轧，雨势急猛，打在车厢的玻璃上噼啪作响：坐在黑暗的、没有灯光的、棺材般的四角形车厢里，我的心绪很不好，仿佛我是带了具尸体似的。我极力思索，想找出一句话，好把因默不作声地坐在一起而引起的离奇而恐怖的气氛冲淡一些，但是我什么话也没有想出来。几分钟以后马车停住了，我先下车，付了车费，这当间那人也恍恍惚惚地下了车，砰的一声关上了车门。我们现在站在一家陌生的小旅馆门前，我们头上是一个玻璃遮阳棚，下面的空间由拱形檐盖挡住雨水。这时四周都是单调的雨声，雨水不停地洒向难以捉摸的黑夜。

“那个陌生人支撑不住自己身躯的重量，所以便不由自主地靠在了墙上，水从他湿透的帽子和皱皱巴巴的衣服上滴滴答答地流下来，他站在那儿，像刚被人从河里救起来的溺水者，神志还是迷迷糊糊的，墙上他靠的那小块地方淋下来的水形成了一条小溪。可是他却不拿出一星点儿力气来，把身上抖一抖，把帽子甩一甩，而是让水滴不断从额头和脸上流下来。他站在那儿，对一切全然漠不关心，我无法告诉您，他那副颓丧的神情使我多么震惊。

“不过，这时我得有点什么表示了。我把手伸进口袋：‘给您一百法郎，’我说，‘拿去要个房间，明天乘车回尼斯。’

“他抬起头来吃惊地望着我。

“‘我在赌厅里注意到了您，’我见他迟疑不决，便催促他，‘我知道，您把钱输光了，我担心您会因一念之差而做出蠢事来。接受人家的帮助并不丢脸……嗯，拿着吧！’

“然而，他却推开了我的手，我还真没料到他还有这样的劲儿。‘你是个好人，’他说，‘但是，别浪费你的钱了。我这个人已是无可救药了。这一夜我睡不睡，都无所谓。明天反正一切都完了。我已经无可救药了。’

“‘不，您一定得拿着，’我逼着他说，‘明天您的想法会不同

的。现在您先上去，睡上一觉再说。白天万物会有另一种面貌的。’

“我再次将钱硬塞给他，可是他却几乎很猛地推开了我的手。‘算了吧，’他再次低沉地重复道，‘这是毫无意义的。我还是在外面了结好，免得在这里把人家的房间弄得血迹斑斑的。一百法郎救不了我，就是一千法郎也不顶用。只要身上还有几个法郎，明天我又会进赌场的，不把它全部输光，是不会罢手的。何必再重新来一次呢，我已经够了。’

“您一定估量不出，这低沉的声音是怎样深深地震撼着我的灵魂；可是，请您设想一下：离您两寸的地方，站着一个年轻、聪明、有生命、有呼吸的人，您知道，如果不用一切力量让他振作起来，那么两小时之内这个有思想、能说话、会呼吸的青春生命就将变成一具死尸。而要战胜他那毫无意义的抗拒，对我来说不啻发一次大火，激起一阵愤怒。我抓住他的胳膊，说：‘别说蠢话！您现在一定得上去。要一个房间，明天早晨我来把您送上火车。您必须离开这里，明天必须回家，我不看见您手持车票坐上火车决不罢休。年纪轻轻的，决不能因为输了几百或几千法郎就自己轻生。那是懦弱，是气愤和懊丧之下的歇斯底里大发作。明天您就会觉得我的话是对的！’

“‘明天！’他加重了语气重复地说，声调显得阴郁而带点嘲讽，‘明天！要是你知道明天我在哪儿就好了！要是我自己能知道，那也不错，本来我对此就有点儿好奇呢。不，你回家去吧，我的孩子，别费劲了，不要浪费你的钱了。’

“但是，我不肯让步。我心里像发了疯，发了狂似的。我使劲抓住他的手，把钞票硬塞在他手里。‘您拿着钱马上上去！’同时我十分果断地走去拉响了门铃，‘得，我已经拉了铃，门房马上就来了，您上去吧，倒在床上就睡。明天早上九点我在门口等您，马上就带您去火车站。其余的一切您都不用担心，我会做出必要的安排，让您能回到家里。可是现在，快上床吧，好好睡一觉，别再胡思乱想了！’

“就在这一瞬间，门上的锁从里面咔嗒一响，门房打开了大门。

“‘进来！’他突然说道，声音又硬又坚决，并带着恼怒。我感到，我的手腕被他牢牢攥住了。我大吃一惊……吓得魂飞魄散，全身酥瘫，如遭电击，失去了知觉……我想抵抗，想把手挣脱出来……但是，我的意志好似麻木了……我……您是会理解的……我……我羞愧难当，门房在那儿等着，已经显得不耐烦了，我却在门房面前跟一个陌生人扯个不停。于是……于是，我一下子到旅馆里去了；我想说话，想把情况说清楚，可是我的喉咙塞住了……他的手沉重而蛮横地按着我的胳膊……我模模糊糊地感觉到，我不自觉地被拉着上了楼梯……门锁咔嚓一声……突然之间我在一家旅馆里——旅馆的名字到今天我还不知道——在一个陌生房间里同一个陌生人单独待在了一起。”

讲到这儿C夫人又停住了，并且突然站了起来。她的声音似乎不听使唤了。她走到窗口，默默地往外望了几分钟，只是把额头贴在冰凉的玻璃上：我没有勇气仔细朝她看，因为去观察一位情绪激动的老太太，我觉得很尴尬。因此我就静静地坐着，不提问，不出声，只是等待着，直到她以克制的步子重新走回来，在我对面坐下。

“好了——最难的部分现在已经讲了。我希望您相信我，现在我要再次向您保证，我可以用一切在我来说是神圣的东西——我的名誉和我的孩子来起誓，直到那一秒钟我脑子里并没想同这个陌生人发生一种……一种关系，我确实没有任何清醒的意志，完全没有一点知觉，好似一脚踩上活动暗门，从平坦的生活道路上突然摔进这个境地。我曾发过誓，对您和对我自己都要说真话，所以我要向您再重复一次，我陷入这次悲剧性的难以启齿的经历，仅仅是由于我救人之心过于急切，不是因为其他的个人感情，因此完全不带个人的愿望，也未曾有过一点预感。

“在那个房间里，在那天夜里所发生的事，请容我略去不讲吧；那天夜里的每一分钟我自己从未忘怀，而且永远也不愿忘记。因为那天夜里我在同一个人搏斗，目的是为了挽救他的生命，我要再说一遍：那是一场关系到生与死的斗争。我的每根神经都千真万确地感觉到，这个陌生人，这个一半已经沉沦的人，拿出一个垂死者的全部眷恋和激情紧紧抓住最后一线生的希望。他像一个意识到自己已经身悬深渊的人，将我牢牢抓住。我振作起全部力量，拿出自己所有的一切去挽救他。这样的时刻一个人一生中或许只能经历一次，而能经历这一次的，千百万人中又只有一个人——要是没有这次可怕的意外遭遇，我自己恐怕永远也不会想到一个心如死灰、穷途末路之人竟会如此热切，如此忘我，以一种无法遏制的贪婪再次畅饮生命的红色甘醇，我远离生活中的邪魔力量已经二十年之久了，要是没有那次可怕的意外遭遇，我恐怕永远也不会理解大自然有时竟会在瞬息之间如此绝妙，如此神奇地将冷和热、生和死、心醉神迷和悲观绝望聚集和压缩在一起。这一次就是这样充满斗争和对话，充满激情、愤怒和憎恨，充满恳求和陶醉的泪水，我觉得这一夜像是过了一千年，我们两人紧紧缠绕在一起，心醉神迷地一起堕入深渊，一个兴奋得死去活来，另一个极乐之中没有了感知，俩人从这场致命的狂风暴雨中解脱出来以后都变了，完全变了，思想、感情都不一样了。

“不过，这些我不愿讲了。我不能够，也不愿意来描述这一切。只有早晨我醒来时极其可怕的第一分钟我必须简略地向你提一提。我从未曾有过的疲惫不堪的沉睡中，从深沉的黑夜中醒来，过了很久我才睁开眼。睁眼看到的第一件东西，就是我顶上的一片陌生的屋顶，眼睛继续一点一点地看下去，又发现一个完全陌生、从未见过、令人生厌的房间，我压根儿不知道，自己是怎么进到这个房间里来的。起初我竭力说服自己，说这还是一个梦，一个相当清醒而透明的梦，我是从朦胧的沉睡中进入梦境的——然而灿烂的、确确实实的阳光已经刺眼地照到了窗前，这是早晨的阳光，楼下不断传来辘辘的马车声、叮当的电车声和嘈杂的人声——现在我明白了，我不是在做梦，而是醒了。我不由自主地坐了起来，想好好思索一下，就在这时……我目光往旁边一转……就看见——我永远无法对您描述出我的惊骇——这张宽床上有个陌生人睡在我身边……是陌生的，陌生的，陌生的，是个半裸的、不相识的人……

“不，我知道，这种惊骇是无法描述的：我一下吓得魂不附体，浑身无力地倒了下去。但是这不是真正的晕厥，没有不省人事，正相反：在闪电般的瞬息之间我一切都明白了，既清清楚楚，又无法解释。我突然发现自己同一个完全陌生的人睡在一个极有可能是下流场所的一张陌生的床上，心里的厌恶和羞愧真是难以言说，当时我只有一个愿望：去死。我还清楚地记得，当时我的心跳停止了，我屏住呼吸，仿佛这样就可以扼杀自己的生命，尤其是自己的意识，那清晰的、清晰得令人胆怯的意识，那一切都知道，但又什么都不懂的意识。

“我永远不会知道，我这样四肢冰凉地躺了多久：死人大概也是这样僵直地躺在棺材里的。我只知道，我双眼紧闭，默默向上帝，向天上的神灵祈祷，但愿这一切都不是真的，全不是真的。但是我敏锐的知觉现在再也不容欺骗，我听见隔壁房间里有人说话，听见有人用水时的哗哗声，外面走廊里有走动的脚步声，每一种声音都无情地证明了一个残酷的事实：我的知觉是清醒的。

“这可怕的状态究竟持续了多久，我说不清楚：那时候每一秒钟都与从容不迫的生活时间不同，那每一秒钟都另有自己的计时标准。这时另一种恐惧，那突如其来的、令人魂飞魄散的恐惧袭上我的心头：这个陌生人，这个我不知道名字的陌生人现在大概要醒了，大概要跟我说话。我立刻明白我只有一条路可走：在他醒来之前穿好衣服逃走。永远不再让他看见我，永远不再跟他说话。及时拯救自己，走，走，走，回到自己的生活中去，回到我的旅馆去，马上乘下一班火车离开这个可耻的地方，离开这个国家，永远不再碰上他，永远不再看见他，没有证人，没有起诉人，也没有知情人。这个想法使我慢慢从晕厥中清醒过来：我极其小心翼翼地、用小偷常用的蹑手蹑足的动作，一寸一寸地挪动身体（只是为了不弄出响声来），下得床来，摸到我的衣服。我小心翼翼地穿上衣服，因为怕他醒来，我每秒钟都在发抖。现在我已经穿好衣服，这件事算成了。只是我的帽子在另一边的床脚下，现在我踮着足尖轻轻走去拾起帽子——可是在这一秒钟里我却无法把持自己：我一定还要朝这个陌生人的脸瞥上一眼，朝这个像陨石似的坠入我的生活中来的陌生人看上一眼。我只要看上一眼就行了，但是……很奇怪，因为这个躺在那儿酣睡的陌生的年轻人——对我来说确实是陌生的：我第一眼所见的竟不是昨天那张脸了。这个情绪激动到极点的人，由于受激情的折磨，脸上呈现的那种恍惚迷离、痉挛抽搐和紧张不安的表情现在好似全都抹掉了——这儿的这个人他的容貌则完全不一样，他的脸显得天真和孩子气，焕发着纯洁和快乐。这两片嘴唇，昨天是用牙齿紧紧咬住的，这时在梦里温柔地微微张启，而且挂着一缕微笑；一丝皱纹也没有的额上柔软地垂下松散的金发，安详的呼吸似轻波细纹从胸部散扩到全身。

“您也许会记得，我先前对您说过，我还从来没有如此强烈、如此毫无顾忌地像盯着观察赌台上的那个陌生人那样观察过一个人所表现出来的贪婪和激情。我要告诉您，我从来没有，就是在孩子身上——襁褓中的婴儿有时身上有一种天使般快乐的光泽——也没有见到过他在真正幸福的酣睡中所呈现的这种焕发着纯洁光辉的表情。这张脸宛如精妙绝伦的雕像，将他所有的情感表现得淋漓尽致：摆脱了内心重压的那种幸福快乐的舒坦感，一种解脱感，一种得救感。看到这副令人惊异的神态，我的全部惊吓和恐惧就像一件沉重的黑大衣，从我身上掉了下来——我不再感到羞愧，不，非但不再感到羞愧，反而几乎感到喜上心头了。原来那种恐怖的、不可捉摸的东西，对我来说突然之间有了意义，一想到这个柔嫩、漂亮的年轻人，这个像鲜花一样快乐而沉静地躺在这里的年轻人，要是没有我的奉献，他将摔得粉身碎骨，血迹斑斑，脸青鼻肿，眼珠暴突，面目全非，气断命绝，躺在悬崖脚下：我救了他，他得救了，一想到这些我就心里乐滋滋的，感到骄傲。现在我带着母爱的目光——我无法用别的说法——朝这个躺着的人望去，我再次把他生了出来，给他以生命——我生他的时候比生自己的孩子痛苦要大得多。在这间陈旧的、污秽不堪的屋子里，在这家令人恶心的、油腻腻的临时旅馆里，我有一种宛如在教堂里的感觉——您听了这话会觉得很可笑的——一种奇异和神圣之感。现在在我心里生出了姐弟之情，我一生中最最可怕的一秒钟，变成了令人惊异、令人倾倒的第二个一秒钟。

“我动作的声音太大了？我情不自禁地说了什么话？我不知道。然而突然之间那个酣睡的人睁开了眼睛。我吓得连忙后退。他诧异地环顾四周——同我自己先前一模一样，仿佛他是从无底深渊和杂乱的迷惘中费尽力气爬上来的。他的目光吃力地扫视这间陌生的、未曾见过的屋子，随后惊讶地落在我身上。但是没等他说话，没等他完全回忆起来，我就镇定自若了。不能让他说话，不能让他提问，不能让他有亲昵的表示，昨天和昨天夜里的事不该重演，不作解释，也不去谈。

“‘我现在得走了，’我立即向他表示，‘您留在这儿，穿上衣服。十二点钟我在赌馆门口等您：在那儿我会把其余一切事情都安排好的。’

“没等他回答，我就逃了出去，不愿再看到那间屋子，我头也没回，就奔出旅馆。旅馆的名字我不知道，正如不知道那个我同他在这里过了一夜的陌生男人的名字一样。”

C 夫人停下来歇了口气。但是所有的紧张和痛苦都从她声音里消失了：就像一辆马车，费尽力气艰难地爬上山顶，然后就从山顶轻轻松松地飞速驰向山腰，现在她就是这样以轻松的语调继续说下去：

“就这样，我急忙跑回自己住的旅馆。街上晨光明亮，夜里的暴风雨已将沉闷阴郁的天空荡涤得一干二净，就好似令我受尽煎熬的感情现在已从我心里冲刷干净。您一定记得我先前对您说过的话：自从丈夫故世以后，我对自己的生活已经完全不抱奢望，孩子们不需要我，我自己也觉得活着没有意思，活着不能达到某个目的，生活本身就是一个谬误。真是意想不到，现在居然第一次有个任务落在了我身上：我救了一个人，竭尽全力把他从毁灭的边缘拉了回来。现在还有一件小事要做，这件事得把它做完。所以我就跑回我的旅馆：门房见我现在早晨九点钟才回来，所以用惊讶的目光打量着我——对于已经发生的这件事，我思想上已经不再感到羞愧和恼怒的重压了，生的愿望突然重新复苏，出乎意外地获得一种必须活下去的新的感受。这些新的感觉融进了我的血液里，温暖地流遍全身。我在房间里匆匆换了衣服，下意识地脱下身上的丧服（这事我后来才注意到），换上一件色彩明快的衣服，到银行去取了钱，风风火火地赶到车站，问明了列车行车时间；此外我还办了几件别的事，赴了几处约会，我行动之果断连我自己都感到吃惊。现在没有别的事要办了，只等将命运扔给我的那个人送上火车，把他最终挽救过来。

“当然，要直接面对他，这需要力量。因为昨天的一切都是在黑暗中，在感情的旋涡里发生的，就像被山洪冲下来的两块石头，突然撞击在一起；我们彼此几乎没有面对面地认识过，那个陌生人是否还会认得我，对此我一点没有把握。昨天——那是事出偶然，是心醉神迷，是两个糊涂人的走火入魔，但是今天我非得比昨天更为公开地在他面前暴露自己了，因为我现在不得不在无情的光天化日之下以我本人，以我的本来面目作为一个活生生的人走到他面前去了。

“不过，一切都比我想的要容易得多。在约定的时间，我还没有到赌馆门口，一位年轻人就从长椅上一跃而起，急忙朝我走来。他那惊异的神情，他那每一个胜过语言的动作完全出自本能，显得多么稚气，多么率真和喜悦：他简直是飞奔过来的，眼睛里流露出既感激又崇敬的快乐之光，但是他的眼睛一觉察到我的眼睛在他面前不知所措的样子，便立即谦恭地垂了下来。这种感激之情在一般人身上很难感觉得到，而且心怀最最感激之情的人往往无法表达出来，他们总是尴尬地沉默不语，羞愧不已，为了掩饰他们的感情，往往欲言又止。上帝好似一位神秘的雕塑家，将这个人的感情姿态表现得极为性感、优美、生动，在他身上感激之情的流露十分炽烈，他的体内像是有一股激情在迸发出来。他朝我的手弯下腰，谦恭地垂下轮廓清瘦的孩子式的脑袋，十分尊敬地吻了一分钟，但是嘴唇仅仅触到我的手指，接着便退后一步，问我身体怎么样，亲切地望着我，他的每一句话都很有礼貌，又极为得体，因此几分钟之后我心里最后的一点惶恐不安也消失得无影无踪了。四周的景物全都着了魔，好似镜子一样映照出我开朗的心情：昨天还是怒涛汹涌的大海，现在明澈而平静，细浪之下每粒沙石都在朝我们闪烁着白灿灿的光辉；那家赌馆，那恶魔聚集之所，在清扫得干干净净的、锦缎似的天空下色彩明朗；那个亭子，昨天下着瓢泼大雨的时候我们曾在其屋檐下躲避，现在已经开启，是一家花店，那里摆放着一束束、一簇簇鲜花，白的，红的，绿的，色彩缤纷，斑斓杂陈，卖花的是位年轻姑娘，她身上的衬衣色彩极为鲜艳。

“我请他到一家小餐馆去吃午饭；在那里这位陌生的年轻人对我讲了他悲剧性的冒险史。他的冒险史完全证实了我在绿色赌台上看到他那双神经质地索索发抖的手时所作的第一个揣测。他出身于奥地利波兰贵族家庭，这确定他将来要在外交界求个锦绣前程，一直在维也纳上学，一个月前他以优异的成绩通过了初考。学习期间他住在叔叔家。他叔叔是总参谋部的高级军官，为了庆祝考试成功，并作为对他的奖励，叔叔叫了一辆马车，把他带到普拉特，俩人一起来到赛马场。叔叔赌运亨通，接连赢了三次。随后他们拿着厚厚一叠白赚的钞票，到一家豪华饭店去大吃了一顿。第二天，这位未来的外交官就收到为奖励他这次考试胜利而寄来的一笔钱，数额相当于他一个月的生活费；要是在两天前，对他来说这笔钱还是个相当可观的数目，可是现在，在那次轻而易举就赢了这么多钱之后，这点钱他就看不起了，觉得它微不足道。这样，吃过饭他又坐马车去赛马场，兴头十足地放手大赌一场。他居然福星高照——或者更应该说是厄运临头——到最后一场赛马结束，离开普拉特公园时，他的钱数已经增加了三倍。从此以后他赌兴大发，时而赛马场，时而咖啡馆，或者俱乐部，耗费了自己的时间，荒废了学业，损坏了神经，尤其是耗掉了金钱。他再也不能思考，夜里也不能安眠，他甚至无法控制自己；有天夜里，他在俱乐部里输光了钱回到家里脱衣服时发现背心口袋里还有一张忘记的、已经揉成一团的钞票，他忍不住，便又穿上衣服，到外面东转西晃，最后在一家咖啡馆里找到几个玩多米诺骨牌的人，便坐下来同他们一直赌到天明。他的一位已经出嫁的姐姐接济过他一回，替他偿还了高利贷借款；高利贷者见他是名门贵族的继承人，所以都乐意把钱贷给他。有一阵子他曾赌运亨通，可是后来手气又不好，连连输钱，颓势怎么也阻挡不住，而且输得越多，就越是渴望大赢一次，好支付尚未偿还的债务和以名誉担保一定按时还清的借款。他早就把钟和衣服当掉了，最后竟发生了这么件令人惊骇之事：他偷了老婶婶的两枚花骨朵状的钻石大耳环。这两枚耳环他婶婶很少戴，是一直放在柜子里的。其中的一枚他以高价当了出去，当天晚上拿这笔钱去赌就赢了四倍。但是他没有去赎回耳环，而是将所有的钱拿去孤注一掷，结果输得一干二净。直到他离开维也纳的时候，他的偷窃行为尚未被发现，于是他又把第二枚耳环当掉，这时突然心血来潮，便坐上一列火车来到蒙特卡洛，想在轮盘赌上发一笔他梦寐以求的大财。在这里他卖掉了皮箱、衣服、雨伞，现在他身边只有一支装了四发子弹的手枪和一个镶嵌着宝石的小十字架，这是他的教母 X 侯爵夫人送他的，他一直舍不得出手，除此之外，他已别无他物。但是，就连这个十字架他也在下午以五十法郎卖掉了，只是为了晚上最后一次去寻求那令人震颤的欢乐，再去做一次生死搏斗。

“他把这一切讲给我听的时候，神态优美，极具魅力，他的气质活泼生动，灵气十足。我听着，心里感到震撼，着迷，激动；然而我并没有因为与我同桌的人本是小偷而愤怒，不，这个想法我片刻都没有出现过。作为女人，我的一生从未有过些微污点，在社交场合总是要求保持最严格的传统尊严，倘若昨天有人即使只是对我暗示，说我将会跟一个完全陌生的年轻人，一个比我儿子大不了多少而且偷过珠宝耳环的人亲密地坐在一起，那我定会把他看作疯子的。可是听着他的叙述，我一点没有惊骇之感，这一切他说得那么自然，而且带着那么一种激情，使人觉得他讲的是一个高烧病人的行为，而不是什么令人气愤之事。再有：谁像我一样昨天夜里亲身经历了那种激流飞泻似的出人意料的事，那么‘不可能’这个词就突然失去了它的意义。在那十个小时里，我对现实的了解比先前以市民方式度过的四十年要多得不知多少。

“可是，在他对自己做的那些事进行坦白的时候，却有另一种东西令我惊慌不安，那就是他眼睛里火一般的光亮，他一谈到自己对赌钱的热衷，他眼里便熠熠生辉，脸上的所有神经像通了电一样颤动不已。他在讲这些事的时候，自己还异常激动，他表情丰富的脸上极其清晰地再现了当时欢喜或痛苦的种种紧张神态。他的两只手，那两只奇妙的、细长而灵活的、神经质的手同在赌台上一样，又不由自主地开始变得像或追逐或逃遁的猛兽：我看见他说着说着，两只手就突然从指关节往上剧烈地颤抖，拼命卷曲起来，紧攥拳头，接着手指又突然重新弹开，随后又互相交叉，紧紧抱成一个拳头。他在坦白出偷耳环这件事的时候，两只手闪电般地向前伸去（我不禁吓了一跳），飞快地做了一个偷东西的动作：手指十分利索地朝耳饰张开，将东西匆匆一把攥在拳头窝里，这一切我都看得真真切切。我感到一种无名的震惊，看出这个人身上的每一滴血都中了他自己激情的毒。

“一个年轻、爽朗、生来就是无忧无虑的人竟会可悲地屈从于一股迷糊滑稽的热情，他的叙述中令我如此震撼和吃惊的仅仅就是这一点。因此，我认为自己首要的职责就是友好地规劝我这位不期而遇的被保护人，劝他必须立刻离开蒙特卡洛，离开这个具有最危险的诱惑的地方，趁现在丢失耳环之事尚未被发现，自己的前程尚未彻底断送之时，今天就回家去。我答应给他回家的路费和赎回耳饰的钱，当然有一个条件，只有一个条件，他今天就要走，并且要以他的名誉向我起誓，永远不再碰纸牌，也不进行其他赌博活动。

“我永远不会忘记，这位落魄的陌生人听着我说，起初情绪何等沮丧，随后心情逐渐开朗，满怀着热烈的感激之情，当我答应帮助他的时候，他像是要把我的话吮进肚里似的；突然，他的两只手从桌面上伸了过来，抓住我的双手，姿势像是在礼拜和神圣地许愿，令我难以忘怀。他明亮的、通常有些许迷惘的眼睛里含着泪水，快乐和兴奋使他全身激动得直打哆嗦。我常常试图向您描画他独一无二的表现姿态的能力，但是我无法将这种姿态描述出来，因为它表现的是一种极度兴奋的、超越尘世的幸福境界，我们几乎不可能在一般人的脸上见到，只有当我们从梦中醒来，以为在自己面前见到了已经消失的天使的面庞，这时，唯有天使的那片白影才可与他的姿态相比。

“何必隐瞒呢：我经受不住他的目光，他的感激令我高兴，因为这样的感激我们很难见到，温柔的感情让人感到愉悦和舒适，对我这个沉稳、冷静的人来说，那种洋溢的感情确实是一种惬意的、简直是令人喜悦的新感受。再有：自然景物经过昨夜那场大雨，也随着这个身心憔悴的人一起神奇般地苏醒了。我们从餐馆出来时，平静安谧的大海璀璨地闪闪发光，蔚蓝的海水连接天际，在高空的蓝天上只有海鸥在展翅翱翔，点点白影映衬在天际的蔚蓝之中。里维埃拉的风光您是熟悉的。那里的景色永远是美丽的，但却显得平淡，像风景画片一样，映入我们眼帘的是永远浓重的色彩，是一个慵倦的睡美人。她镇定自如地任人浏览欣赏，永远是一副东方式的百依百顺的样子。但有时候——那是极少的——这里也有那么几天，这时美人站起来了，露出了尊容，她色彩鲜艳，熠熠闪光；这几天她使劲向人高声呼唤，并怀着胜利的心情把五彩缤纷的鲜花抛向人们；这几天她热情炽烈，欲火如焚。在经历了那个风雨交加的黑夜和惊涛骇浪的混沌之后，那天也正是这么一个令人振奋的日子，街道被冲洗得干干净净，天空湛蓝高远，树木经雨苍翠欲滴，丛丛灌木到处鲜花怒放，宛如万绿丛中点燃的簇簇火把。空气清凉，阳光灿烂，群山显得清新明亮，好似突然向前走来了，纷纷好奇地挨近这座闪光发亮的小城。放眼四望，突出地感到大自然的挑战和激励，觉得自己的心也不由自主地被大自然夺去了。于是我就说：‘我们雇辆马车，到海边去兜兜风吧。’

“他兴奋地点点头：这个年轻人好像到这儿以后还是第一次观赏自然风光。在此之前，他只知道那潮湿而带霉味的赌厅，那儿散发着一股恶浊的汗酸气，拥挤着丑恶而扭曲的人群；他知道的再就是乖戾、灰暗、喧嚣的大海。现在，洒满阳光的海滩像一把打开的巨扇展现在我们面前，遥望远处，顿觉赏心悦目。我们坐在缓缓行驶的马车上（那时还没有汽车），欣赏沿途绮丽的风光，经过许多别墅，碰到不少人的目光。每次驶过一幢房子，经过一座掩映在意大利五针松的绿荫下的别墅，我会千百次地在心里浮现一个秘密的愿望：但愿能生活在这儿，宁静、平和、远离尘嚣！

“我一生中曾经有过比那个时候更幸福的时刻吗？我不知道。在马车里，这个年轻人坐在我身边，昨天他还处在死亡和厄运的魔爪里，奇怪的是，现在倾泻下来的金色阳光洒满了他的全身：似乎好些年岁月从他身上消失了。他好像完全成了一个孩子，成了一个漂亮的、在戏耍的孩子，有一双纵情的，同时又是心怀敬畏的眼睛。他身上最使我着迷的要数他那灵活敏感、善解人意的柔情了：车子爬的坡太陡，马很吃力，他便敏捷地跳下去，在一侧帮着推车。我提到一种花，或指了指路边的某种花，他就急忙跑去摘了来。见到一只被昨夜的雨引诱出来的小蟾蜍在路上艰辛地爬着，他就去将它捧起来，小心地送到青草丛中，以免他身后驶来的马车将它碾碎。这期间他还兴致勃勃地讲了一些令人捧腹大笑而又很雅致的奇闻逸事：我相信，这笑声是对他的一种拯救，因为他突然感情充溢，欣喜若狂，如痴如醉，要不大笑一阵，他必定会唱歌、蹦跳或干出什么傻事来的。

“后来，我们的马车爬上一个高坡，缓缓驶过一个很小的村子。经过村子的时候，他突然很有礼貌地摘下帽子。我感到有点惊讶：这位外国人当中的外国人，在这里他在向谁致敬呢？得知我的疑问，他的脸微微有点红，几乎像道歉似的向我解释说，我们刚才经过一座教堂，同所有教规严格的天主教国家一样，在波兰从小就培养他们，见到任何教堂和圣殿都要行脱帽礼。对宗教的这种美好的崇敬态度令我深为感动，同时我也想起了他说到过的那个小十字架，所以就问他是否信教。他略现羞赧的样子谦逊地说，他信教，并希望得到上帝的宽宥。听了他的话，我突然心生一念：‘停车！’我朝马车夫喊道，并且急忙下了车。他跟着我，感到很诧异：‘我们到哪儿去？’我只是回答：‘您一起来。’

“他陪我走回教堂。这是一个砖砌的乡村小圣堂。内墙四壁刷着石灰，颜色发灰，墙上是空的，圣堂的大门开着，一束黄色的光锥射进昏暗的圣堂，四周的暗影凸现出蓝色的祭台。圣堂里香烟缭绕，祭台上点着两支蜡烛，朦胧中烛光闪动，犹如两只蒙着面纱的眼睛。我们走进圣堂，他脱下帽子，把手伸进涤罪缸的水里去浸了浸，拿出来划了个十字，随后便屈膝跪下。他一站起身，我就将他抓住。‘您过去，’我催促他说，‘到祭坛前或者到您所敬仰的神像前去，在那里起个誓，誓言我马上就说给您听。’他诧异地、几乎是吃惊地望着我。但他很快就明白了我的意思，就走到一座神龛前，画了十字，顺从地跪了下去。‘您跟着我说，’我说，自己都激动得颤抖了，‘您跟着我说：我起誓。’‘我起誓。’他重复着说。我继续说下去：‘我永远不再参加任何形式的赌博，永远不再把自己的生命和名誉断送在这种嗜好之中。’

“他颤抖着重复了这些话，清晰而响亮的声音回响在空空荡荡的圣堂里。接着便是片刻的寂静，静得连外面微风吹过、树叶发出的簌簌声都能听得见。突然，他像个忏悔者似的扑倒在地，以一种我从未听到过的狂热的声音说了一番我听不懂的波兰话，他的话说得极快，快得连前后的字句都混在一起了。这一定是狂热的祷告，是感激和悔恨的祷告，因为他忏悔时感情非常激昂，一再谦恭地低下头，低得都触到圣案了，他越来越狂热地重复着那外国话语，越来越激越地重复着同样的、以无法形容的热情说出来的话。在这以前和以后，我从未在世界上任何一座教堂里听见过这样的祷告。他的双手紧紧抓住木质的祷告桌，显得有点局促，他内心的风暴刮得他全身不住地晃动，使他时而抬起头来，时而又伏倒在地。他什么也看不见，也感觉不到：他好似在另一个世界，在炼狱里转化，或者在朝神圣的境域飞升。最后，他慢慢站立起来，画了十字，吃力地转过身来。他的两膝还在发抖，面容苍白，像虚脱一样。可是，他一见到我，两眼便炯炯有神，一丝纯真的、真正虔诚的微笑使他阴郁的脸庞也开朗了；他走过来，深深地鞠了一个俄国式的躬，抓着我的两只手，十分崇敬地用嘴唇贴了贴：‘是上帝派您到我这里来的。为此，我已经谢过了上帝。’我不知说什么好。我真希望，这时圣堂里的矮椅子上空会突然响起管风琴奏出的音乐，因为我觉得，我一切都成功了：我已经永远挽救了这个人。

“我们从教堂出来，回到五月天灿烂的阳光下，我觉得世界从来都没有这般美丽过。我们的马车继续沿着丘陵起伏的路缓缓驶了两个小时，我们坐在车里俯览全景，尽情观赏绮丽的风光，每转一个弯都别有洞天，就是另一番景色。然而，我们不再交谈了。在付出了那么多感情之后，现在似乎想减少每一句话。每当我与他的目光偶然相遇时，我总不得不难为情地避开他的目光：看到我自己创造的奇迹，对我的心灵震撼太大。

“下午五点左右，我们回到了蒙特卡洛。我同亲戚有个约会，现在要取消已不可能了，我还得去赴约。本来，我心里很想歇一会儿，舒释一下绷得太紧的感情，因为幸福来得太多了。我觉得，这种过分狂热的状态，这种心醉神迷的状态，类似的情况我一生中还从未经历过，我必须得歇一会儿。所以，我就请这位被我保护的人跟我到我的旅馆去一趟，只要一会儿就行；到了旅馆，我就在我的房间里把路费以及赎耳环的钱交给他。我们商定，我去赴约，他去买车票；晚上七点钟我们在车站大厅里会面，就是说在开车前半小时，随后火车将把他经由日内瓦送回家。当我把五张钞票递给他时，他的嘴唇突然奇怪地发白了：‘不……不要钱……我请您别给我钱！’他的手指神经质地哆嗦着，慌慌张张地缩了回去，从牙缝里挤出这两句话来，‘不要钱……不要钱……不能见到钱。’他又重复了一次，显出极其厌恶和恐惧的神情。见他这副羞愧的样子，我就安慰他说，这些钱就算是借的吧，要是他觉得拿了钱心里过意不去，他可以写张借条给我。‘好的……好的……写张借条。’他把目光移开，嘴里喃喃自语，并将钞票折叠在一起，看都不看一眼就塞进了口袋，仿佛那是什么黏黏糊糊的东西，会弄脏他的手似的，随后就在一张纸上潦潦草草地写了几句话。他写好借条，抬起头来，额头上大汗淋漓，仿佛体内有什么东西在冲上来扼住他的脖子似的。他把那张借条往我手里一塞，全身一阵哆嗦，突然——吓得我不由自主地往后退了一步——他跪了下去，捧起我的裙子，连连吻着裙上的镶边，那样子真是难以描述。我受到强烈的震撼，全身不住地战栗起来。这时我心里升起一阵奇怪的惊恐，心乱如麻，只能结结巴巴地说：'您这么感激，我倒要谢谢您。不过，请您现在就走吧！晚上七点我们在车站大厅里再告别。'

"他望着我，感动得眼里噙着晶莹的泪水；有一瞬间我以为他要说些什么，有一瞬间他仿佛要靠近我。然而，随后他却突然再次深深地、深深地鞠了一躬，便离开了我的房间。"

C夫人又中断了叙述。她站起来，走到窗前，眼望窗外，纹丝不动地站了很久：从她剪影似的、轮廓清晰的背上我看到些微轻轻的战栗和晃动。突然，她果断地转过身来，一直静静的、没有什么表示的两只手突然做了个剧烈的切割动作，像是要把什么东西撕碎似的。接着，她坚定地、几乎是勇敢地望着我，突然又开始了她的叙述。

"我曾向您许诺，保证做到绝对坦率的。现在我看出，这个诺言是多么必要。因为只有现在，我逼着自己第一次按照事情的前后联系来描述那一时刻的全部经过，并且找出明晰的词句来表述当时那种错综复杂、紊乱不堪的感情，只有现在我才清楚地认识到许多我当时不知道，或者是也许当时我不想知道的事。因此，我要坚定、果断地向自己，也是向您吐露真情：当时，在那个年轻人离开房间、只剩下我只身一人的一秒钟里，我感到心上受到了猛烈的撞击，好似突然晕厥过去一般。有什么东西使我痛不欲生，可是我不知道，或者说我不想知道：受我保护的人他那毕恭毕敬的态度本来是感人至深的，何以对我的伤害会那么深，令我痛苦万分。

“可是现在，因为我逼着自己坚定地、有条有理地把过去的一切当作别人的事一样统统从我心里掏出来，也因为您这位见证人不容许我有丝毫隐瞒，不容许令人羞愧的感情有藏身之所，今天我这才明白，当时我所以会如此痛苦，其实是因为失望……使我感到失望的……是这位年轻人竟如此顺从地走了……并没有想抓住我，留在我身边……他竟恭顺而敬重地服从了我要他坐车回家的初愿，而没有……没有企图把我拉到他身边……我感到失望的是，他只是把我敬为出现在他生活道路上的圣女……而没有……没有感觉到我是个女人。

“这就是我当时的失望……是我不肯承认的失望，当时不承认，后来也不承认，然而，一个女人的感觉是无所不知的，不需要语言和意识。因为……现在我不再继续欺骗自己了——如果这个人当时把我搂着，当时要求我，我定会跟他走到海角天涯，定会玷污我和孩子的姓氏……我定会不顾人们的非议和自己内心的理智，跟他远走高飞，就像那位亨丽埃特夫人跟着一位她一天前还不认识的法国青年一起私奔一样……我一定不会问，到哪儿去，去多久，对于自己以前的生活我也不会回头去看一眼……为了这个人，我一定会把我的钱，我的姓氏，我的财产，我的名誉全都牺牲掉……我一定会去乞讨，或许世界上任何低下的地方他都会把我领了去。我定会将人们称之为羞耻和顾虑的一切统统抛弃，他只要说一句话，朝我走近一步，他只要试图抓着我，那么，在这一秒钟里我整个儿就是他的了。可是……我向您说过……此人举止异常，他望着我，不再用看女人的目光来看我了……我对他的热情燃得多么炽烈，多么渴望委身于他啊！可是，只是在我只身一人时，只是在那股被他开朗的、简直是天使般的脸掀得高高的激情在我心里退落下来，并在空虚寂寞的胸中不住起伏的时候，我才感觉到这一点。我费劲地振作起精神，那个约会成了我的负担，令我倍觉反感。我觉得，我头上仿佛扣了一顶又重又紧的钢盔，压得我直摇晃：当我终于走到另一家旅馆我亲戚那儿时，我的思绪松散凌乱，就像我的脚步一样。在亲戚那里我沉闷地坐着，别人都在进行热烈的谈话，我却心里不断地在担惊受怕，我偶尔抬起眼睛，注视他们毫无表情的脸，比起那张像天上的云层忽亮忽暗变幻莫测、生动无比的脸来，我觉得这些人的脸就像戴了面具或冻僵了似的。我仿佛坐在死人当中，这次聚会竟是如此恐怖，毫无生气，我一边往咖啡杯里放糖，一边心不在焉地同别人应酬，而那张脸却像被我熊熊灼燃的热血涌了上来，时时浮现在我心头。观看这张脸就成了我最大的快乐；想想实在可怕，一两小时之后该是我最后一次见到他了。我不由得下意识地轻轻叹息，或许还发出了呻吟声，因为我丈夫的表姐突然弯下腰来问我，怎么样，是不是不太舒服，说我的脸色苍白，呼吸局促。她这一问倒使我立刻毫不费劲地找到了一个借口，我说，折磨我的实际上是偏头痛，所以请她允许我悄悄地先行离开。

“我这样一脱身，就刻不容缓地奔回我住的旅馆。一进屋子只有自己独自一人，空虚、寂寞的感觉就又袭上我的心头。我心里急不可待，渴望马上见到那位年轻人，今天我就将永远失去他了。我在房间里面踱来踱去，毫无必要地拉起百叶窗，换了衣服和腰带，照着镜子以审视的眼光打量一番，看看自己这身打扮是否会引起他的注意。忽然间，我明白了自己的心愿：只要把他留住，一切都在所不惜！这个心愿在残酷的一秒钟之内变成了决心。我跑到楼下去告诉门房说，我今天要乘夜班火车离开这儿。现在时间已经很紧了，我按铃把侍女叫来帮我收拾东西。我们俩人一个比一个着急，手忙脚乱地将衣服和小件生活用品装进几只箱子里，我心里则梦想着即将出现的惊喜：我送他上火车，等到最后一刻，到最后的瞬间，当他伸出手来同我握手告别的时候，我就出其不意地登上列车，走到这位惊诧万状的人跟前，同他共度今宵、明夜——只要他要我，就每夜都同他厮守在一起。我感到一阵狂喜，一阵陶醉，全身血液在翻腾、涌流，有时，我一边往箱子里扔衣服，一边哈哈大笑，有时突如其来的一声大笑，弄得侍女莫名其妙。这当间，我感觉到我的神志混乱了。挑夫来取箱子时，起初我直愣愣地瞪着他，完全不解其意：内心激动，犹如阵阵波浪翻滚，这个时候就很难客观地来思考了。

“时间紧迫，这时大概快七点了，离开车时间顶多二十分钟。——当然，我安慰自己说，我现在不再是去同他告别了，我已决定陪他出走，无论他的旅程多久多远，我都与他相守，形影不离。仆人先把几只箱子拿了出去，我匆匆到旅馆账房结了账。经理已经把钱找给了我，我正要走了，这时有只手温柔地拍了拍我的肩头。我吓了一跳。那是我丈夫的表姐，因为我佯称身体不适，她放心不下，所以特来探望。我觉得眼前一阵发黑。现在这个时候我可不需要她，每一秒钟的延误都意味着厄运降临，意味着将痛失这次机会，可是我又必须顾及礼貌，至少得站着同她搭会儿话呀。‘你得上床去躺着，’她催促着我，‘你一定发烧了。’这话大概倒也不错，因为我两边太阳穴上脉搏跳得很急，像擂鼓似的，有时我还感到眼前蓝影直晃，快要晕倒。但是我支撑着，竭力做出一副感激的样子，其实每一句话都使我心急如焚，真想干脆一脚将她那不合时宜的关切踢到一边去。然而，这位不受欢迎的、担心我的人却待着不走，她待着，待着，并拿出科隆香水给我，而且非让我自己将这清凉的液体抹在太阳穴上决不罢休：这当间我却一分钟一分钟地数着，同时还想着他，并琢磨着能找个什么借口来摆脱这种折磨人的关切。我越是焦急不安，她对我就越是怀疑；后来，她几乎想强行把我弄到房间里去，让我躺下。她还在一个劲儿地劝我，这时我突然朝大厅中央的钟看了一眼：差两分七点半，而七点三十五分火车就开了。绝望中我对什么都不在乎了，粗暴地径直将表姐的手狠狠一甩，动作之快，宛如子弹出膛：‘再见，我得走了！’说罢，根本不去顾及表姐惊得发呆的目光，也不四下看看落下什么东西没有，便从那些诧异得目瞪口呆的旅馆侍役身边冲出大门，来到街上，径直朝车站奔去。挑夫在车站上守着行李等我，我老远就从他激动的手势上得知，时间一定万分紧迫了。我就盲目地拼命冲到横杆那儿，结果被检票员拦住了：我忘了买票。于是我便软硬兼施，几乎说动了检票员，破例让我到站台上去，可是就在这时，火车开动了：我浑身发抖，目不转睛地望着徐徐开动的列车，希望至少能从某个车厢的窗口一瞥他的容貌，见到他的挥手，他的致意。但是火车加快了速度，我再也无法认出他的面容了。一节节车厢呼啸而过，一分钟以后，在我模糊的眼前留下的只有一片冉冉升腾的浓烟。

“我站在那儿准似泥塑木雕一般，上帝知道究竟站了多久，因为挑夫大概叫了我几次我都未答应，他这才大着胆子碰了碰我的胳膊。我猛地吓了一跳。他问，要不要把行李重新搬回旅馆。我考虑了一两分钟；不，这不可能，我走得那么仓促，那么可笑，我不能再回去，也不愿回去，永远不回去。这时我形单影只，心烦意乱，就叫他把行李搬到寄存处去。稍后，车站大厅里旅客熙来攘往，人声鼎沸，在阵阵喧嚣声中，我才设法进行思考，清晰地思考，想甩掉那些令人灰心丧气、痛苦不堪的纠葛，把自己从愤怒、悔恨和绝望中解救出来。因为——为什么不承认呢？——由于自己的过错，失去了与他最后会面的机会，这个想法像把烧红的尖刀无情地在我心里乱搅，那燃红的刀刃越来越无情地往我心灵深处捅，痛得我真想大声叫唤。只有完全没有遭遇过激情的人，在其一生中出现的唯一瞬间，他们的激情也许才会像雪崩似的、像狂飙骤起似的突然爆发出来：于是闲置多年未用的生命力就像碎石倾泻，一齐坠落在自己胸中。在这一秒钟里我已做了最最鲁莽的准备，将自己长期积聚起来、紧紧裹在一起的整个生命猛地一下抛将出去，却突然发现面前有一堵毫无意义的墙，我的激情一头撞了上去，只撞得晕晕乎乎，蒙头转向。像在这一秒钟里所碰到的那种意想不到、令人愤怒而又对它无能为力的事，我在此前从未经历过，以后也未曾经历过。

“我下一步所做的尽是些毫无意义的事，除此之外还能做些什么呢！我做的事很笨，简直愚蠢透顶，讲出来自己都感到羞愧。但是，我曾对自己、对您许下诺言，什么都不隐瞒。——那我就接着说吧。我……我要为自己找回他……就是说，我要为自己找回同他一起度过的每个瞬间……有股强大的力量把我拉向我们昨天一起到过的每个地方：花园里的那张我把他从上面拉走的椅子，我第一次看见他的那个赌厅，甚至那个下等旅馆。这样做的目的，仅仅是为了再一次、再一次重温往事。明天我还打算坐马车沿滨海再循旧路，在心里再次重温每一句话、每一个姿态和表情——这种做法多没有意思，多幼稚，我真是糊涂透顶了。可是，请您想一想，那些事来得快如闪电，一下都落在了我身上，一下就把我击晕了，岂容我做别的考虑。现在从心醉神迷的状态中猛地醒来，借助于我们称为记忆的那种神奇的自我欺骗，我要将这些正在流逝的经历——重新追忆，再来品味一次过把瘾——当然，这些事，有的别人理解，有的别人不理解，要完全理解，恐怕需要有一颗火热的心。

“这样，我便先到赌厅，去寻找他坐过的那张赌台，并在那里的许多双手里设想他的那双手。我走了进去。我还记得，我最先看见他的时候，他坐在第二间屋子左边的那张赌台上。他的每个动作姿态还清晰地浮现在我眼前：我就是闭上眼睛，伸出双手，梦游似的都可以把他的座位找到。于是我就走了进去，立即横穿屋子。这时……我在门口朝熙熙攘攘的人群一望……我眼前出现了一件奇怪的事……他正好坐在我梦见他的那个位置，他在那里坐着——这准是狂热引起的幻觉！……真是他……他……他……正是我刚才幻觉中见到的他……同昨天一模一样，两眼直愣愣地盯着转盘里的锥形球，脸色苍白，犹如幽灵……但是，那是他……是他……绝对不会错，那是他……

“这下吓得我非同小可，我差点儿叫喊起来。但是我控制住对这荒唐的幻象的惊吓，并且闭上眼睛。‘你神经错乱了……你在做梦……你发烧了，’我对自己说，‘这不可能，你眼里出现了幻影……半小时前他就从这里坐火车走了。’后来我重新睁开眼睛。啊，可怕极了：他坐在那里，同方才一模一样，有血有肉，绝对不会错……在千百万双手当中我也能认出他的手来……不，我不是在做梦，那人确确实实是他。他没有走，没有如他向我起誓所保证的那样，这神经错乱的人坐在那里，他有了钱，这钱是我给他回家的路费，他把它拿到这张绿色赌台上，又忘情地沉醉在他的癖好中，大赌起来，而我呢，却绝望地为他把心都掏了出来。

“我猛地一下冲上前去。我泪水模糊，眼里燃烧着愤怒的烈火，这背弃誓言之徒，竟这么无耻地欺骗我的信任、我的感情、我的委身，我真想掐住他的脖子。然而，我还是抑制住了自己。我故意慢慢（我费了多大力气啊）走到赌台的另一边，正好面对他，一位先生很有礼貌地给我腾出个位置。我们俩人中间隔着一张两米宽的绿色赌台，我可以像在楼座上看戏一样盯着他的脸。两小时前这张脸上还容光焕发，充满感激之情，闪烁着上帝宽宥的灵光，现在他的激情正在经受炼狱之火的煎熬，这张脸又抽搐得扭曲了。他的这双手，今天下午他在立下神圣誓言的时候还紧紧抓着教堂椅子的这双手，同是这双手，现在手指微曲，在钱堆里扒来扒去，犹如两个嗜血的魑魅。他赢了，他准赢了很多钱，很多很多钱：他面前随意拢了一堆筹码、金币和钞票，亮闪闪的，但横七竖八，凌乱不堪，战栗着的、神经质的手指乐滋滋地伸进钱堆里随便把玩。我见他将纸币一张张抚得平平整整，叠在一起，那些金币他则转动着，抚摩着，后来他突然一下子抓起一大把，抛在一个方格当中。他的鼻翼又立即开始快速翕动，掌盘人的叫喊声使他将眼睛，那炯炯有神的贪婪的眼睛从钱堆上移开，注视着蹦跳的圆球，他的身体仿佛自动地要往前冲，而两只胳膊肘却好似用钉子钉在了绿色台面上。他那迷狂的样子表现得比昨天晚上还可怕，还恐怖，他的每个动作都在毁掉我心中那另一个凸现在金色背景上闪闪发光的形象，那是我由于轻信而将它珍藏在自己心里的。

“我们俩人相距两米，呼吸着；我目不转睛地盯着他，他却没有发现我。他没有朝我看，他任何人都不看；他的目光只盯着钱，随着往后倒滚的球不安地颤动着：他的全部感官都禁锢在这个疯狂的绿色圆盘中了，并随着滚动的圆球而来回奔跑。在这个赌徒眼里整个世界、整个人类都融化在这张蒙着绿呢的四角台面上了。我知道，即使我在这儿站上几个小时，他也不会感觉到我的存在的。

“可是，我无法继续忍受下去了。我突然横下一条心，绕过赌台走到他背后，用手紧紧抓住他的肩膀。他晕晕乎乎地抬起头来望着我——他瞪着呆滞的眼珠陌生地盯着我，看了一秒钟，像一个被人从沉睡中摇醒的醉汉，他灰暗的目光透着蒙眬的睡意，还刚开始从弥漫的烟雾中亮起来。后来，他似乎认出了我，抖抖索索地张着嘴，喜出望外地抬头望着我，结结巴巴地轻声说了一番知心话，令人丈二和尚摸不着头脑：‘很好……我一进来，见他在这里，便立即知道运气来了……’我不懂他的话。我只看出，他已经赌得如痴如醉了，这个神经错乱的家伙已经把一切都忘了，把他的誓言，他约好的事情，把我、把世界统统都忘掉了。然而，即便是在这种如痴如癫的状态中，他那极度兴奋的神情仍然令我如此着迷，使我不由自主地信了他的话，并且吃惊地问，究竟谁在这里。

“‘那儿，就是那个俄国独臂老将军，’为了不让别人偷听到这个神奇的秘密，他紧贴着我，悄声对我说，‘那儿，蓄着连鬓白胡须的那个，背后有个侍从。他总是赢家，昨天我就注意他了，他准有一套诀窍，现在我一直望着他下注……昨天他也一直赢……只不过我犯了错误，他走了我还在继续赌……这是我的错……昨天他大概赢了两万法郎……今天他也是每盘都赢……现在我每回都跟着他下注……现在……’

“正说着，他突然停了下来，因为掌盘人响亮地喊了句：‘Faites votre jeu！’[①] 一听到叫喊声，他的目光便一路巡视过去，最后落在白胡子俄国人的位置上，贪婪地巡视着。这位俄国将军从容

① 法语，诸位请下注。

不迫地坐在那儿，神气十足，他先是不慌不忙地拿出一枚金币，稍作犹豫，随即又摸出第二枚，一齐押在第四格上。我面前那双容易激动的手便立即伸进钱堆里，抓起一把金币，扔在同一个位置上。一分钟后，掌盘人发出一声‘空门’的喊声，接着将筢竿一拐，便把桌上的钱全都收了去。他的眼睛盯住被横扫而去的金钱，好似观看一件稀奇古怪的事一般。您一定以为这下他会朝我转过身来了吧。没有，他没有转过身来，他把我完全忘了，我已经沉没了，完了，从他生活中消失了，他绷得紧紧的全部感官都集中在俄国将军身上，而这位将军却满不在乎，手里又拿了两枚金币掂了掂，一时举棋不定，不知押在哪个数字上好。

“我无法向您描述我当时的愤怒和绝望。但是，请您想想我的心情：我把自己整个一生都抛给了这个人，到头来在他眼里我却连一只苍蝇都不如，对于苍蝇还得用手去随便驱赶一下呢。愤怒的狂涛再次涌上我的心头。我使劲一把抓住他的胳臂，令他大吃一惊。

“‘您必须马上站起来！’我轻声对他说，但语气是命令式的，‘想想您今天在教堂里立下的誓言，您这背弃誓言的人，真可悲！’

“他愣愣地望着我，神情慌张，脸色惨白。他的眼里突然现出惊恐和颓丧的表情，活像一条挨了打的狗露出的那副样子，他的嘴唇战栗着。他似乎一下想起了先前的一切，似乎对自己感到害怕了。

“‘好……好……’他结结巴巴地说，‘噢，我的上帝，我的上帝……好……我就来……请您原谅……’

“说着，他的手便开始把钱归拾起来，起先动作很快，而且显得精神振奋，态度坚决，可是随后就慢慢变得越来越迟钝，像是被一股反作用力给冲了回来。他的目光又重新落在那位正在下注的俄国将军身上。

“‘再等会儿……’他迅速将五枚金币扔在俄国将军下了注的格子里，‘……就再赌这一盘……我向您起誓，我马上就来……就再赌这一盘……就再……’

“他的声音又消失了。圆球已经开始滚动，并且也将他拽着一起滚动。这着了魔的人，他的心已经从我身边，也从他自己身边滑出去了，连同陀螺一起摔进光滑的凹格里，它里面小球还在不住地滚跳。掌盘人又在吆喝了，篼子又扒走了他的五枚金币；他输了。但是，他并没有转过身来。他把我忘了，把誓言以及一分钟前对我说的话统统都忘了。他的手又哆嗦着去抓那堆渐渐变少的钱，他迷醉的目光不安地颤动着，专门盯住他意愿中的那块磁石，对面那位会给他带来好运的人。

“我再也无法忍耐了。我再次将他摇了摇，但这次摇得很重。‘您现在立即站起来！立刻！……您说过，就赌这一盘的……’

“可是，这时意想不到的事发生了。他突然转过身来瞪着我，脸上已经不再是恭顺和迷惘的表情，而是一脸雷霆大作的神色，愤怒使得他眼睛冒火，嘴唇发抖。‘别缠着我！’他大声向我叱责，‘给我滚开！您给我带来了晦气。只要您在这儿，我就老输。昨天您就让我倒了霉，今天您又来了。快给我滚开！’

“刹那间我僵住了。见他这么疯狂，我的愤怒也像一匹脱缰的野马。

“‘我给您带来了晦气?’我大声谴责他，‘您这个骗子，您这个小偷，您曾对我发誓……’我说不下去了，因为这中了邪的人从座位上跳起来，毫不在乎周围喧嚷的人群，把我直往后推。‘让我安静点。’他无所顾忌地大声喊道，‘我又不受您的监护……拿去……拿去……把您的钱拿去，’说着，他便扔给我几张一百法郎的钞票……‘现在您总可以让我安静了吧!’

“他非常大声地嚷着，喊着，完全像中了邪一般，对上百个围观者熟视无睹。所有的人都瞪大眼睛，都在嘁嘁喳喳，指指点点，放声大笑，就连隔壁大厅里也挤过许多人来看热闹。我觉得，我仿佛被人把我身上的衣服剥了下来，让我赤身裸体地站在这帮看热闹的人面前……‘Silence, Madame, s'il vous plaît!’[①] 掌盘人盛气凌人地大声喊道，并用筢竿敲着赌台。这可怜的家伙，他这句话是冲着我说的。受到这般侮辱，我被羞得无地自容，站在这帮嘁嘁喳喳、交头接耳的看热闹的人面前，好似一个妓女，一个别人扔钱给她的妓女。二三百只厚颜无耻的眼睛一齐盯着我的脸，这时……侮辱的污水泼得我羞愧难当，我深深埋下头，把目光躲开，转向一侧，这时正巧遇到两只眼睛，一双惊骇万状地瞪着我的眼睛，真像两把锋利的尖刀——那是我表姐，她望着我，惊得张口结舌，呆若木鸡，还举着一只手。

“我好似挨了当头一棒，直吓得魂飞魄散：还没等她动弹，没等她从惊吓中恢复过来，我便立即冲出大厅，一口气跑到那张长椅

---

① 法语，夫人，请安静。

跟前，就是昨天那个着了魔的人倒在上面的那张长椅。我也同样精疲力竭，身心交瘁地倒在这张无情的硬木椅上。——

“这已是二十四年前的事了，可是，每当我回想起那一瞬间，被他嘲讽得低下头来，站在千百个陌生人面前的那一瞬间，我血管里的血就会变得冰凉。我又惊诧地感觉到，我们一直自鸣得意地称之为灵魂、精神、感情的东西，称之为痛苦的东西，其实质又是多么的虚弱、可怜和没有骨气，因为这些东西即使再多，也不能把受痛苦煎熬的肉体和被压坏的身躯完全毁灭——因为人会经受住那样的时刻，血脉还会照样搏动，而不会像遭了雷击的大树那样死掉或者翻倒在地。这样的痛苦仅仅是突然一下，只有一瞬间，好像扯断了我的关节一样，使我倒在了长椅上，上气不接下气，脑袋迟钝麻木，简直领略到必定要死亡的快乐预感。然而，我刚才说过，一切痛苦都是懦弱的，而生的欲望却异乎寻常地强烈，在它面前，痛苦自会消退，而生之欲望似乎是植根于我们肉体之中的，它比我们精神上的一切死亡激情更为强大。在感情上经历那样的打击之后，我竟重新站了起来，这一点我自己也无法解释，当然，站起来之后该做些什么，对此我并不知道。我突然想到，我的几只箱子还寄存在车站上。刚一想到，心里便有种东西在催促我：走，走，走，离开这儿，离开这座该诅咒的地狱。我对谁都未加留意，便径直奔到车站，询问去巴黎的下班火车几点开，售票员告诉我是晚上十点开，于是我便立即将行李托运。十点——自那次可怕的邂逅以来正好过了二十四小时，这二十四小时里充满了种种荒谬感情的骤变，以致我的内心世界永远破碎了。可是眼前，在心里持续不变的怦怦锤击的节奏中我只感觉到一个字：走！走！走！我头上的脉搏噗噗直跳，好似楔子不停地打进我的太阳穴里：走！走！走！离开这座城市，离开我自己，回家去，回到亲人身边去，回到我先前的、回到我自己的生活中去！我连夜乘火车到巴黎，从巴黎又几经转车才到了布隆，从布隆再到多佛，从多佛到伦敦，从伦敦到我儿子那里——这趟狂奔疾飞也似的旅程整整四十八小时，一路上我不思，不想，不睡，不说，不吃，在这四十八小时中所有的车轮都咔嗒咔嗒地只奏着一个字：走！走！走！走！最后，我走进我儿子的乡村别墅时，大家都感到意外，人人都大吃一惊：我的神态和目光里一定有点儿什么泄露了我的隐秘。我儿子要来拥抱我，吻我。我赶忙把头往后一别：他要接触我的嘴唇，而我的嘴唇已被玷污，想到这点我就无法忍受。我拒绝回答任何问题，只要洗个澡，需要从自己身上洗掉旅途的尘土和其他一切污秽，因为我身上似乎还粘着那个着了魔的人、那个毫无尊严的人的激情。随后我拖着脚步上楼，进了自己的房间，睡了十二小时或十四小时，直睡得昏昏沉沉，不知白天黑夜，在此之前和此后我都未曾睡过这样的觉，后来我才体会到，这一觉睡得真像是躺在棺材里死了一样。我的亲人像照看病人似的照看我，但是他们的温存体贴只能使我感到痛苦，他们对我的爱护和尊敬使我觉得内心有愧，我得时时留意，生怕自己突然大声吐露出真情：由于一次疯狂而荒唐的激情，我曾背叛过、忘掉过、抛弃过他们。

“后来，我又毫无目的地来到一座法国小城，谁也不认识，因为有个妄念我怎么也摆脱不了，总觉得人人第一眼就会从外表上看出我的耻辱，我的变化，我深深感到自己已经露出马脚，觉得自己直到灵魂深处都很肮脏。有时我早晨在床上醒来，感到非常害怕，眼睛都不敢睁开。我又想到那天夜里，我醒来突然发现自己身边躺着个半裸的陌生人，我像当时一样只有一个愿望：立即去死。

“但是，毕竟时间拥有最深远的威力，而年龄则具有一种能使各种感情贬值的特殊力量。人老了，就会感到死期渐渐临近，死神的黑影已经罩在了生命的旅途上，这时一切东西都显得不那么耀眼了，不再会强烈地影响一个人的内心感受，而且还减少了许多危险力量。我渐渐摆脱了那次打击的阴影；多年以后，我在一次社交场合遇到奥地利公使馆的专员，一个年轻的波兰人。我问起那个家族的情况，他告诉我，他表兄就是这个家族的，他表兄的一个儿子十年前在蒙特卡洛开枪自杀了——听到这个消息我都没有战栗一下。我已不再感到痛苦，也许——何必否认人的自私心理呢？——甚至还暗自欣喜呢，因为我以前一直担心说不定什么时候会碰见他，现在这个最后的恐惧也消失了。现在除了我自己的回忆，再也没有会对我构成威胁的见证人了。从此我心里就平静多了。人一老就不再害怕过去，除此一端便别无他长了。

“现在您就了解了，我怎么突然会同您谈我自己的遭遇，您为亨丽埃特夫人辩护时热情地说过，二十四小时完全可能决定一个女人的命运。我觉得这也是我自己的看法。我非常感激您，因为我的观点似乎第一次得到了确认。那时我就思忖：把心里的话统统说出来，这也许可以解除压在我心上的惩罚，以及回顾往事时所感到的惊吓；这样一来，也许我明天就可以去蒙特卡洛，走进那个使我遭遇这番命运的赌厅，既不恨他，也不恨自己。这样，我心上的巨石就落下去了，以它千钧之力沉沉地将过去压在底下，并且使它不能复苏。我能把这一切都讲给您听，于我很有好处：我现在心情轻松，几乎感到很快乐……为此我要感谢您。”

说到这里她突然站了起来，我感觉到，她已经讲完了。我有点发窘，想找句话来说。但是，她一定觉察到了我内心的感动，所以马上就加以阻拦。

“不，请您不要说……我不要您回答我或是对我说什么……感谢您听我讲了自己的遭遇，祝您旅途愉快。”

她站在我对面，伸出手来同我握手告别。我不由自主地抬头望着她的脸，站在我面前的这位慈祥而又略有羞赧的老太太，她的脸色令我感到非常惊异。不知是往日激情的反照，还是由于心慌意乱，这时她脸上突然泛起一层红晕，将她从脸颊到白发根都染成一片丹霞。她站在那里，活脱脱像个少女，对往事的回忆使她像新娘似的有点不知所措，而对自己的坦率陈述又感到有点羞涩。我不由得深受感动，很想用一句话来表示对她的崇敬。可是，我感到喉头太紧，说不出话来。于是我便弯下腰，满怀敬意地吻了她枯萎的、像秋叶般微微颤抖的手。

恐惧

依莱娜太太离开情人的住所，迈步下楼时，那无名的恐惧又猛然揪住了她的心。一个像陀螺似的黑色的东西忽然在她眼前旋转着，嗡嗡地响起来，两个膝盖冷得硬邦邦的，她不得不赶快抓住栏杆，免得一头栽下去。她壮着胆子来做这种十分危险的会面，已经不是头一次了，这突然袭来的震颤，她一点儿也不觉得陌生；尽管每次回家时她都竭力抵御，但每次她都在那荒唐可笑的恐惧如此毫无来由的袭击面前败下阵来。来会面时，不用说，一路上要轻松得多。那时，她让车子在街角停住，快步走来，头也不抬，几步就到了楼门口，然后匆匆上楼，她知道他正在屋里刚刚急速打开的门后等着她呢，然而这第一阵恐惧，这确实也包含着急不可耐的心情的恐惧，却在见面时热烈的拥抱里消散了。但没过多久，她想要回家时，那神秘的恐惧便涌上心头，使她直打寒战，这里掺杂着深感内疚的惶恐不安和这样一种痴呆的幻觉：似乎街上每一个陌生的目光都能从她的神态上看出她是从哪儿来的，并且对她慌乱的举止毫无礼貌地微微一笑。这种预感引起的时时增长的不安，在她偎依在情人身边的最后几分钟就盘踞着她整个的心灵了。要走的时候，她的两手由于精神紧张而哆哆嗦嗦地颤抖起来，她心不在焉地听着他的话，急切地制止他的热情在临别时爆发出来；走开，但愿她心中的一切也跟着永远走开，离开他的寓所，离开他住的楼房，离开这冒险的爱情生活，回到自己安静的市民小天地里去。她几乎不敢朝镜子里看，因为她怕看见自己目光中的狐疑神情，然而却很有必要检点一下，看是否由于慌张会在她的服装上留下什么痕迹，把这欢乐的时刻泄露出去。接着又是那些离别前白费唇舌的安慰人心的话语，由于激动她几乎一句也没听进去，那几秒钟她正藏在门后窃听有没有上楼下楼的声音。但外面已经潜伏着恐惧了，它焦躁地抓住她，粗暴地使她的心停止了跳动，她只好上气不接下气地走下几级楼梯，直到她感到那神经质地积聚起来的力量完全用尽了才停下来。

于是，她闭着眼睛站了一分钟，贪婪地吸了吸半明半暗的前厅里凉爽的空气。这时，楼上有一扇房门砰地关上了。她吃惊地震动了一下，赶快走下楼梯，两只发抖的手往下拉了拉那块厚厚的面纱。现在，那最后的可怕时刻又在威胁着她，使她不敢穿过楼门走上大街，说不定会碰上路过的熟人劈面问她从哪儿来，也许会陷入谎言的混乱和危险中：她像一个准备助跑的跳远运动员一样低下头，突然下了决心朝着半开的大门急跑过去。

到了门口，她跟一个刚好想进来的女人撞了个满怀。“对不起。”她惶惑不安地说，打算赶紧从她身旁走过去。但那个女人迎面拦住了门，闪着恶意嘲弄的目光，气冲冲地盯着她。“这回我可把您当场逮住了，”她毫无顾忌地扯着粗野的嗓门喊道，“当然啰，一个规规矩矩的太太，所谓的规规矩矩！她有丈夫，有钱，什么都有，但还不知足，还要变着法儿从一个可怜的姑娘手里把她的情人夺走……”

“天哪……您怎么了……您弄错了……”依莱娜太太断断续续地说，笨手笨脚地想要逃跑，但那个女人用她粗壮的身体严严实实地将门堵住，冲着她尖声大骂：“不，我没有搞错……我认得您……您是从我的朋友艾都阿德那儿来……现在我终于把您逮住了，现在我才知道，为什么他近来跟我在一起的时间这么少了……原来是因为您的缘故……您这个下贱的……”

“发发慈悲吧，”依莱娜太太用勉强听得见的声音打断她的话，“请您不要这么大声嚷嚷好不好。”她无意中又退回到楼道里。那女人讥诮地望着她。看到依莱娜吓得发抖，看到她这样明显的一筹莫展，她觉得心中有说不出的快乐，因为她现在正面带自以为是的、因嘲弄人而扬扬得意的微笑打量着她的牺牲者。由于心怀恶意的怡然自得，她的声音变得很宽，相当得意。

“这么看来，那些偷汉的女人，她们原来都是结了婚的太太，一些又高贵又讲究的太太。蒙着面纱，当然要蒙着面纱啦，好让人在事过之后还可以到处都装扮成这种正经女人……”

“什么……您到底想跟我要什么？……我根本就不认识您……我得走了……”

“走……那是当然的啦……到您丈夫那儿去，走进那个温暖的小房间，装扮成高贵的太太，让仆人给脱大衣……但像我们这样的人谁管你是不是像狗一样的饿死，当然这跟您这样的高贵的太太是不相干的……就是对我们这样的人，她们那些规规矩矩的夫人也要把她最后的一点东西偷走……”

依莱娜猛地打定主意，在一种暧昧的启示下屈服了，她把手伸到钱包里，使劲地抓了一把钞票。“这儿，这是给您的……但您现在要放我走……我决不会再来的……我向您发誓。”

那女人恶狠狠地瞪着她，把钱接过去。“没廉耻的东西。”她同时嘟哝道。依莱娜太太听到这句话，不禁吓得一颤，但她看见对方给她让开了门，便急忙冲了出去，活像一个自杀的人从塔顶噗的一声落在地上，急促地喘着气。她向前奔跑着，觉得一个个面孔就像变了形的鬼脸似的从眼前晃过去，她两眼昏花，拼命挣扎着跑到停在拐角的一辆汽车里。像扔一个沉重的包袱似的，她把自己的身体甩在靠垫上，随后她心中的一切就全僵化不动了，当司机终于吃惊地问这位古怪的乘客要到什么地方去的时候，她木然地朝他望了好一会儿，她那神志恍惚的大脑才最后明白了他的话。“到南站，”她慌忙顺口说道，可是想到那个女人说不定会跟踪她，便又说，“快，快，请您快点开！”

汽车走在路上，她才明白这次相遇使她多么震惊。她轻轻地动了动自己又僵又冷的像麻木的东西垂在身边的双手，忽然周身战栗起来，好像打寒战似的。喉头有苦丝丝的东西往上涌，她觉得恶心，同时产生一种无名的憋人的愤怒，像抽筋一样抓她的心搔她的肝。最好让她大喊一阵，或者让她挥拳大闹一番，以便摆脱这种像钓钩扎在大脑里的回忆所引起的恐怖感；那副带着嘲讽笑意的粗野的面孔，那股从那个穷女人恶浊呼吸中发出的卑鄙龌龊的气息，那张充满仇恨紧对她脸一个劲儿往外喷下流话的放荡的嘴，那个举得高高的威胁过她的像要革谁命的拳头，时时浮现在她的脑际。这种厌恶感越来越强烈，在她的咽喉里越爬越高，此外，那迅速滚动的汽车在马路上摇来摇去，当她及早想起她手头的钱也许不够付车费的时候，她才让司机减慢车速，因为她把所有的钞票都给了那个敲竹杠的女人。她赶快示意停车，倏地跳出车去，又把司机吓了一大跳。幸而她剩下的钱够用了。但她不一会儿就发现自己懵懵懂懂地闯到另一个区里来了，来到终日忙碌的人群之中，他们的每句话，每一瞥目光都使她的肉体感到痛苦不堪。这时，她的膝盖好像由于恐惧而变得瘫软了似的，不想往前迈步了，但她必须回家。于是她便拿出全身的力气，以一种非凡的毅力，跌跌撞撞地从一条胡同走到另一条胡同，好像跋涉在沼泽地或没膝的雪里一样。终于她到了家，冲上楼梯，起初有些慌张，但为了避免因烦躁不安而惹人注意，她立刻克制住了自己。

现在，年轻的女仆帮她脱下大衣，她听见隔壁房间里她的男孩跟小妹妹吵吵嚷嚷地玩耍，安详的目光看到处处都是自己的一切，又亲切又可靠，她的脸上才又恢复了泰然自若的神情，同时那秘密的心潮也就从她那痛苦而紧张的胸膛滚动过去了。她取下面纱，装出若无其事的样子，满面春风地走进餐室，她丈夫正坐在准备用晚餐的桌子旁边看报。

“晚了，晚了，亲爱的依莱娜。”他一面用温和的责备口吻说，一面站起身来，吻了吻她的面颊，这不由得在她心里唤起一种说不出的羞愧感。他们在餐桌旁边坐下，他一边看着报纸，一边漫不经心地问：“你到哪儿去了这么久？”

“我去……去……阿麦丽那儿了……她需要去办点事……我陪她走了一趟。”她补充说，可是已经对自己这么欠考虑、说谎说得这么糟生气了。从前她总是预先准备好一套细心想出、经得起任何询问的谎话；可今天这恐惧竟使她忘了这一点，被逼得只好笨嘴拙舌地临时编造。她突然想到：如果她丈夫像他们最近在剧院里看过的那个剧里的人物一样打电话去探问呢？……

“你怎么了？……我觉得你好像有点精神恍惚……你为什么还不把帽子摘下来呀？”她丈夫问。她不禁吓得一哆嗦，因为她又产生了刚才被当场抓住的那种狼狈不堪的感觉。她赶忙站起来，走进她的房间，摘掉帽子，顺便对着镜子朝那不安的眼睛瞧了好久，一直到她觉得这目光重新变得坚定而又自信的时候，她才回到餐室里来。

女仆端来了晚饭；像往常一样度过了一个夜晚，也许比以前话说得更少，气氛显得更寂寞，那天晚上的谈话都是乏味的、懒洋洋的、往往颠三倒四的。她的思绪不停地飘回原路，每当她想到那个时刻，心惊胆战地接近那个敲竹杠的女人，她的思想便一直惊恐不安地向后躲闪；这当儿，她总是抬起目光，才觉得安全，她柔情地逐件望着那些象征友谊的物品，要知道，每件物品都是为了回忆和纪念才摆到这几间屋子里来的，于是她的心便渐渐轻松、平静下来。墙上的挂钟以钢铁般的步履从容地打破沉寂，又人不知鬼不觉地在她的心上增添了一些均匀的、无忧无虑的安然节奏。

第二天早上，她丈夫到自己的办事处去，孩子们出去散步，最后只剩下她一个人待在家里，在明媚的晨光中，那次吓人的相遇事后细究起来已经失去了许多令人焦虑的成分。依莱娜太太首先想起的是她的面纱很厚，因此那个女人不可能看清她的脸部特征，也不可能再认出她来。现在，她冷静地权衡着一切预防措施。她决不能再到情人的住所看他了，这样一来，说不定也就铲除了那恐惧再度袭来的可能性。虽然跟那个女人偶然相遇的危险依旧存在，但这在一个二百万人口的城市里又是多么不大可能啊，因为她坐在汽车里逃掉了，那个女人是不可能跟踪她的。名字和住所她全然不知道，不必担心那个女人根据不清晰的面影会像通常那样满有把握地认出她来。但依莱娜太太对这种极特殊的情况也要有所准备。于是她就摆脱恐惧，立刻这样决定：保持安静的态度，什么也不承认，冷静地说那是一种误解，因为除了借机敲诈她的那个女人当场指责过她以外，对于她的那次会面谁也提不出任何证据。依莱娜太太真不愧是首都最著名的一个辩护律师的夫人，她从她丈夫跟他的同行朋友的谈话中知道得很清楚，各种敲诈勾当都可能由于极端无情而立刻改变行情，因为被勒索的人表现出来的任何犹豫、任何刹那间的不安都只会促使他的对手提高价码。

她采取的第一个对策是给她的情人写了一封短信，说她明天不能按约定的钟点来，而且最近几天也都不行。重读时，她觉得她头一次用伪装笔体写的这张便条仿佛语气有点冷冰冰的，她本想把这些令人不快的语句改成亲切的话语，这时她回想起了昨天的那次相遇，突然私下里火冒三丈，这恼恨便不知不觉地酿成了字里行间的这种冷若冰霜的语气。她痛心地发现，她情人的宠爱只不过是把她变成了这么一个低贱的主动者而已，她觉得自己的骄傲受了伤害，现在，她心怀敌意地思量着这些话，正因想到这种报复方式而得意：那便是字条上冷漠的语气说明来不来会面在某种程度上完全取决于她愿意不愿意。

这个年轻人，一个有名的钢琴家，她是在一次偶然参加的晚会上认识的，当然那是个小型聚会，然而她却想都没想过，甚至不明白是怎么回事，很快就成了他的情人。他其实一点儿也没有激发起她的热情，而在她的身上也没有丝毫性感的东西和精神的魅力吸引着他；她委身于他，并不是需要他，也不是渴望得到他，而是出于对抗他的意志的某种惰性，出于一种抑制不住的好奇心理。她既没有由于婚姻幸福而完全满足的心理，也没有那种女人身上常见的精神兴趣衰退的感觉，在她心里没有任何东西促使她产生找一个情人的需求；从一般社会眼光来看，她确实很幸福，因为她有一个富有的、智力胜她一筹的丈夫，还有两个孩子，懒散而满意地过着她那舒适、平庸、安静的日子。但这里存在着一种松弛的气氛，它在感官上正如闷热和风暴，形成了一种平稳的幸福状态，这状态比不幸更富于刺激性，而且对于许多女人说来，由于她们一无所求才正像由于绝望而长期得不到满足一样致人死命。饱人的贪欲不见得比饿人的小，正是这种生活上的闲适、安逸使她产生了一种追求风流韵事的好奇心理。在她的生活中，哪里也没有阻力。她处处碰到的都是柔情蜜意，处处显现的都是安稳，温情，冷漠的爱，家庭的尊敬，她没有想到这样适度的生活从来也不能从表面来衡量，它总是一种内心空虚的反映，她觉得这种安逸不知怎么竟骗去了她的真正生活。

她少女时期对伟大爱情的朦胧梦想，对陶醉在新婚初年亲切友好的平静生活和做年轻母亲的有趣诱惑中那种喜悦的朦胧梦想，如今在她将近三十岁的时候，又开始苏醒了，而且像每个女人一样在内心滋生出一种应付巨大热情的能力，但并没有同时产生决计体验这热情的勇气，为这种风流韵事付出应有代价、赴汤蹈火的勇气。就在她觉得无力增添新色彩的一种称心如意的时刻，这个年轻人怀着毫不掩饰的强烈欲望跟她接近，带着艺术的罗曼蒂克神秘气氛走进了她的安谧的小天地。在这里，那些男人通常只是说几句平淡无奇的笑话，献点小殷勤，毕恭毕敬地称赞“美丽的夫人”，却不曾当真把她看成女人。而今，她的内心深处又感受到她长大成人以来头一次领略过的那种激情。在她看来，他本人身上也许一点儿迷人之处也没有，只有一层淡淡的哀愁罩在他那怪惹人注目的脸上，对这层悲愁的阴影她竟辨认不清，因为它本来就像他的演奏技巧和那种黯然伤感的沉思一样全是装出来的，他正是在这种沉思中进行（早已事先准备好的）即兴演奏。对她这样一个生活在不愁温饱的人们周围的人说来，这种忧伤意味着对更高级生活的向往，这种生活曾经从许多书中五彩缤纷地跃入她的眼帘，充满浪漫主义色彩，出现在许多剧本中。于是，她便无意中被拖出她的日常感情界限之外来观察这新的生活现象了。但是，一个女人的好奇心总是不自觉地跟性感连在一起的。一声赞扬使他从钢琴上抬起头来瞥了这位太太一眼，从这声喝彩里反映出来的对艺术家感染力的印象比一般礼貌性的表示也许更富有热情，而这第一瞥目光一下子就拨动了她的春心。她大吃一惊，同时感到一种充满一切恐惧的欢乐：在一次谈话中仿佛一切都被这种神秘的情火照得透亮，烧得通红，这次谈话使她那不可按捺的好奇心得到了鼓励，变得更强烈，以致她在一次公开举办的音乐会上也不回避跟他再次相见。接着，他们便经常会面，很快就不再单靠偶然机遇相会了。她至今为止很少想到她对音乐的品评会有什么价值，她一直理直气壮地否认她的艺术感会有什么意义，可是现在，正像他对她一再强调的那样，她在很多方面都成了他这个真正艺术家的知音和顾问，就是能以这样的身份出现的虚荣心，促使她几周之后就轻率地相信了他的提议：他想在家里给她，只给她一个人演奏他最新的作品。可能他心里有一半这样的善良意图，但到了一起就接起吻来，最后她竟不胜惊讶地把自己的身体也给了他。她的第一个感觉便是对这意想不到的肉欲的冲动感到震惊；起先由那蒙着神秘色彩的关系引起的精神上的战栗，突然不见了。由于有了要装出全然自愿的这种虚荣心作怪，由于以为是自己第一次下决心脱离她生活在其中的那个安谧的小天地的想法，那种对这并非出自本心通奸的罪恶感，也就部分地减轻了。就这样，她的虚荣心竟然把她对那种在最初几天里深感不安的丑行的畏惧变成了一种新的骄傲。但这种种神秘的情绪的激动，也只是在最初的时日里才经常出现。私下里，她本能地防范着这个人，大都是防卫他心中产生新的东西，也就是最初挑起她好奇心的那种异样的东西。他的奇装异服，他家中的流浪人习气，他那永远摇摆在挥霍和困窘之间的经济状况的杂乱无章，从她的资产阶级眼光来看，是令人反感的；像大多数女人一样，她们希望艺术家一眼望去就很浪漫，在个人交往方面很文明，是一只狂怒的猛兽，但必须关在道德的铁笼子里。使她陶醉在他的演奏里的那股热情，在偎依在他怀里的时候，完全平静下来；她的确不喜欢这种突如其来的疯狂的拥抱，她往往不自觉地把这拥抱的纯属个人意志的不顾一切跟她丈夫的那多年后仍然羞答答的、充满敬意的激情相比较。但现在失足一次以后，她便一而再、再而三地到他那里去，不觉得幸福，也不觉得失望，只是出于某种尽义务的感情和一种习以为常的惰性。她这样的女人，在轻佻的女人甚至在妓女中间也并不少见，而内在的市民习性却十分顽固，甚至在有外遇的情况下也要亲自维持一种正常的秩序，在放荡的生活中也要保持一种居家过日子的方式，在日常生活里尽量装出少有的十分耐心的样子。没过几个星期，她便使这个年轻人，她的情人，在一些细小的地方也适应了她的生活习惯，像对待公婆一样，也规定了一周有一天来看他，但她并没有因为有了这层新的关系而放弃自己旧日的生活秩序，而是在某种意义上为自己的生活增添了一点新的东西。很快，她的情人就成了为她的存在而装备精良的机器，他像第三个孩子或一辆汽车似的，成了她平淡的幸福生活的某种扩充物，不久，她便觉得这冒险的爱情生活像合法的享乐一样毫无意义了。

然而，第一次，当她本应为这奇遇付出真正的代价，也就是担着风险的时候，她就开始打小算盘，考虑值得不值得了。她天生任性，娇生惯养，因有像样的财产而毫无他求。对于不能容忍的第一次不快她就觉得似乎太多了。她不愿意立刻舍弃哪怕一点点自己内心的安宁，但也几乎从未想过为自己的安逸而抛弃她的情人。

情人的回音，一封像一个人从梦中惊醒，因神经受刺激而断断续续写出的信，下午就由信差递到了，满篇都是精神恍惚的恳求、哀怨和悲诉，这使她想结束这种不正当关系的决心又有些动摇了。她的情人用最恳切的语言请求她至少跟他见一面，如果他不知因为什么伤了她的感情，也好让他请求她的宽恕。现在，这套新把戏惹得她对他更为不满，她想不分青红皂白地回绝了事，让他明白她要高贵得多。于是她便约他到临时想起的一个咖啡馆里去会面，还是做姑娘的时候她就在那里跟一个男演员会过面，当然这件事现在在她看来是幼稚可笑的了，因为那个演员是又恭敬又不在意的样子。她心里偷偷地笑着想，这种浪漫事儿在她的生活中是很稀奇的，这种事在她婚后这些年月里已经枯竭了，现在却又繁盛起来。她几乎对昨天与那个女人的唐突相遇感到一种内心的喜悦了，在这次相遇中，她又如此强烈、如此兴奋地体验到长久以来就有的一种真正的感情，她平素相当容易松弛下来的神经因此又神秘地震颤起来。

为了防备万一遇见那个女人，被认出来，这回她穿了一身暗色的不显眼的衣服，戴了另一顶帽子。为了不让人看清她的容貌，面纱她也准备好了，但一个突然涌上心头的固执想法使她把它放到了一边。难道像她这样一个可尊敬的有身份的女人竟能因为害怕见到一个根本不相识的女人而不敢上街吗？

一瞬间的恐惧感只在她走上街头的一刹那才掠过她的心头，那是一种如同人们投身波涛前把脚伸进水里试探时因为觉得冷突然出现的神经性的战栗。但这凉气一秒钟就从她身上飞过去了，接着便是一种稀有的愉快而自得的情绪突然在她心中冉冉地升起来。她高高兴兴地，轻捷、有力、颤悠悠地向前走去，步子拉得紧，腿也抬得高，她觉得自己从来不曾迈着这样的步伐走过路。那个咖啡馆离得这么近，甚至她也感到遗憾了，因为此刻有一种意愿正驱使她有节奏地向前走，一直走进这爱情生活的神秘的磁石般的吸引圈。但她为这次会面规定的时间太紧了，不过，她非常放心，确信她的情人早就在等她了。果真不假，他正在角落里坐着呢。她一进来，他便心情激动地跳了起来，她觉得他的情绪激动，又感人又讨厌。她不得不劝他压低声音，他由于内心过分激动，像旋涡猛卷一般，朝她连连质问和抱怨。她呢，根本不说明她不来践约的真正原因，一味玩弄隐晦的词句，这些话因为含混不清使他更加恼火。这一次，她虽然没有满足他的愿望，但对自己说过的话还是有些犹疑了，因为她觉得这回突然的不可测的逃避和拒绝相见对他的刺激太大了……可是当她经过半小时最紧张的谈话离开他的时候，她在感情方面对他既没有最起码的表示，也没有丝毫的暗示，她内心中燃烧着一种只在少女时代才有的奇异的情感。她仿佛觉得有一个闪闪发光的小火花深藏在心底，只等一阵风吹来使它变成火焰，燃遍她的全身。她大步走过来，同时急急地捕捉着整条街向她射出的目光，很多男人这种赞赏的目光产生了一种意想不到的结果，强烈地撩拨着她想看看自己面容的好奇心，于是她便在一个花店陈列品的镜子前面突然停住脚步，好在红玫瑰和露珠晶莹的紫罗兰的镜框里瞧一瞧自己的美貌。自她少女时代以来，她还从来没有过这样轻松愉快的感觉，全身的每一个感官也从来没有这样充满过活力，婚后最初的日子里也好，跟她情人拥抱时也好，在她身体里都不曾闪现过半点这样的火星；现在只能把所有这一切甜蜜的如醉如痴的热情消耗在少得可怜的被限定的时刻里，这种想法在她已经变得不可忍受了。她心情烦恼地继续向前走去。到了家门口，她又迟疑地站住了，为的是再舒展胸怀深深地吸上一口这炎热醉人的空气，把此时此刻迷乱的心绪压入心底，为的是在内心深处再体味一下它——这冒险爱情生活渐渐平息下来的最后一个浪花。

这时，有一个人拍了拍她的肩头。她转过身去。“您到底又想干……干什么？”突然看见那张可憎的脸，她像吓掉了魂似的结结巴巴地说，使她更吃惊的是听见自己说了这么一句致命的话。她本来早就打定了主意，如果什么时候再碰到那个女人，就说不认识，否认一切，要面对面朝着那敲诈钱财的女人走过去……现在太晚了。

“我在这儿已经等您半个小时了，瓦格纳夫人。”

依莱娜吓得一颤。原来这个女人知道她的名字和住处。现在一切都完了，只好听天由命任她摆布了。

“我等了半个小时，瓦格纳夫人。”这个女人像责备她似的咄咄逼人地重复着她的话。

“您想干什么……您究竟想跟我要什么……”

“您是知道的，瓦格纳夫人，”——依莱娜听到这个名字又吓得一阵痉挛——“您知道得很清楚，我为什么来。”

“我根本没有再见到过他……你不要缠着我了……我再也不会去看他了……再也不……”

那个女人静静地等着。一直等到依莱娜由于情绪激动说不下去了，她才像对待下属似的粗暴地说：

“您不要说谎！我一直在您身后跟到咖啡店，”她见依莱娜在往后退缩，又嘲讽地补充说，“我反正没什么事情可做。他们把我从公司解雇了，照他们的说法，是因为没有那么多工作，因为赶上了经济萧条时期。喏，干吗不好好利用这个空闲时间呢。像我们这样的人也要出来散散步……跟那些规规矩矩的太太们完全一样。”

她说这些话时用的是一种刺痛依莱娜心窝的冷酷无情、恶意中伤的语言。面对这种卑劣言行所表现出来的赤裸裸的冷酷无情，她觉得完全失去了抵抗的能力，她的心越抖越凶，害怕那个女人现在又大声说话，或者她丈夫经过这里，那样一来，一切可就全完了。她赶快把手伸进皮手筒，拽出银丝编织的钱包，把她手指触到的所有的钱都掏了出来。

但这一回，那只无耻的手触到钱的时候，却没有像上次那样顺从地慢慢拳起来，而是伸着巴掌在空中摆动着，那张开的手活像一只野兽的利爪。

“那个银丝钱包也干脆给我吧，免得我把钱丢了！”她嘲弄地撇着嘴，似乎露出了一丝满意的微笑，补充说。

依莱娜凝视着她的眼睛，但只一秒钟而已。这样狂妄的、卑劣的讽刺真叫人无法容忍。像产生了一种钻心的疼痛似的，她觉得有一阵厌恶感穿透了全身。只好走开，走开，不再看这张脸！她掉过脸去，动作迅速地把那个贵重的钱包塞给她，随即跑上楼梯，好像身后有什么恐怖的东西在追赶她似的。

她丈夫还没有回家，于是，她便一头栽倒在沙发里。仿佛被打了一锤，她一动不动地躺在那里。她听见她丈夫从外面回来的声音时，才强打起精神，拖着缓慢的步子来到另外一个房间，每个动作都是那样的无意识，每个感官都是那样的没有知觉。

现在，恐惧伴着她留在这所房子里，没有一点离开这些房间的意思。在这么多空虚的时刻里，那次可怕的相遇的每个细节都像滚滚波涛似的冲进她的记忆；她的处境已经毫无希望，这一点她是心明如镜的。这个女人知道她的名字和住处——怎么会如此，简直不可思议——因为她最初的几次尝试干得这么出色，无疑，她会不择手段地利用她的知情身份无尽无休地敲诈勒索下去。她的生活恐怕要像压了一座阿尔卑斯山，不知要压多少年，怎么努力，包括最大的努力，也甩不掉这个重负。尽管依莱娜太太有钱，尽管她是一个富有的丈夫的妻子，她也不可能瞒着她丈夫筹措到那么大一笔钱，一劳永逸地把自己从那个敲竹杠女人的手中解放出来。另外，她从她丈夫的偶然谈话和他的诉讼中得知，那些刁钻无耻之徒的具结和诺言全都一文不值。她盘算着，一个月，或许两个月，这个厄运还可以躲过去，随后她家庭幸福的这座外表威严的大厦可就非坍塌不可了，叫人略感宽慰的是她确信她很可能把那个敲诈钱财的女人也同时拖进这崩溃的深渊。

厄运是不可避免的，逃避是不可能的，这一点她觉得非常明确。但是会发生什么事呢？从早到晚她都被这个问题纠缠着。说不定会有一天寄来一封写给她丈夫的信，她看见他走进屋来，脸色苍白，目光阴沉，一把抓住她的胳膊问她……但以后……以后又会怎么样呢？他会怎么办呢？想到这里，这些画面便突然全都消逝了，消逝在充满混乱而恐怖的黑暗之中。她想不下去了，所有这一切猜想都摇摇晃晃地陷入无底的深渊。但经过这样的冥思苦想，有一点她是再清楚不过的：原来她是多么不了解她的丈夫，因此她就预料不到他会干出什么事来。她是遵照父母的意愿嫁给他的，但她并无不乐意的表示，而且还怀着一种几年后一直未曾淡漠的对他的好感，现在已经在他身边度过了八年舒适愉快、静谧幸福的生活，为他生了两个孩子，有了一个家，还有数不清的肉体温存的时刻，但是现在，当她问自己他会采取什么态度时，她才清楚，他在她眼里是多么陌生，她对他是多么不了解。现在她才开始从那些能够说明他的性格的个别特征来估量他的全部生活。为了找到打开他的心灵密室的钥匙，现在她正心怀恐惧、小心翼翼地搜索着每个细小的回忆。

因为他说的话从不泄露自己内心的秘密，她只好用探询的目光在他脸上扫来扫去，这时他正坐在安乐椅里读书，周遭闪耀着明亮的电灯光。她看着他的脸，就好像看的是一张陌生的面孔，想试着用那些熟悉的、然而忽然又变得陌生的面部特征来说明这个她在八年夫妻生活中因不在意而不曾发现的性格。前额光亮而气度轩昂，仿佛里面蕴藏着一股巨大的精神力量，嘴却显得很严厉，遇事决不相让。一切都表现着典型男子的威严特点，精神抖擞，充满力量；令人惊异的是在这张脸上居然发现了一种美，她怀着一种敬佩的心理静静地观察着他这种若有所思的严肃神态，这种明显的坚强神情。而眼睛呢，里边肯定隐藏着那真正的秘密，却一直注视着书本，躲起来不让她看。这样，她只能始终疑惑地凝视着他的侧影，似乎那富有生气的轮廓意味着这么一句话：宽恕或者诅咒。这个陌生侧影的顽强性使她很吃惊，但这个侧影的坚定性又使她第一次意识到一种奇异的美。她突然明白了，她是正在用羡慕的神态打量着他，心里是又愉快又自豪。这时，他的目光离开书本，抬起头来。她赶快走回浓重的暗影里，以防她那充满焦虑的目光引起他的怀疑。

三天她都没离开这座房子了。她早就心情不快地发现，她当前突然坚守的生活方式已经引起了别人的注意，因为一般说来，根据她那爱交际的天性，一连好几个钟头或整天待在家里，确实罕见。

最早注意到这种变化的，是她的两个孩子，特别是那个大的男孩，他见妈妈老是这么久地待在家里，十分明显地现出了天真可爱的诧异神情，而仆人们总在小声议论，还跟家庭女教师相互交换他们的种种猜测。她极力找各种各样的、部分是碰巧想出来的非做不可的事来做，想证明她如此惹人注目地留在家里是有正当理由的，但是全然无济于事，她想在哪里帮忙，就把哪里搞得一团糟，她在哪里插一脚，便在哪里引起怀疑。同时她又缺乏老练的才干，不能用理智克制自己，譬如安静地留在一个房间里看看书、做点什么事，好让人家看不出她自愿软禁在家的这种奇怪举动。那内心的恐惧，在她身上如同每一个强烈的感觉，变成了一种神经质的东西，不断地把她从一个房间赶到另一个房间。每当听见电话铃响，每当听见门铃的声音，她都要吓得一颤；由于这样神经过敏，她心中预感到整个生活已被打得粉碎。像坐牢一样待在房间里的这三天，她觉得比她婚后的八年还要长。

可是第三天晚上，她接受了一个几周以来不曾有过的陪同丈夫赴宴的请柬，对此她现在竟忽然找不到充分的理由拒绝了。最后，为了不毁掉自己，至今在她生活四周筑起的那些看不见的恐怖的栅栏，也就必须打断了。她需要跟人接触，脱离单人独处的状态，脱离这恐惧造成的慢性自杀的孤独心境，休息几个小时。确实，除了到陌生的房子里在朋友身边躲一阵子以外，还有什么更好的地方呢？在她常走的道路周围总有那个人暗地跟踪的情况下，有什么地方会更安全？走出家门，她只颤抖了一秒钟，短短的一秒钟，这还是她跟那个女人在门口相遇以后第一次走上街头呢。她情不自禁地抓住她丈夫的胳膊，闭上眼睛，紧走了几步，穿过人行道奔向停在那里的小汽车，只是当她埋身靠在她丈夫的一侧，坐在车里经过夜间孤寂的街道时，她心里的一块石头才算落了地，而当她迈步登上那所陌生房屋的楼梯时，她才觉得脱了险。她现在可以像以往那漫长的岁月一样待几个小时了：无忧无虑，欢天喜地，不同的是还怀有从监狱来到阳光下的那种越来越清醒的喜悦心情。这里是防御一切追击的壁垒，仇恨是钻不进来的。这里只有爱她、尊敬她、崇拜她的人。一些优雅的、时髦的人，他们全在那里谈天说地，热情洋溢，一种给人以享乐的轮舞终于把她卷了进去。因为她一走进来，她便感到别人向她投去的目光似乎在说“她真美”，由于有了这种自我意识到的长时间缺乏的感情，她显得更美了。

隔壁的音乐吸引着她，深深地刺入了她灼热的皮肉。跳舞开始了，还没明白过来，她已置身在那嘈杂而又拥挤的人群之中了。有生以来，她从来没有这样跳过舞。这样绕场不停的旋转把她心中一切沉重的负担都甩了出去，那音乐的旋律激荡着她的四肢，使她那激烈活动着的身体充满了朝气。只要音乐停息片刻，这寂静便给她带来痛苦，因为在寂静中，人可以思想，可以回忆，回忆起"那件事"。内心不安的火花在她颤抖的四肢上噗噗地向上蹿动；就像进了游泳池，浸在勉强受得住的使人镇静的冷水里，她又投入了那旋转不停的舞蹈。往常，她只不过是一个平平常常的舞伴，一举一动太庄重、太冷静、太无情、太小心，但这回陶醉在毫无拘束的欢乐中，身体上的一切拘谨表现全都消失了。她觉得自己在消融，在不断地、无休止地、愉快地消融。她感觉有两只胳膊、两只手搂着自己，时而接触在一起，时而又离开一点，她感觉到了对方说话时的呼吸，使人心醉的笑声，在浑身血液里颤动不停的音乐。她全身紧张，紧张得不得了，觉得衣服箍在身上火烧火燎的热，恨不得不知不觉地把一切罩在身上的东西都扯下来，好去赤裸裸地体味这深深的自我陶醉之情。

"依莱娜，你怎么了？"——她转过身去，踉踉跄跄地走着，眨着笑盈盈的眼睛，情绪还完全像同她的舞伴搂在一起那样热烈。这时，她丈夫那惊讶、呆滞的目光冷酷地穿透了她的心。她吃了一惊。刚才她是不是太疯狂了呢？她的狂热举止是不是把什么暴露出来了呢？

“什么……你说什么，弗里茨?”她结结巴巴地说，因突然碰到他的目光而惶惑不安。这目光似乎越来越深地射向她的心中，她现在已经完全从内在感觉上，完全从她的心灵上体验到了它。在这双眼睛死死的逼视下，她真想大叫一声。

“真稀奇。”他终于喃喃地说道。在他的语声里隐藏着一种困惑不解的心理。她不敢问他干吗要这么说。但是，当他无言地转身走开，她看见他的两肩又宽又挺又大，使劲儿向那个硬邦邦的颈项端着的时候，一阵寒战不禁穿过她的肢体。像遇到一个凶手似的，这寒战倏地经过她的额头飞过去，有如闪电，一闪即逝。她好像第一次看见他——自己的丈夫，现在才感到心中充满了恐怖，因为他是强大而危险的。

音乐又响起来。一位先生走过来，她机械地扶着他的胳膊。但现在，她心中的一切都变得沉重起来，那快乐的曲调再也不能鼓舞她抬起自己僵硬的双腿了。一种郁闷的沉重感从内心深处传到了双脚，每迈一步都使她感到很痛苦。她不得不请求她的舞伴放开她。她在往回走的时候不由得左顾右盼，看看她丈夫是不是就在左近。她吓得全身打了一个寒战。他正好站在她身后，好像在等着她，他那咄咄逼人的目光直勾勾地望着她的眼睛。他想干什么?他知道了什么?她不自觉地往上扯了一下上衣，好像怕他看见那袒露的胸背似的。他的沉默是倔强的，他的目光也一样。

“咱们走吧?”她怯生生地问。

“好。”他的声音显得那样生硬，那样无情。他先走了。她又看见了那宽宽的、吓人的颈项。人们帮她披上大衣，但她还是觉得冷。他们默默地并排坐在车里。她一句话也不敢说。她模模糊糊地感到正面临着一种新的危险。现在她遭到了内外夹攻。

这天夜里，她做了一个噩梦。一种陌生的音乐响起来，一个客厅又明亮又高大，她走了进去，许多人和各种颜色跟她的动作混杂在一起。这时，有一个年轻人冲到她跟前，拉起她的胳膊，于是她便跟他一起跳起舞来；这个年轻人她觉得认识，可又没完全看出是谁。她感到很舒畅，很轻快，一种独特的音乐掀起的波涛把她举了起来，她觉得两脚离开了地面，就这样飘飘荡荡地跳着穿过了很多大厅。每个大厅里的金色的灯架挂得高高的，像烛光似的闪耀着微弱的火苗，墙挨墙有许多面镜子在没完没了的反射中把自己的笑脸抛过来又带到远处去。舞跳得越来越热烈，音乐奏得越来越灼人心窝。她发觉那青年跟她挨得更紧了，他的手埋藏在她的裸露的臂膀里，她不免因这充满痛苦的欢乐而悲叹，现在，她跟他四目相对了，这才觉得认出了他。他使她想起一个演员，还是小姑娘的时候她就暗暗地狂热地爱过他；她刚想高高兴兴地说出他的名字，但他用一个热烈的吻堵住了她的低声呼唤。就这样，嘴唇胶合在一起，相互拥抱着宛如变成了一体，他们像被一阵幸运的风托起来了似的，飞过那些大厅。一面面墙像急流般掠过，她不再感到有那浮在空中的顶棚，此时此刻，她身心感到有一种说不出的轻松，仿佛手脚上的锁链全被砸碎了一般。就在这时，突然间有一个人扳了一下她的肩膀。她蓦地停住脚步，音乐也随之戛然而止，灯火熄灭了，黑魆魆的墙壁紧逼过来，那个舞伴不见了。“把他给我，你这个女扒手！”那个可怕的女人喊道——一点不错，就是她！她的喊声震得四壁发出刺耳的轰鸣，而那冰冷的手指又紧紧地扣住她的手腕不放。依莱娜奋力反抗，同时听到自己在叫喊，是一声惊恐中慌乱的尖叫，但那个女人更有劲，撕下了她的珍珠项链，同时把她的上衣撕下了半边，使她的胸脯和臂膀全都裸露出来，上面只搭着向下垂挂的撕碎的布片。忽然，人们又来了，他们在不断增长的喧闹声中从所有的大厅里拥到这里来，呆呆地面带讥笑地望着她这个半裸体的妇女和那个正在尖声喊叫的女人。那女人喊着："她从我这儿把他偷走了，这娼妇，这婊子。"依莱娜不知道身子往哪里藏，眼光往哪里看，因为那些人越走越近，充满好奇的嘴脸一下子就被她裸露的上身吸引住了，而现在，当她游移不定的渴求救援的目光避开他们时，她突然看见她丈夫站在暗处的门框里，右手藏在背后。她大叫一声，从他眼前逃开，跑过几个房间，看得眼红的人群在她身后横冲直撞，她觉得她的上衣向下滑得越来越厉害，她几乎都拉不住了。这时，一扇门在她面前砰地开了，她迫不及待地冲下楼去，想脱身，但在楼下又是那个卑鄙的女人穿着毛料裙子张牙舞爪地等在那里。她跳到一边，像疯子似的朝远处跑去，但那个女人从她身后猛扑过来，她们俩就这样在夜色中沿着长长的寂静的街道追逐着，连路灯都弯下腰来讥笑地向她们眨眼。她听见身后老有那个女人的木板鞋咯咯地响着，但每当她来到一个街拐角，那里就跳出那个女人来，在下一条街拐角还是照样，她埋伏在所有的房子后边，墙左墙右。她总是先一步守在那里，简直是多得不得了，无法超越，她总是从前面跳出来追捕她，依莱娜已经感到两膝不听使唤了。不过终于到了家，她直奔过去，但当她一把拉开门的时候，她丈夫却手里握着一把刀站在那里用威胁的目光凝视着她。“你到哪儿去了？”他瓮声瓮气地问。“哪儿也没有去。”她听见自己说道，可马上又听到身边发出一声尖笑。“我看见了！我看见了！”那个女人突然又站在她身边了，她狂笑着，讥讽地喊道。她丈夫把那把刀举了起来。“救命啊！”她喊出声来，“救命啊！”……

她两眼发直，那惊恐的目光跟她丈夫的目光碰在一起了。什么……这是怎么回事？她在自己的房间里，吊灯闪着黯淡的光，她在家里躺在自己的床上，原来她是做了一个梦。但她的丈夫干吗坐在她床边，像对待一个病人似的瞪眼瞧着她呢？是谁把灯打开了？他为什么这样严肃、一动不动地坐在这儿呢？她吓得要死。她不禁朝他的手看了一眼：没有，手里没有刀。她慢慢地从昏沉沉的睡梦中醒来，梦中的景象仿佛无声的雷电不见了。她想必是做了一个梦，大声说过梦话，把他惊醒了。但他为什么这样严肃，这样钻心，这样无比严厉地看着她呢？

她强作笑脸，说：“怎么，究竟怎么了？你为什么这样瞅着我？我觉得，我是做了一个噩梦。”——“是的，你大声喊过。我是从那间屋子里听到的。”

我喊什么了，我泄露了什么呢？她心里怕得很，他知道了什么呢？她几乎连抬眼再看看他的目光都不敢。但他却低头异常安详、严肃地看着她。

“你怎么了，依莱娜？你有什么心事吧。这几天你完全变样了。你的生活好像发热病似的，疯疯癫癫，心神不宁，在睡梦里还大喊救命。”她又勉强地微微一笑。“不，”他坚持说下去，“你好像有什么事瞒着我。你有什么忧虑，还是有什么事给你带来了痛苦？家里所有的人都看出你变了。你应该信赖我才是，依莱娜。”

他悄悄地向她身边挪了挪，她感觉到他的手指在轻轻抚摸她那裸露的胳膊向她讨好，他的眼睛里射出一道奇异的光。她心中突然产生了一种要求：现在就紧贴到他那健壮的身子上，紧紧地抱住他，把一切都坦白出来，他不宽恕她，就不放开他，就趁眼前他看出她的心在受折磨的时刻。

但那盏吊灯在闪着微弱的光，照亮她的脸，于是，她害羞了。她怕说出那句话。

“不必担心，弗里茨，”她努力微微一笑，她的身体却从头到脚都在发颤，“我只不过是有点神经过敏。很快就会过去的。”

她蓦地把搂着他的手撤了回来。她望了望他，周身抖动了一下，因为他的脸色在灯光下显得很苍白，他的眉头皱得很紧，好像心里有什么犯愁的事。他缓缓地站起身来。

“我说不清，只觉得，好像你会把这些天的事情都跟我讲的。一件只跟你我有关的事。现在就只有我们两个人，依莱娜。”

她躺在那里，一动也不动，好像在这严厉而又模糊的目光下进入了昏昏欲睡的状态。她想，现在一切都会好起来的，只是有一句话她需要说出来，就是这么一句简单的话：“宽恕我吧。”他不会问为什么的。但是，灯光为什么亮着呢，那大胆的、无礼的、好奇的灯光？在黑暗里她倒会说出来的，她感觉到了这一点。但这灯光却使她失去了勇气。

“噢，真的什么也没有？你根本没有什么要跟我讲吗？”

这诱惑多么可怕，他的声音多么柔和啊！她从来没有听他这样说过话。但这灯光，这吊灯，这昏黄的贪婪的光，叫人有什么办法呢！

她振作了一下精神。“你想到哪儿去了，”她嘿嘿地笑着，对自己的尖声细语也大吃一惊，“难道因为我觉睡得不好就有什么秘密不成？到头来是什么风流韵事吧？”

这话听起来多么荒谬，多么不真实，她自己心里也不免微微发抖了。她对自己怕到了极点，于是，她不知不觉地移开了目光。

“那么，你好好睡吧。”他极快地说了这么一句话，相当尖刻，声音都完全变了，像一声恐吓，或者说像恶意的、危险的嘲笑。

随后，她熄了灯。她看见他那白色的身影消逝在门框那里，无声的，惨然的，活像一个夜间的魔怪。门关上了，她觉得好像是一个棺材封了盖。她感到所有的生灵都死尽了，只在她那空洞而麻木的身体里有一颗心怦怦地猛烈地冲击着她的胸膛，每一跳动，都疼上加疼。

第二天，他们正一起坐在那里吃午饭——孩子们刚刚打过架，被申斥了一顿才好不容易安静下来——使女拿来一封信。是写给尊贵的夫人的，人还在等着回音呢。她不胜惊异地细看了一下生疏的笔迹，急急忙忙拆开了信封，刚看个开头，脸色就刷地变得煞白。她一跃而起，等到从别人诧异的神情上看到她的慌张会成为泄露机密的轻率行为时，她就更害怕了。

信很短。一共三行字："请您立刻给送信人一百克朗。"没有签名，没有日期，全是明显伪装的笔体，只有这么一个令人胆战心惊的命令。依莱娜太太跑到她的房间里去取钱，但她把钥匙放在柜橱里忘了地方，她心急手忙地拉开所有的抽屉来回乱翻，最后终于找到了它。她索索发抖地把钞票折叠起来装进信封，亲自到门口交给了等候回音的仆人。她完全是下意识地做着这一切，好像在梦游，根本不容有半点犹疑的余地。过了一会儿——她离开还不到两分钟——她就又回到那间屋子里去了。

所有的人都不作声。她羞怯不安地坐下来，正想临时找一个什么借口，却惊恐万状地发现：她好像遭了雷击，被这意外事件搞昏了头脑，竟把那封展开的信搁在她的盘子旁边了，这时，她的手抖动得特别厉害，她不得不赶快把举起来的杯子放下。偷偷地一伸手，她把那张便条揉做一团，但当她顺手把它塞进衣袋时，她抬眼碰到了她丈夫那恨不得钻透人心的、严厉而又痛苦的目光，这样的目光她还从来没见他有过。现在才几天他就用这种目光多次突如其来地狐疑地瞪着她，这使她感到内心深处都在战栗，不知怎么应付才好。那回跳舞的时候他就用这样的目光盯视过她，这目光跟昨夜睡梦中那把钢刀闪烁的光芒一模一样。她想寻找一句话，打破这紧张的沉默，这时，一个早已忘却了的回忆突然浮现在她的脑际。那就是她丈夫曾经说过：作为律师，面对一个预审法官，他的诀窍就是在审讯过程中装作眼睛近视，埋头查阅案卷，以便随后在听到真正关键性的问题时闪电般地抬起眼睛，目光就像举起的一把匕首刺入被告人的突然惊缩的心窝，而那被告人也就在这注意力集中的有如耀眼闪电照射的目光逼视下失去自制，使那精心编造的谎言彻底破产。难道现在他要亲自来试一试这种危险的诀窍吗？她知道，因为职业的关系，他心里蕴藏着极大的心理学家的热情，这热情是远远超出了法学要求的，想到这里，她不禁吓得直发抖，而且越抖越凶。一个刑事案件的侦破、审理和宣判，他做起来就像别人对赌博和情爱一样着迷，在进行心理感觉跟踪的这几天里，他整个内心都是热情洋溢的。一种灼人的焦躁不安，促使他夜间常常搜寻到种种被遗忘了的事，使他外表上渐渐变得铁面无情。他吃得少，喝得也不多，只是一个劲儿地吸烟，话语也尽量节省，仿佛留待法庭上用。她曾在法庭上他发表辩护演说时见过他的这副神情，后来再没见过，那时她真被他那阴森可怖的激情，他讲话时恶毒的语气和他脸上那种郁闷、悲苦的神色惊呆了。她觉得现在在他凛然皱起的眉宇间那直勾勾的目光里又突然发现了那种脸部表情。

所有这些被遗忘了的记忆都在这一秒钟时间内涌现，妨碍她说出越来越难于流到嘴边的话。她一声不响，她感到这沉默是很危险的，于是就变得更加心慌意乱。幸而午饭很快就吃完了，孩子们跳起来，快活地大声喊叫着冲进侧室，那纵情的欢叫家庭女教师怎么也压不下去。她丈夫也站起身来，迈着沉重的脚步，目不转睛地走进侧室。

好容易只剩她一个人了，她又掏出那封充满不祥之兆的信，迅速扫了一眼那几行字：“请您立刻给送信人一百克朗。”然后，她就用手把它撕成一条一条的。她把这些碎纸片团成一团，想扔到纸篓里去，但她猛然想起，说不定会有什么人把这些碎纸片拼在一起呢！沉吟片刻，她弯腰凑近壁炉，把那个纸团抛进咝咝作响的壁炉里去了。那白色的火舌向上一跳，贪婪地把这威胁人的东西吞吃了，她这才镇定下来。

就在此刻，她听到她丈夫反身回来的脚步声已经到了门口。她飞快地跃身而起，由于火焰的反光和措手不及，满脸涨得通红。炉门还泄密般地开着，她笨手笨脚地想用身子挡住它。但他似乎懒洋洋地走到桌边，划着一根火柴点香烟，当火苗移近他的面孔时，她似乎看见了他的鼻翼正在颤抖，他一生气就这样。这时，他安详地朝这边看着，说："我只想提醒你注意，你用不着把你的信拿给我看。如果你希望对我严守秘密，那你完全有这个自由。"她一声不吭，也不敢抬头看他。他等了一会儿，然后像深呼吸一样从胸腔的最底层吐出一口烟气来，就拖着沉重的步子离开了这个房间。

她现在什么也不愿意想，只打算浑浑噩噩地多活几天，把全副精力都放在空洞而无意义的活动上去。这所房子她再也不能忍受下去了，她觉得她必须走上街头，到人群里去，才不致因恐惧而发狂。用这一百克朗总可以从那个敲诈钱财的女人那里买到短短的几天自由吧，这是她的愿望。她决定再冒险出去散散步，更何况还要购买各种各样东西呢，特别是在家里还得设法掩饰自己一反常态的惹人注目的举止行为。她现在可以采取某种逃避的方式了。她从家门走出来，像双眼一闭离开起跳板一样，冲进大街上熙熙攘攘的人流。总算踏上了坚硬的石砌路面，周围是热烘烘的人流，她以不失太太体面的速度东躲西闪地昂奋地紧走，毫不引人注意地盲目地向前奔去，两眼呆呆地盯着地面，可以理解，她是生怕再碰到那威逼的目光。如果有人偷偷看她，她起码可以装不知道。确实，她觉得她什么也没想，可是每当有人偶然从她旁边擦身而过时，她还是不免吓得一哆嗦。每当听见一个声音，每当身后传来脚步声，每当一个身影从旁掠过，她的每根神经都觉得很痛苦；只有坐在汽车里或待在别人家里，她才能正常地呼吸。

一位先生问她好。抬头一看，她认出这是自己家里从前的一个朋友，一个好说话的可爱的白发老人，从前她总躲着他，因为他会拿他身上的也许只是想象出来的小毛病跟人家纠缠一个钟头。但是她现在只答了他一声谢谢而没有约他同行，实在感到很后悔，因为有一个熟识的男人在身边说不定真能防止那个敲竹杠的女人意外地凑过来攀谈。她踌躇了一下，想回过身去再追补一句；这时，她觉得有人从身后快步向她走来，她连想都没想，便本能地继续向前奔去。但因为心怀恐惧，她变得十分敏感，她觉得背后的人好像越来越近了，她便越跑越快，虽然她知道到头来是甩不掉人家的跟踪的。她发觉脚步声越来越近，预感到那只手眨眼之间就要搭在她身上，她的两肩都吓得颤抖起来了。她越想加快步子，她的双膝就变得越沉重。现在她觉得那跟踪的人已经靠近了，而且听到一个又激动又轻柔地喊着“依莱娜！”的声音，她才不得不捉摸一下这个语声，明白这并不是那个令人惧怕的声音，不是那恐怖的给人带来灾难的女人。她舒了一口气，转过身来一看：原来是她的情人。他突然一纵身使她停住了脚步，他差点儿跌到她的怀里。他面孔很苍白，显得很慌乱，露出万分激动的神色，现在见到她的惊慌失措的眼神，又觉得难为情了。他迟疑地举起手来想跟她握手，但见她没有把手伸给他，就又把手放下。她只是呆呆地望着他，一秒钟，两秒钟，她觉得他出现得太突然了。在这些充满恐惧的日子里，她偏偏把他给忘了。但现在当她就近看着他那苍白而困惑的面孔时，见他脸上带着茫然若失的神态，眼神里现出种种捉摸不定的感情，她的心头不禁怒火猛起。她的嘴唇直打哆嗦，想要说句什么，她脸上的激动情绪是那样明显，竟吓得他只能结结巴巴地说着她的名字："依——依莱娜，你怎么了？"可是，当他见到她那不耐烦的样子，就又知罪地添补了一句，"我究竟有什么对不起你的呢？"

她呆呆地望着他，难以压制心头的怒火。"您有什么对不起我的地方？"她嘲讽地笑了笑，"没有！压根儿就没有！只有好处！只有愉快！"

他吓得目瞪口呆，那模样使他的表情显得更天真更可笑。"可是，依莱娜……依莱娜！"

"您不要在这儿叫人看热闹好不好！"她粗暴地斥责他，"也不要跟我做戏了。不用说，她又在左近埋伏着呢，您的那个宝贝的女朋友，一会儿她就又要来攻击我了……"

"谁？……究竟是谁？"

她真想朝他的脸，朝这张呆傻的扭歪的脸揍一拳。她觉得她的手使劲儿握了一下那把伞。她从来没有这样瞧不起、这样恨过一个人。

"可是，依莱娜……依莱娜，"他不连贯地说着，越来越慌乱，"我究竟有什么对你不起呢？……你突然就不来了……我白天黑夜都在等你……今天我在你家门口站了整整一天，等着跟你说几句话。”

“你在等我……原来这样……也有你。”她觉得她都气糊涂了。要是能朝他面门揍一拳，那该多好！但她控制住了自己，又不胜厌恶地望了望他，好像是在考虑她该不该把整个淤积在心的愤怒发泄出来，当着他的面痛骂一顿。过了一会儿，她突然转过身去，头也不回地钻进了拥挤的人群。他一动不动地站在那里，依然恳切地伸着一只手，直到大街上拥来挤去的人群也把他裹住，像汹涌的波涛推着一块正在下沉的木板，那木板摇晃着，旋转着，拼命抵抗，但最终仍不由自主地被冲走了。

但令人忧虑的是，她不能抱什么好转的希望了。就在第二天，又来了一张便条，又来了一皮鞭，惊醒了她那已经减弱了的恐惧。这一回是要二百克朗，她乖乖地给了人家。在她看来，敲诈的钱数这样猛增，是很可怕的，她也感到财力上应付不了了，因为即使是生活在一个富有的家庭里，她也没有办法私下里弄到大笔的现钱。那么，以后可怎么办呢？她知道，明天可能就要四百克朗，很快就是一千，她给的越多，对方要的也越多，到最后她的财源枯竭了，还会送来类似的信，那可就彻底垮台了。她所买的仅仅是时间，一段喘息的时间，休息那么两三天，也许是一星期，但这是一种充满痛苦和紧张心情的毫无用处的时间。她读不下书，什么事情也不能做，像着了魔似的经受着内心恐惧的追击。她觉得自己真的生病了。有时她不得不突然坐下来，因为心跳得太厉害，一种深沉的忧虑好像铅水一样灌满了她的身体。她感到又痛苦又疲倦，尽管这样，她还是不能安眠。虽然每根神经都在震颤，她还得面带微笑，装作愉快，谁也想象不出她为装出这副高兴的样子做了多大的努力，这是天天如此徒劳无益地克制自己情感的壮举。

在她周围所有的人当中只有一个人——她这样想——好像从她内心产生的可怕的情绪上看出了一点什么，而这个人所以会这样，只是因为他一直在窥视着她。她觉得她丈夫在不停地研究她的心理，像她对他所做的一样，这样一想，她便不得不加倍小心了。他们日夜都在相互窥测，好像在相互兜圈子，为的是彼此窥探出对方的隐秘，而把各自的秘密隐藏在背后。最近，她丈夫也完全变了。最初审讯般的那几天里他那吓人的严厉已经让位于他的一种独特的亲切关怀，这使她情不自禁地想起新婚的岁月。他待她像照料一个病人，是那样的无微不至，竟使她感到很窘。当她看到他怎样时不时地就帮她补上那么一句使她摆脱困境的话，他怎样向她说明“承认”是多么轻松愉快的时候，她的心似乎都停止了跳动。她明白他的心意，感谢他的爱怜，心情变得愉快起来。但她也觉察到了：随着爱慕心理的滋长，她在他面前的羞愧感也在增强，由于有了这种羞愧感，她的口反而比以前她不信任他时更严了。

在这些日子里，有一天，他跟她面对面相当露骨地谈了一次话。她回到家，走进前厅就听到了震耳的声音，那是她丈夫的声音，又尖锐又果断，还有家庭女教师的吵吵嚷嚷的唠叨声，而且夹杂着哭泣和抽噎的声音。她的第一个感觉就是大吃一惊。每当她听到高声说话或发现家里有人情绪激动时，她都要吓得浑身一哆嗦。

这是害怕要她回答一切的感觉，特别是极怕又来了那样一封信，揭穿了秘密。她打开门的时候，总是先用询问的目光看一看每个人的脸，查考她不在时是不是什么事也没有发生，她离开以后灾难是不是并没有降临。她弄明白了，这次只是孩子们吵了架，正在进行一次小规模的法庭审讯，便很快镇定下来。一个姑妈几天前给男孩带来一件玩具，是一匹小花马，小妹很生气，因为她得到的是差一等的礼物。她企图为自己争得同等的权利，而且是那样的迫不及待，结果白费心思，反而使得男孩一口回绝了她，说他的玩具连碰也不让她碰，这最先是引起那个女孩公然的愤怒，接着她便不再作声了，她满腹愁闷，显得无可奈何，但又相当倔强。但第二天早上，小马忽然不见了，连点踪迹都没有，怎么找也找不着，最后才偶然在炉子里发现。那丢失了的小花马，已经被剪得稀碎，木头骨架折断了，花色的毛皮撕掉了，塞在肚子里的东西也被掏出来了。嫌疑自然是落到了小女孩的头上；男孩又哭又嚎地去找父亲告发那个可恶的小女孩，于是就开始了审讯。

这次小小的法庭审讯很快就做出了判决。那个小女孩起先拒不承认，当然是羞愧地垂着目光，心虚得声音发颤。家庭女教师出面证明她有错；她曾经听小女孩在气头上威胁过人家，说要把小马扔到窗外去，女孩拼命否认也没有用。她绝望地哭着喊着闹了好一阵子。依莱娜目不转睛地望着她丈夫，她觉得，他好像不是在审问孩子，而是在审问她自己，因为说不定明天她就可能这样站在他面前，声音同样的颤抖和一样的结结巴巴。起先，她丈夫目光很严厉，只要孩子硬是不说实话，他就一句句地逼着她放弃反抗，而在她每说一句不承认的话时他却从不生气。后来，遇到沉着脸顽固地否认时，他却好心好意地劝说她了。他直截了当地向她表示，说这种行为从心理上看是有它的必然性的，她最初一气之下轻率地干出这样一件见不得人的事，根本没考虑这么做会真的伤她哥哥的心，是可以原谅的。他亲口向她保证，说一切都可以得到谅解，那样温和、那样令人信服地对这个变得越来越没主见的孩子解释：她的行为尽管是可以理解的，但又是应该受到谴责的，这样一来，那女孩终于忍不住泪流满面，哇的一声大哭起来。不一会儿，她哭得像个泪人似的，断断续续地吐口承认了。

依莱娜急忙奔过去，想搂住那个哭得满脸泪水的孩子，但那小女孩却气哼哼地推开了她。她丈夫以劝告的口气责备她不该这样过急地表示怜悯，因为他不想一点惩罚不给就了结这件事；因此，他决定不准小妹明天去参加她盼了好几个星期的娱乐活动，这虽然是无足轻重的，但对小妹说来却是很严厉的惩罚。女孩听了他的判词，呜呜地哭了起来；男孩喜出望外，大声叫好，但这样过早的恶意讥笑立刻也把他卷进了这项惩罚之中，因为他幸灾乐祸，也取消了他去参加那个儿童娱乐活动的权利。两个孩子都很悲哀，只是因共同受了惩罚而各有安慰。最后他们离开了房间，依莱娜单独跟她丈夫留在了那里。

现在，她突然觉得机会终于来了，可以借谈孩子的过错和认错来谈谈她自己的事了。如果他现在能宽宏大量地接受她为孩子说情，她知道，她也许就有可能大胆地为自己说话了。“告诉我，弗里茨，”她开口说道，“你真的不想让孩子们明天到那儿去了吗？他们会大为扫兴的，特别是小妹。她干的事，根本没有那么严重。为什么要给她这么严的惩罚呢？难道你不同情小妹她吗？”

他朝她望了一眼。

“你问我是不是可怜她？嗳，我说：今天不能了。事实上是她受了惩罚以后，现在刚刚感到心情轻松了。昨天她把那个可怜的小马撕碎了塞到炉子里，全家人都东寻西找，而她一天到晚都怕人家可能或必定发现它，那才是大为扫兴呢！恐惧比惩罚还要坏，因为惩罚总算有了结局，不管怎么说，总比悬在那儿、比那种神经紧张的无尽无休的恐惧要好。一个罪人一旦受到了惩罚，他的心情就会变得很轻松。千万不要让哭泣把你给搞糊涂了：现在已经都说出来了。从前是埋在心里。埋在心里比说出来还要坏。”

她抬头看了看。她觉得，好像他的每句话都是针对她说的。但他仿佛对她根本没有注意：

“事实上就是这么回事，你相信我没错。我是从法庭上和多次审讯中了解到这种情形的。被告人大多数都是由于百般隐瞒真相，由于迫不得已编造谎言来对付千百次隐蔽的小规模攻心。不得不忍受痛苦折磨的。被告人怎样闪烁其词，怎样装死，躺下，看起来是很可怕的，因为人们要让他说出个‘是’字，就得像一把钩子往外拉才行。有时，这个‘是’字已经到了嗓子眼，有一种不可抗拒的力量从里边往上顶它。他们被憋得透不过气来，几乎就要说出来了。这时，那股邪恶的力量，那不可思议的顽抗和恐惧的感觉，突然向他们袭来，他们就又把它吞了下去。于是，斗争又重新开始。在这种情况下，法官有时比那些被告人还要痛苦。然而，被告人总还是把他看作仇敌，其实他是他们的帮手。我作为他们的律师、辩护人，确实应该警告我的诉讼人，让他们撒谎撒到底，别改口，但我从内心里常常不敢这么做，因为他们不招认比招认和受罚要痛苦得多。我一直都不明白这是怎么回事，一个人明知有危险也能去干那桩事，可是后来却没有勇气承认，这样没骨气地否认，我认为比任何犯罪行为都可悲可叹。”

“你认为……一直是……一直只是恐惧在妨碍着人们吗？难道不可能……不可能是羞愧吗……因在所有局外人面前说出心里话，因揭穿自己而感到羞愧吗？”

他惊奇地抬起头来看了看。他向来不习惯从她那里接受答案。这句话却扣住了他的心弦。

“羞愧，你说的……这……这自然也只能是一种恐惧……但这是一种较好的……不是怕惩罚，而是……是啊，我懂……”

他站起身来，显然很激动，来回踱着步。这个想法好像在他心里击中了什么似的，他不禁心头一颤，变得十分不安。他突然站住了。

“我承认……羞愧，那是当着人们的面，当着生人的面，在那些像吃黄油面包似的从报上饱餐别人不幸遭遇的贱民面前……但至少总可以向那些关系亲密的人供认嘛……”

“也许，”——她不得不掉过脸去，因为他是那样死死地盯着她，她觉得自己的声音都有些颤抖了——“也许……这种羞愧……在那些自认最亲近的人面前……最厉害。”

他又站住了，好像被内心中一种巨大的力量抓住了似的。

“那么，你是说……你是说……”他的声音一下子就变了，变得非常柔和、低沉——“……你是说……海莱娜[①]……可能对别的什么人更容易承认她的过错……也许是对那个家庭女教师……她会……”

“这一点我完全确信……她恰恰是只对你才抗拒得这么顽强……因为……因为你的判决对她是最重要的……因为……因为……她……最爱你……”

他又站住不动了。

“你……你也许是对的……简直可以说是百分之百的对……真奇怪……我怎么就从未想到呢！但你是对的，我希望你别以为我不会宽恕她……我不愿意这样做……正是为了你我才不愿意这样做，依莱娜……”

他望着她，她感到自己在他的注视下脸红了。他是故意这么说呢，还是偶然碰巧，一种阴险狡诈的偶然巧合？她一直觉得非常难以确定。

“这个判决已经撤销了，”——现在仿佛有一种说不出的快乐涌上他的心头——“海莱娜自由了，我亲自去通知她，现在你对我满意了吧？或者说，你还有什么愿望……你呀……你看……你看我今天性情够温和的了吧……也许是因为我及时认识了一个错误，心情愉快的缘故。这种情形总是叫人感到轻松的，依莱娜，总是……”

她仿佛心里明白了他强调这句话是什么意思了。不知不觉地，

① 他们女儿的名字。

她走近他的身边，她感到那句话都要从她心里蹦出来了，他也向前挪动了几步，好像他想要急忙从她手里接过什么东西似的，这举动竟如此明显地使她感到一种内心的压力。这时，她的目光跟他那渴望对方供认的贪婪的目光相遇了，她的全部勇气立刻化为乌有。她的手疲惫地放了下来，她转过脸去。她感到那是徒劳的，她根本不能说出那句话，那句使人获得自由的话，就是它在心中燃烧着，吞没了她的安宁。这警告像近处的雷声在滚动，但她知道，她是不可能逃脱这场风暴的。她的最隐秘的愿望是极想见到那至今使她胆战心寒的扫荡一切的闪电：把真理暴露出来。

看来，她的愿望就要实现了，真是比她预想的还要快。现在这个斗争已经延续了十四天，而依莱娜也感到筋疲力尽了。这时，那个人已经四天没来叫人通禀了，可是如此渗透她全身的，如此使她心神不宁的，依然是恐惧，门铃一响，她总是一跃而起，想赶在仆人前面亲口及时查问清楚是不是那个敲诈钱财的女人的信息。是的，每付一次款，她就买到一个夜晚的安宁，跟孩子静心相处的几个小时，一次户外的散心。

这回听到了铃声，她便离开屋子赶到房门前；她打开门，头一眼就惊奇地看到了一个陌生的女人，接着便吓得往后一缩，因为她认出了那个服饰一新、头戴时髦帽子的敲竹杠女人的可憎的脸。

“噢，是您本人啊，瓦格纳夫人，这真叫我高兴。我有重要的事找您谈。”不等这位用发抖的手扶着门把手的惊恐的女主人答话，她就走了进来，把伞放下，那是一把鲜艳的红色的阳伞，显然是她以诈骗的方式多次掠夺的第一件赃物。她的动作显得非常自信，好像在自己的住宅里一样，又心满意足又仿佛镇定自若地观察着室内豪华的陈设，什么请求也不提，就继续朝着通向会客室的半开半闭的门走去。“从这儿进，对不对？”她用一种克制的讥讽口吻问。那惊恐的女主人想阻拦她，还一直没找到适当的话，她又沉着地补充说：“如果您觉得不痛快，我们可以很快地把事情办完。”

依莱娜跟着她走，一句反驳的话也不说。一想到这个敲竹杠的女人待在她的住宅里，这样的胆大妄为，完全不顾她的种种最可怕的忧虑，她便觉得头昏脑涨。她觉得，这一切好像都在梦中一样。

“您在这儿日子过得很美啊，太美了。”那个女人坐下来时，带着明显的舒适感赞叹着，“啊，坐在这儿多舒服！还有这么多画。到这儿来一看，才知道像我们这样的人是多穷困了。您的生活真好，太好了，瓦格纳夫人。”

她在人家自己家里这么喜出望外地望着那个有罪的女主人，那个受折磨的女主人忍无可忍，终于冒火了。“您究竟想干什么，您这个诈骗犯！您竟然跑到我家里来迫害我了。但我决不会让您把我折磨死的。我要……”

“您不要这么大声嚷嚷嘛，”那个女人打断了她的话，现出一副侮辱人的秘密神态，“门可是开着呢，仆人会听见您的话的。这可怪不得我呀。我什么也不否认，上帝保佑，归根结底，现在过着这种像我们这类人过的肮脏的生活，我觉得还不如坐牢好呢。但是您，瓦格纳夫人，可要谨慎些呀。如果您实在忍不住要发怒的话，我想不妨先把门关上。但我要同时告诉您，吵骂我是不在乎的。”

依莱娜太太的力量，由于愤怒曾经加强了那么一瞬间，现在见这个女人如此坚定，又明显地衰微下来。她站在那里，像一个孩子等着听老师口头提问一般，真是又谦卑又不安。

“那么，瓦格纳夫人，我不想兜圈子。我的境况很糟，这您是知道的。我早就跟您说过了。现在我需要钱拿去付房租。我已经拖欠好久了，而且还有别的花销。我想总得把生活弄得像个样子。所以我就到您这儿来了，您现在只好援助我——喏，四百克朗就够了。”

“我不能，”依莱娜结结巴巴地说，被这个数目吓呆了，她确实没有这么多现钱了，“我现在手头真的没有这么多钱。这个月我已经给您三百克朗了。要我到哪儿弄钱去呢？”

“唉，会有办法的，您好好想一想。像您这样一个有钱的夫人还不是要多少钱就有多少钱。就看您愿意不愿意了。”

“可我真的没有钱。我倒是很愿意给的。但这么多我的确没有。我可以给您一些……也许有一百克朗吧……”

“我需要四百克朗，我已经说过了。”像被这非分要求伤害了似的，她粗暴地冒出了这么一句话。

“但我没有那么多呀。”依莱娜绝望地喊道。这时她想：要是她丈夫现在闯进来不就糟糕了吗，他随时都可能来的。“我向您发誓，我没有这么多钱……”

“还是请您尽量筹措一下，肯定会有人借给您的。”

“我不能。”

那个女人从头到脚仔细地打量着她，好像在盘算她的身上有什么值钱东西似的。

“喏……比方说这枚戒指……把它当出去，不就结了。当然对首饰我并不怎么在行……我从来就一件首饰也没有……但四百克朗，我相信是可以抵押到的……”

“当戒指？”依莱娜太太突然尖叫一声。这是她的订婚戒指，她唯一不曾摘下来的戒指，上面镶着一枚很值钱的珍贵而美丽的宝石。

“喏，到底为什么不行呢？我把当票给您送来，您什么时候想赎就什么时候把它赎回来。您不是又把它弄到手了吗。我不会把它留在手里的。像我这样一个穷女人要这么一个贵重的戒指有什么用呢？”

“为什么您要跟踪我？为什么您要折磨我？我不能……我不能。这一点您必须理解……您看到我已经尽我的可能做了。这一点您可必须理解。您可怜可怜我吧！”

“还没有一个人可怜过我呢。我差一点儿没饿死。为什么偏偏要我来怜悯您这样一个有钱的夫人呢？”

依莱娜想要狠狠地回击她一下。恰在此刻，她听到外面有人关门——她的血液都凝结了。这肯定是她丈夫从办公处回来了。她连想都没想，就从手指上把那枚戒指抹下来，塞给在跟前等着的那个女人，那个女人飞快地把它藏了起来。

“您不要害怕。我走了。”那个女人点了点头，同时，她满意地发现依莱娜产生了一种无名的恐惧，正心情紧张地朝前厅侧耳细听，从那里果然清楚地传来了男人的脚步声。她开开门，向走进屋来的依莱娜的丈夫问了声好，就走掉了；他呢，抬眼看了她一小会儿，仿佛对她并不特别注意似的。

“一位太太，是来打听事的。”那个女人走出去，门一关上，依莱娜就有气无力地解释道。最严重的一刹那总算平安地过去了。她的丈夫没有应声，他安详地走进摆好午饭的那个房间。

依莱娜觉得，她手指上那个一向有凉丝丝的指环保护着的地方好像空气在燃烧似的，似乎每个人都必定要像看一块烙痕般朝她手指上那个光秃秃的地方望去。在吃饭的时候，她老是掩藏那只手；她一边这么做，一边讥笑自己那种非常敏锐的感觉，那就是她丈夫的目光不停地对着她的手扫视，手挪到哪里视线也跟到哪里。她千方百计地想引开他的注意力，不间断地提问题，力图使谈话滔滔不绝地继续下去。她说呀说的，一会儿对他，一会儿对孩子们，一会儿又对家庭女教师，她一再用微弱易燃的火花点燃谈话的火焰，但气总不够用，胸中一再出现憋气的现象。她试着装出高兴得忘乎所以的样子，想诱引别人也都欢欣雀跃起来，她挑逗着孩子，煽动他们相互斗殴，但他们并没有打起来，也没有笑；她自己有这样的感觉，想必在她的快活举止里有什么不对头的东西使别人不由得感到诧异。她越尽力去做，她的尝试便越不见成效。最后她疲倦了，也就一声不响了。

别人也都沉默不语；她只听得见盘子的叮当声和越来越明显的恐惧的心跳声。这时，她丈夫突然说道：“今天你把戒指弄到哪儿去了？”

她吓得周身一颤。心里冒出一句话，像用相当大的声音说：完了！但她还本能地防守着。她觉得，现在应该把一切力量都集中起来。只是为了找出一句话，一个词。只是为了再找到一个谎言，最后的一个谎言。

“我……我把它送到外面擦洗去了。”

好像是为了加强这句假话，她果断地补充说：“后天我就把它取回来。”后天。现在她把自己的手脚捆住了。如果她取不回来，这个谎非破产不可，她自己也不能幸免。现在是她自己给自己提出的期限，所有这些乱糟糟的恐惧心理现在突然使人产生了一种新的感觉，一种因意识到事情很快就要结束而产生的愉快感觉。后天：现在她知道她的期限了，感到从这既定事实里产生了一种奇特的压倒了恐惧的安宁。从内心深处升起一种东西，一种新的力量，求生的力量和寻死的力量。

她坚信事情很快就要完结，便感到心中的一切都意想不到地豁亮起来。心慌意乱奇妙地让位于清醒的思维，恐惧让位于一种她本人业已陌生的清澈的安宁，多亏这样她才一眼看清了自己生活中的一切事体和它们的真正价值。她估量自己的生活，觉得它毕竟没有完全失去意义，如果她要保持这种生活，而且使它在新的高度上变得更有意义，这一点她是在这些充满恐惧的日子里认识到的，如果还能够没有污点、没有恐惧、没有谎言地重新开始生活，她是很愿意的。但是要以离了婚的女人、丑行昭著的荡妇的身份生活下去，对此她却实在没有这种气力了，同时对继续干那种花钱购买时间有限的安宁的冒险勾当也完全厌倦了。她觉得，反抗嘛，现在已经是不能设想的了，结局临近了，被她丈夫、被她的孩子们、被她周围的一切包括她自己所抛弃，已经迫在眉睫了。从一个随时都会出现的敌手眼皮底下逃走，是不可能的。可靠的出路是承认。但她决不能，这她现在很明白。只有一条道路是畅通的，但一踏上这条路就永远也回不来了。

第二天上午，她把信件全烧了，按部就班地干起各种琐事来，但她却尽量避免见到孩子们，乃至她所喜爱的一切。她现在一心想的是，生活千万不要再用寻欢作乐来诱惑她，千万不要使她空犹豫，破坏她的既定决心。于是，她便又走上街头，想最后碰一碰运气，现在她竟愿意，简直是渴望碰到那个敲竹杠的女人了。她又一步不停地穿过一条条大街，但再也没有以前那种提心吊胆的感觉了。她已经从内心里懒得抗争了，她走呀走的，像履行职责似的走了两个小时。什么地方也见不着那个女人。但失望不再使她感到痛苦了。她是这样的浑身无力，简直不再想见到她了。她仔细地瞅着人们的脸，她觉得所有的人都是陌生的，所有的人都是无用的，可以说是没有生命的。所有这一切不知怎么已经变得遥远了，消逝了，不再属于她了。

现在，她计算了一下到晚上还有几个小时，结果不禁大吃一惊，多么奇怪：还剩这么多时间呢，一个人为了与世永别本来只要很少一点时间就够了。当你知道你什么也带不走时，一切也就显得没有多大价值了。一种睡意向她袭来。她又机械地走上那条大街，漫无目的地走着，什么也不想，什么也不看。走到一个十字路口，一个马车夫在危急的刹那勒住马，她才看见车辕已经紧贴她的前胸了。车夫骂了一句难听的话，而她还没转过身来就想到了：这可能就是得救或迁延时间的征兆。来一次车祸，她就不必下那个决心了。她疲惫地继续向前走去：这样什么也不想，只是心中有一种乱糟糟的死之将临的阴暗感觉，觉得有一层雾轻轻地向下飘来，遮住了一切，倒也使人感到很舒适。

她偶然抬头看了一眼街名，结果吓得全身颤抖起来：她信步走来，已经快走到她以前情人的家门口了。难道这是一种预兆不成？他也许还能帮她一把，因为他肯定知道那个女人的住址。她几乎高兴得全身都在抖动。她怎么就没想到这一层，没想到这最简单不过的事呢？他现在就一定会跟她一起到那个坏女人家里去，把事情彻底了结了。他一定会逼着她停止敲诈，甚至可能给她一大笔钱，让她离开这个城市。现在，她想到近来对这个可怜的人这么不好，感到很后悔，但他会帮助她，这一点她是完全相信的。多么奇妙：这个救星现在才来临，就在现在这最后的时刻！

她匆匆跑到楼上去按门铃。没人开门。她听了听：觉得好像听到了门后有蹑手蹑脚的脚步声。她又按了一次门铃。又是一阵静寂。从里边又传来了轻轻的响声。这时，她实在忍耐不下去了：她不停地按起铃来，要知道，对她说来，这是生命攸关的呀。

里边终于有人走过来，门锁咔嗒一响，开了一道门缝。“是我。”她赶忙小声说。

这时，他开开了门，好像很尴尬。“是你……噢是您……尊贵的夫人，”他结结巴巴地说，显得很窘，“我本来……请您原谅……我本来……对此毫无精神准备……对您的来访……请您原谅我这个装束。"说着，他指了指他的衬衫袖子。他的衬衫半敞着怀，没有系领带。

"我有急事要跟您谈……您必须帮助我。"她激动地说，因为他像对待一个乞丐似的一直让她在走廊里站着，"莫非您不愿意让我进来，听我说一分钟话?"她愤愤地补充说。

"请——"他困惑地讷讷道，斜瞟了一眼，"只是我现在……我不很方便……"

"您非听我说不可。这是您的过错呀。您有义务帮助我……您必须把那个戒指给我要回来。您责无旁贷。要么，您起码得把地址告诉我……她一直不让我安宁，可是现在她不见了……您是责无旁贷的，您听见了吗，您责无旁贷。"

他木然凝视着她。这时她才发觉，她气喘吁吁地说的这些话是很不连贯的。

"唉，是这么回事……您不知道……就是您的情人，您以前的情人，这个混账东西有一次看见我从您这儿走出去，从那个时候起她就跟踪我，敲诈我……她都要把我逼死了……现在她拿走了我的戒指，可这枚戒指我不能没有。今天晚上以前我必须把它弄回来，您知道了吧，在今天晚上以前……您帮我找那个女人去要，好吗?"

"但是……但是我……"

"您愿意，还是不愿意?"

"但我的的确确不知道您说的是谁。我从来没跟女诈骗犯打过交道。"他近乎粗暴地说。

"原来如此……您不认识她。那么说，她是凭空捏造了。可她知道您的名字和我的住址。这样说来，她敲诈我也不是真的了。我呢，也是只不过做了这么一场梦罢了。”

她尖声笑起来。他觉得很不舒服。霎时，他脑子里闪过这么一个念头：她可能是疯了，她眼里射出的光就是癫狂的嘛。她的举止很不正常，说的这些话也毫无意义。他胆怯地环顾了一下四周。

“请您镇静镇静……尊贵的夫人……我敢肯定，您弄错了。这根本不可能，这想必是……不，我自己也弄不清是怎么回事。我不认识这类女人……我可以向您保证，这肯定是一个误会……”

“那么，您是不愿意帮助我了？”

“不不……只要我办得到。”

“那好……您来。咱们一起到她那儿去……”

“到谁那儿去……究竟到谁那儿去？”见她现在抓住了他的胳膊，他又心惊胆战地想：莫非她疯了？

“到她那儿去……您是愿意，还是不愿意？”

“当然……当然愿意。”——他疑心她是精神失常了，因为她这样迫不及待地催逼他，他便越来越相信这个想法是对的了。——“当然……当然愿意……”

“那您倒走呀……这可是跟我生死攸关的呀！”

他强忍着不笑出来。接着，他突然变成了一本正经的样子。

“对不起，尊贵的夫人……我此刻不行……我有钢琴课，现在我不能中断……”

“原来这样……这样……”她直冲着他的脸尖声地笑起来，“您就这样上钢琴课呀……光穿一件衬衫……您不是骗人是什么！”

突然心里闪过一个念头，她朝屋里冲过去。他想拦住她。“那么说，她，那个女骗子，现在是在您这儿？原来你们是唱的双簧啊。说不定你们是平分你们从我那儿勒索来的一切东西。但我要亲手抓住她，现在我什么也不怕了。”她大声嚷着。他拉住她不放，但她跟他扭斗了几下，挣脱了身子，便朝着他卧室的门奔去。

一个身影向后紧退，那个人显然是在门边偷听来着。依莱娜失神地凝视着站在稍嫌凌乱的盥洗室里的一个陌生女人，那个女人急忙把脸掉了过去。她的情人从后面扑过来，想拉住他认为精神失常了的依莱娜，想阻止不幸事件的发生，但她又从那个房间走出来了。“请您原谅。”她喃喃地说。她的脑子嗡的一声全乱了。她给搞糊涂了，只感到憎恶，无限的憎恶和疲倦。

“请您原谅，”当她看见他在身后不安地望着她时，她又说了一遍，“明天……明天您就会什么都明白了……就是说……我……我自己也一点儿都不明白了……”她对他说，像对一个陌生人似的。没有一点东西能使她想起她曾经委身于这个人，她几乎感觉不到自己的躯体还存在了。现在，一切都比先前要乱得多，她只知道，肯定是哪里有人扯了谎。但是她太疲倦了，不能想了，太疲倦了，不能看了。她闭上眼睛，走下楼梯，像一个被判处绞刑的罪人。

她从楼里走出来，大街上已经昏黑了。她转念想到，也许那个女刽子手现在正在街对面等着呢，也许现在到了最后的时刻还会得救吧。她觉得，她似乎应该合起掌来向被遗忘了的上帝祈祷。啊，要是再能买到几个月的时光，夏日到来前的几个月时光，该多好啊！等夏天一来，就到某地去过一阵宁静的日子，让那个女骗子找都找不着，生活在草原和田野之间，只要一个夏天就行。她放心大胆地张望着已经隐没在黑暗中的街道。她似乎看到有一个人守候在街对面一个人家的房门口，但现在她走近时，那个人却向后远远地退到走廊里去了。有那么一瞬间，她觉得那个人很像她的丈夫。今天她这是第二次产生怕在街上突然见到他和他的目光的恐惧心理了。为了看得真切些，她迟疑地站了一会儿。但那个人消失在黑暗里了。她心神不宁地继续向前走，心情紧张得出奇，总觉得好像后边有一道逼人的目光看着她的颈项。她又转过身来，但那里连个人影都没有了。

不远处就是药房。微微颤抖了一下，她就走了进去。药剂师助手拿起药方，准备取药。就在这一分钟里她便把一切东西都看在眼里了，光亮的天平，小巧的砝码，不大的标签，还有柜子上边那些标着形体生疏的拉丁文名称的小药瓶。她下意识地随着目光拼读着这些药名。她听见钟在滴答滴答地走着，她闻到特殊的香味，各种药品散发出来的那种腻人的甜味，于是，她突然想起童年时代她母亲总是要她去买这类药，因为她喜欢闻这种药味，喜欢看那许多闪着奇光异彩的小瓶小罐。这时，她猛然记起，她有一次出门忘了跟母亲说一声，她可怜的老母亲对她多么挂念。依莱娜惊恐地想，她当时是多么害怕呀……但药房的店员已经在数那些从一个大肚瓶往一个小蓝瓶里滴的明亮的水滴了。她目不转睛地看着，仿佛是死神从这个大肚瓶进到了那个小瓶里，很快它就要从这个小瓶流入她的血管，她不禁感到有一股寒气咝咝地通过了全身。她麻木地，如同昏昏欲睡般呆望着他的手指，那几个手指现在正在把瓶塞塞在装满了药水的小玻璃瓶的瓶口上，在那潜伏着危险的圆瓶上包了一张纸。可怕的思想一露头，她的一切感官就都被钳制住了，完全麻木了。

“您给两克朗吧。”那个店员说。她从沉思中醒来，出神地环视了一下四周。然后，她机械地把手伸到钱包里去掏钱。她心里觉得还像做梦一样，她瞧着那些硬币，就是不能立刻辨认出大小，不自觉地拖延了付款。

就在此刻，她觉得她的胳膊冷不防被人推到了一边，听到硬币落到玻璃盘子里的响声。一只手从她身边伸过来，抓住了那个小瓶子。

她不由得转过身来。她的目光忽然呆愣愣地不动了。原来是她的丈夫紧闭着双唇站在那里。他的脸很苍白，脑门上冒出了汗珠。

她觉得自己就要昏过去了，只好用力扶住桌子。突然她明白了，刚才在那家房门口窥伺的就是他呀；她心里早就预感到是他在那里，在那一瞬间她的思想就全乱了。

“走吧。”他用沉闷、哽塞的声音说。她呆呆地望了望他，因在自己内心深处最秘密的角落意识到要服从他而惊讶不已。她身不由己地移动脚步跟着他走。

他们并排沿大街走着，彼此谁也不看谁。他手里一直拿着那个小瓶子。有一回，他站住擦了擦额头的汗。她也不知不觉地放慢了脚步。但她不敢朝他那边看。谁也不说一句话，街上的喧闹声在他们之间起伏波动。

到了楼梯口，他让她走在前面。他一不在她身边走了，她的步履立刻摇摆起来。她停住脚步，镇定了一下。他一把扶住她的胳膊。这一碰反而把她吓得一哆嗦，她赶紧加快步伐，走完最后几级楼梯，来到楼上。

她走进屋。他随她进来。四壁漆黑，几乎什么也看不清。他们一直没说一句话。他把包瓶子的纸撕下来，打开小瓶，倒掉药水，然后就使劲把它扔到一个墙角里去了。听到啪啦的一声响动，她吓得周身一颤。

他们沉默不语，一声不响。不朝他看，她也感觉到了他是在克制着自己的情感。终于他向她走了过去。近了，现在就要到她跟前了。她都能感到他粗重的呼吸了，她瞪着呆滞的像蒙了一层云雾似的眼睛，看到他两眼射出的光一闪一闪地从房间的黑暗里向前移动。她等着听他大发雷霆，她怕他的手猛力一把把她抓住，她吓得四肢僵硬，全身发抖。依莱娜的心停止了跳动，只有每根神经像绷得紧紧的琴弦在震颤；一切都在等待着惩罚，甚至可以说，她是盼他发怒了。但他始终都不作声，她不胜惊奇地感到他走到身边来竟是那样的温柔。“依莱娜，”他说，他的声音显得格外柔和，“你我还要彼此折磨多久呢？”

这时，犹如一种野兽的下意识的哀号，突然间，像抽风似的，以极大的冲力从她心里爆发了，终于冲出来了这几周以来一直闷在胸膛、压在心底的抽泣。仿佛有一只愤怒的手揪住她的心拼命地摇动，她像喝醉了酒似的摇晃起来，要不是她丈夫一把扶住了她，她就摔倒了。

“依莱娜，”他抚慰着她，“依莱娜，依莱娜。”他声音越来越低、越来越温和地叫着她的名字，好像他用这越来越轻柔的语调就能使她那痉挛神经的绝望的骚动平息下来似的。但是回答他的，只是抽泣；狂乱的骚动，痛苦的心潮滚过她的整个躯体。他托住她的不住战栗的身体，把她抱到沙发上，让她躺在那里。但抽泣并没有停止。像触电一般，她边哭边抽搐，全身都在耸动，仿佛有无数因恐惧和寒冷而产生的波缓缓地流遍这受折磨的肉体。全部神经，几周以来就在紧张地等待着这最难忍受的一刻，现在已经被撕得粉碎；巨大的痛苦肆无忌惮地折磨着这毫无知觉的躯体。

他极其不安地靠住她那筛糠般抖动的身体，抓着她冰冷的手，先是镇静地，然后便怀着恐惧和激情，发狂地吻着她的上衣，她的脖颈，但她那蜷缩的身躯依然像被撕裂似的不停地颤抖，那抽泣像一泻千里的翻卷的波涛从她的内心滚滚地上升。他触到了她的脸，脸是凉的，像泪洗的一般，而且还感到了她太阳穴那里的血管在嘭嘭地跳动。一种难以形容的恐惧向他袭来。他跪下了，想凑近她的脸去说话。

“依莱娜，”他不停地抚摸着她说，“你哭什么呀……现在……现在一切都过去了……干吗你还要折磨自己呢……你不必再害怕了……她再也不会来了，再也不会……”

她的身体又抽搐起来，但他用双手按住了她。他不停地吻着她，东一句西一句断断续续地说着，表示道歉：

“不会了……再也不会了……我向你发誓……我真没想到你会吓成这个样子……我只不过想向你大喝一声……唤你回来尽你的义务……只是要你离开他……永远离开……回到我们中间来……我偶

然听说了这件事的时候，我确实没有别的好选择……我又不能对你直说……我想……我总认为，你会回头的……因此我就委派她，那个可怜的女人，追逐你。她是一个可怜的人，一个女演员，一个被解雇了的……她当然也不愿意干这种事，是我想要这么做的……我看出，这是不对的……但我的确是想要把你拉回来……难道你没有看出我愿意宽恕你吗？但你并不理解我呀。但是……我可没想把你逼到这个地步……看到这一切，我自己心里更难过了……我步步严密地监视过你……都是为了孩子，你知道，为了孩子我不得不逼着你……但现在一切都过去了……现在一切都会好起来的……”

说话的声音很近，但她听起来好像很远很远，模模糊糊的，并没有听懂。一种哗哗的声音在她心中震荡，把一切声音都压了下去，每个感觉都消逝在各种感官的躁动不安之中。她感到有人触动她的皮肤，一次又一次地吻她，抚摸她，感到自己变冷了的眼泪，但体内的血液却在鸣响着，充满一种沉闷的吓人的喧闹声，这声响猛烈地膨胀起来，现在竟像急剧的钟声一样在轰鸣。接着，她便陷入了昏迷状态。在昏迷中她模模糊糊地感觉到有人给她脱衣服，她像透过一层层云雾似的看见了她丈夫的面孔，那张面孔现出又亲切又关心的神情。然后她便坠入了黑暗的深渊，进入长时间未有过的、黑沉沉的、无梦的睡眠中。

第二天早上，她睁开眼，屋里已经全亮了。她觉得心里也豁然开朗了，她的血液像被暴雨洗净了一般，变得清清亮亮的了。她试图回想一下她所经历的，但她仍然觉得一切都好像是一场梦。一切都是不真实的，轻飘飘的，没有拘束的，就像在梦中飘飘摇摇地穿过一个又一个厅堂，她想起了那次憋得要死的感觉；为了证实醒来的经历是真实的，她试探着摸了摸自己的手。

突然，她吃惊地全身一颤：那枚戒指在她手指上闪着微光。她猛然间完全醒过来了。她在半昏迷状态中听到了又好像没听见的那些杂乱无章的话，一种使她不敢想也不敢猜疑的充满不祥之兆的忧郁的感觉，现在突然使人清楚地看到了它们之间的内在联系。她霎时间什么都明白了，明白了她丈夫提的那些问题，明白了她的情人为什么那样吃惊；所有的人都潮水般地涌现出来了，她看见了那个把她缠了进去的罗网。她很愤怒，也很羞愧。每根神经又颤抖起来，她几乎后悔不该从那无梦的、没有恐惧的睡眠中醒来了。

这时，从隔壁房间传来了笑声。孩子们起床了，像清晨刚刚醒过来的鸟雀叽叽喳喳地叫着。她清楚地辨出了男孩的声音，初次惊奇地感到他的声音真是太像他父亲了。她双唇微微一动，露出一丝微笑，那微笑一直静静地留在她的嘴边。她闭上眼睛躺在那里，为的是更深地体味体味她过去的生活情景，还有她现在的幸福境遇。心中不免仍然有些隐隐作痛，但这是有益于身心的痛苦，灼人而又温和，就像伤口完全愈合之前那样钻心的痒痛。

（关惠文　译）

里昂的婚礼

一七九三年十一月十二日，巴雷尔[①]在法国国民公会上提出一个提案，要置里昂这座暴乱的、后来被攻占的城市于死地。提案结尾是两句简明扼要的话："里昂反对自由，里昂今后不再存在。"巴雷尔要求把这座叛逆城市的一切房屋建筑夷为平地，将所有的纪念碑化为灰烬，连城市名称也要取消。国民公会犹豫了八天，才做出同意摧毁这座法国第二大城市的决定。可是，即使在这项决定签字以后，人民代表库东[②]在执行这项血腥的英雄命令时还是采取了敷衍态度，因为他知道罗伯斯比尔对他的做法是默许的。为了做做样子，他把民众召集到贝勒古广场，举行声势浩大的集会，并用银锤象征性地敲敲那些决定要摧毁的房屋，但是真要摧毁那些精美的门面时，铁锹却迟迟疑疑地下不了手，断头台上的杀人机只是隆隆地空响着，铡刀很少落下来。看到这出乎意外的温和态度，人们心里稍安，这座被内战和长达一月有余的围困弄得人心惶惶的城市又敢呼吸第一口希望之气了。可是这时这位仁慈的、迟疑不决的护民官突然被召回，派来接替他的是科洛·德布瓦[3]和富歇。这两位身佩人民代表绶带的司令一到，里昂在共和国的法令里从此就叫作“解放城”了。于是，原来以为是虚张声势借以吓人的法令，一夜之间就变成了可怕的现实。“迄今为止这里毫无动作。”两位新护民官一到任就迫不及待地向国民公会提交的第一份报告中这样说，以此来证明他们自己的爱国热忱并对那位态度温和的前任表示怀疑。他们立即采取恐怖手段来执行国民公会的命令。富歇，这位“里昂的刽子手”、日后的奥特朗托公爵和一切合法原则的捍卫者，后来最不愿意重提这段往事。

现在不再是用铁锹把建筑物上的灰浆慢慢地铲下来了，而是埋上火药，把精美的建筑物一排排炸掉，行刑时也不再用“既不可靠，也不够用”的断头台，而是用枪和霰弹将被判决的人成百上千地集体处死。司法机关每天都得到新的严厉的命令，因而大开杀戒，它像长把镰刀大把大把刈割麦束，日复一日地将大批市民一片片刈倒在地；要将死者收殓掩埋实在太慢，于是便将死者扔进罗讷河，让那汹涌的波涛将尸体冲走。嫌疑犯比比皆是，各个监狱早已人满为患。于是就将公共建筑物、学校和修道院的地窖统统用来收容被判决的人，当然收容的时间极其短促，因为镰刀很快就刈过来了，很少有一堆草会让同一个犯人的身体暖和一个晚上的。

---

① 贝特朗·巴雷尔（1755—1841），雅各宾专政期间法国救国委员会主要成员，主张对保皇派采取严厉政策。

② 乔治·库东（1755—1794），法国大革命时期的激进民主派，罗伯斯庇尔和圣茹斯特在救国委员会中的亲密战友。

③ 科洛·德布瓦（1749—1796），法国大革命时期国民公会议员。

在那个血腥之月，在一个严寒的日子里，又有一批犯人被赶进市政厅的地窖，大家暂且短暂而悲惨地待在一起。中午，他们挨个儿被带到警长面前，马马虎虎一问便决定了他们的命运。现在六十四个被判决的男人和女人零乱地坐在拱顶很低的地窖里，黑暗中弥漫着酒桶味和霉气，前屋壁炉里的一点儿火并没有使地窖暖和多少，只不过给黑暗染上些微红色而已。大多数犯人都迷迷糊糊地躺在各自的草褥上，其余的人则挤在那张唯一允许放在那里的木桌上，凑着摇曳不定的烛光在匆匆写诀别信，他们都清楚，他们的生命将比这寒冷的屋子里颤颤悠悠地发着蓝光的蜡烛结束得更早。他们说话的时候没有一个不是悄声低语的，所以地雷低沉的爆炸声和紧接着房屋哗啦啦的倒塌声，从寂静的大街上严寒的空气中传到这里就听得分外清晰。可是事态的发展迅雷不及掩耳，这些备受命运折磨的人已经失去了感觉和清楚地思考的一切能力；大多数人像待在坟墓的进口处一样，在这黑洞洞的地窖里往墙上一靠，一动不动，一言不发，他们万念俱灰，不再存有任何希望。

将近晚上七点钟的时候，吱啦一声，生锈的门闩拉开了。大家下意识地一惊而起：以往是允许过夜的，难道一反这悲惨的常规，他们最后的时刻现在就已到来？一阵寒冷的穿堂风从打开的门里吹来，蜡烛蓝蓝的火苗跳个不停，仿佛要逃脱蜡身，蹿出地窖似的。随着烛光的颤动，人人胆战心惊，对于即将来临的事情未卜凶吉。但是一会儿大家就惊魂稍定，因为狱卒并没有别的动作，只不过又给这里新添了一批犯人，大约二十名左右。狱卒一声不吭地将他们押下台阶，带进挤得满满的屋子，也不给他们指定特定的位置，随后就哐啷一声重新关上了沉重的铁门。

囚犯们带着不友好的目光望着这些新来的人，因为人的天性很奇怪，随处都会适应环境，即使时间极其短暂，也会觉得如在家里一样，这似乎是天经地义的。所以这些先来者已经下意识地把这间空气滞重、散发着霉味的屋子，长了绿毛的草褥和壁炉周围的位置看作了自己的财产，觉得每个新来的人都是擅自闯入的、令人扫兴的入侵者。那些刚押进来的囚徒呢，他们大概也都明显地觉察到了先到这里的犯人所表露出来的冷冰冰的敌意，尽管这种敌意在这死亡的时刻显得如此荒唐。很奇怪，他们既不同先来的难友互致问候，也不说话，也不要求在桌上和草褥上占有一席之地，而只是一言不发、闷闷不乐地挤在一角。如果说先前浮现在拱顶上的寂静已经极其残酷，那么，由于无谓地激起了感情上的紧张气氛，这寂静就显得更为阴森了。

突然，一声呼喊打破了寂静。在这个时候，这喊声听起来格外悦耳，分外响亮，仿佛来自另一个世界。这声响亮的、几乎是颤抖的呼喊，以其不可抗拒的力量把最最漠然的人也触动了，把他们消沉压抑、万念俱灰的心震撼了。一位刚同其他犯人一起新来的姑娘突然猛地跳了起来，像要摔倒似的朝前伸开双臂，一面颤声高呼“罗伯特，罗伯特”，一面朝一个年轻人扑去。这年轻人本来正靠在一边的窗栅上，同姑娘之间隔着几个人，这时也朝她扑了过来。两个年轻人的身体随即紧紧地拥抱在一起，嘴唇紧紧相贴，像两束火焰亲热地在一起熊熊燃烧，欢乐的泪水夺眶而出，在对方脸上涓涓流淌，他们的抽噎像出自一个快要炸裂的喉咙。他们一旦稍停片刻，就不相信这是真的。这难以置信的事情使他们心惊胆战，因而转瞬之间两人又重新紧紧拥抱在一起，情绪更为炽热。他们失声痛哭，抽抽泣泣，一口气地说着，嚷着，一味沉浸于无穷无尽的感情的海洋中，完全不顾及周围的难友。难友们感到无比惊讶，因此恢复了生气，犹犹豫豫地走近这两位年轻人。

姑娘同这位市政府高级官员的儿子罗伯特·德·L自幼青梅竹马，几个月前两人刚订婚。教堂里已经贴出了结婚公告，而所定的办喜事的日子恰好正赶上血流遍地的那一天。那天，国民公会的军队攻破了里昂城。她的未婚夫一直在佩西将军的军队里同共和国作战，在这节骨眼上当然有责任跟着这位保皇派将军去进行孤注一掷的突围。此后接连几星期都没有他的消息，她几乎心怀这样的希望：他已经幸运地越过国境，逃到瑞士去了。这时，突然有位市政府的文书告诉她，告密者打听到她未婚夫躲藏在一个农庄里，昨天他已被送交革命法庭。这位勇敢的姑娘一听到她未婚夫以及他肯定会被处决的消息，身上一下生出一股神奇而不可思议的力量，女人在千钧一发之际其天性所具有的那种力量，办了件本来不可能办到的事。她亲自闯到本是无法接近的人民代表跟前，恳求宽宥她的未婚夫。她先是跪在科洛·德布瓦的脚下，但遭到严厉拒绝。科洛·德布瓦说，对于叛徒他绝不宽宥。随后她就跑去找富歇。而此人心地之残忍丝毫不比科洛·德布瓦逊色，不过手段则更加狡猾。他见年轻姑娘这副绝望的样子，好像也受了感动，于是便用谎言来搪塞，说他倒很愿出面干预，从轻发落她的未婚夫，可是他看见——这时这位惯于用花言巧语蒙骗人的老手透过长柄单片眼镜朝一张无关紧要的纸上随便扫了一眼——今天上午罗伯特·德·L已经在勃罗多的田野上被按军法枪决了。年轻姑娘完全受了这老奸巨猾的家伙的诓骗：她立刻就相信她的未婚夫已死。遇到这种情况，女人通常只有束手无策地沉湎于痛苦之中，可是她却不是这样，她已将毫无意义的生命置之度外。这时她从头发上摘下饰有革命标志的徽章，往地上一扔，双脚一阵猛踩，并大声怒骂富歇和急忙奔来的卫兵是一帮卑鄙的吸血鬼、刽子手和色厉内荏的罪犯。高昂的吼骂，声震屋宇。她被士兵绑了起来，拖出房间的时候，听到富歇正在给他的麻子秘书口授逮捕她的命令。

这位热情满怀的姑娘几乎是乐不可支地对周围的人说，这一切她当时已不再觉得是真实的，不再觉得是实实在在的了，相反，一想到自己很快就可以跟随已被处决的未婚夫而去，就觉得遂心如意，心里有种辉煌感。审讯时她对所有问题概不作答，她强烈地意识到死亡已经临近，心里无比欣喜，当士兵将她同后来的那批犯人一起推进这所监狱时，她甚至连眼睛都没有抬一下。因为她知道心爱的人已死，她自己将在九泉之下幸福地朝他靠近，那么，在这个世界上还有什么不能割舍的呢！因此她完全安之若素地躺在一角。待到她的眼睛刚刚适应狱中的黑暗，就发现一个倚窗沉思的年轻人，他的姿态令她感到诧异，活脱脱就是她未婚夫平时愣神儿凝视的样子。她竭力控制自己，不让自己怀有这样一个镜花水月、虚妄无稽的希望，不过她毕竟还是站了起来。在这瞬间，那年轻人恰好几乎同时走近了蜡烛的光圈。她以仍然激动不已的声调说，她真不明白，在这魂飞魄散的钻心的一刻，居然没有晕死过去，因为她清楚地感觉到，当她突然看到早已被处决的未婚夫仍活生生地出现在她面前时，她的心简直像要从胸口蹦出来一样。

姑娘急匆匆地飞快地讲述着这段经历，同时她的手一直紧紧地握着她心上人的手，一刻也没松开。她目不转睛地盯着他，一次又一次地重新拥抱他，仿佛对他的出现还始终把握不定似的。这对年轻人两情缱绻，这感人至深的一幕神奇地震撼了所有的难友。这些犯人方才还麻木不仁，疲惫不堪，无动于衷，心如死灰，现在一下子活跃起来了，个个热情满怀，纷纷挤在这一对如此奇特地相聚在一起的情人周围。由于这件异乎寻常的事情，他们个个忘掉了自己的厄运，人人心潮翻涌，都忍不住想对他们说句关怀、支持或同情的话，但是这位热情似火的姑娘正沉醉在如痴似迷的自豪中，不需要别人为她抱憾。不需要。她说她很幸福，彻底的幸福，因为她现在知道，她可以和心上人在同一时刻死去，谁也不必为对方伤悲。不过有一件事美中不足，那就是她没有完婚，还只能用父姓，而不能作为他的妻子同他一起走到上帝面前去。

她天真烂漫地说出了自己的心里话，没有任何意图，而且几乎一说出来就已经忘了，只是不住地拥抱她心爱的人，所以并没有发觉，罗伯特的一位战友被她这个愿望深深打动，这时已小心翼翼地溜到一旁，在同一位年纪较大的难友悄悄地合计。他低声所说的那些话似乎使那人大为感动，因为他立即霍地站了起来，挤到这两个年轻人身边。他对这对情侣说，他是土伦的一位神父——他一身农民着装，别人真看不出他是神父——拒绝宣誓效忠共和，由于被人告密才被逮捕到这里来的。可是，尽管他现在没有穿神父的长袍，然而心里依然一如既往地感到自己应履行的职务和所具有的神父的权力。他说，既然两人的婚礼早已公告，另一方面两人又都已被判决，所以完婚之礼不容拖延，因此他豁出去了，愿意立即满足他俩这个完全正当的渴求，在这里由他们的难友和那位无处不在的上帝做证，使他俩结为夫妻。

年轻的姑娘万万没有想到，她的心愿居然还能实现，真是感到无比惊讶，于是她便以询问的神情望着未婚夫。他的回答只是一道喜气洋洋的炯炯闪亮的目光。于是年轻姑娘便双膝跪在坚硬的石板地上，吻着神父的手，请他就在这间极不像样的屋子里为他们主持婚礼，因为她觉得自己的思想是纯洁的，此刻心里充满了神圣的感觉。这阴郁的死屋瞬间将变为教堂这件事深深打动了其他难友的心，他们都下意识地受到新娘激动心情的感染，都急忙做这做那，借以掩饰自己内心的激动。男人把数量不多的几把椅子搬来排好，在铁制耶稣受难像前把蜡烛插成笔直的一行，把那张桌子布置得像祭坛一样。这当间，妇女们把在入狱途中同情者送给她们的些许鲜花匆匆编成一个细花环，戴在姑娘头上。这时，神父同即将成为她夫君的罗伯特进了侧室，神父先听取了新郎，后又听取了新娘的忏悔。两位新人走到临时祭坛前面，此时，持续几分钟之久屋里声息全无，静得出奇，以致看守以为狱中发生了什么可疑之事，因而突然打开牢门，走了进来。当他发现屋里所作的那种奇特的准备时，他那黑黝黝的农民脸庞也不由自主地变得庄严、肃穆了。他站在门口，不去打扰他们，因此他自己也成了这次异乎寻常的婚礼的默默的见证人。

神父走到桌前，简要地解释说：哪里人们愿意诚心诚意地在上帝面前结合在一起，哪里就是教堂和祭坛。说完他便双膝跪下，所有在场的人也随他一齐屈膝；屋里是那么静，静得支支蜡烛的火苗也一丝不动。接着，神父打破静默，问两位新人是否愿意生死与共。两人以坚定的声音回答：“愿生死与共。”这个“死”字方才还是个恐怖的字眼，现在高昂而清晰地响彻这无声的屋子，再也没有一丝儿可怕了。这时神父把他们的手放在一起，用这句话宣布他俩的结合：“Ego auctoritate sanctae matris Ecclesiae qua fungor, conjungo vos in matrimoniam in nomine Patris et Filii et Spiritus sancti.”①

至此，结婚仪式结束。新婚夫妇吻着神父的手。难友们都挤上前来，一个个单独向这对新人说一句出自肺腑的至诚的祝福。此刻谁也没有想到死，就是感觉到死的人，也不再觉得死亡的可怕了。

这期间，刚才在婚礼上担任证人的那位朋友已经跟几个难友悄悄商量过，一会儿又见他们奇怪地忙活起来了。男人从旁边的小屋里把草褥子搬了出来。这时两位新人全身心都沉浸在梦一般的事态中，对已经完成的准备工作尚未觉察到。那位朋友走到他俩跟前，微笑着告诉他们说，他和他的难友都很想送给这对新人一件礼物，以庆贺这个大喜之日，可是对于那些连自己的生命都危如朝露的人来说，还有什么世俗的礼物可送呢！所以他们只想赠送一件新婚夫

① 拉丁语，我凭圣母教堂的威望，并以此履行职责，以圣父圣子圣灵的名义让你们结为夫妻。

妇定会非常高兴并倍感珍贵的东西：腾出这间小屋给他们做洞房，让他俩安逸地度过一个新婚之夜，这最后一夜，难友们自己则宁愿在外屋挤一挤。“好好利用不多的几个小时，”他补充说，“逝去的生命是片刻也不会再还给我们的，谁在这样的瞬间还能得到爱情的赐予，谁就该尽情地加以享受。”

少女的脸羞红了，一直红到头发根，她的夫君则真诚地凝视着这位朋友的眼睛，激动得紧紧握住他那充满兄弟情谊的手。他们没说一句话，只是互相凝视着。就这样，没有人大声安排，男人就都下意识地围在新郎身边，女人则围在新娘身边，大家庄严地手举蜡烛，把这对新人送进那间从死神那里借来的洞房，人人心里都洋溢着关怀之情，所以这种古老的婚礼习俗无意之中又出现了。

随后他们在这对新人身后轻轻关上房门，但是对于临近的合卺之欢谁也不敢开一句不得体的或是不干净的玩笑，因为自从大家对自己的命运已经无能为力，但却还能给予别人些微幸福以来，人人心头都默默升起一种特别庄严的感情。他们做了一点好事，也分散了对自己不可避免的厄运的注意力。对此大家都在心里暗暗感激不已。于是这些已被判决的人在黑暗中七零八落，或醒或梦地躺在各处的草褥上直至天明，屋里虽然充满了绝望的呼吸，但却很少听到有人叹息。

第二天一早士兵进来要将这八十四名犯人押赴刑场时，发现他们都已醒了，并且全都准备停当。只有旁边新婚夫妇的洞房里仍无声息：就连枪托砸得哐哐响也没有将这两个筋疲力尽的人吵醒。于是那位男傧相便赶忙悄悄跑进洞房，免得等刽子手去把这对幸福的人强行弄醒。他俩躺着，松松地搂抱在一起，她的手枕在他微微后倾的脖子下，像是忘了抽出来；即使在睡眠中脸上的表情凝固了，但他俩的脸庞仍很舒展，焕发着幸福的容光，以致那位傧相也大为感动，不忍心打扰这样的安宁。可是形势不容他迟疑，于是他便先将新郎摇醒，告诉他现在形势已很紧迫。新郎心醉神迷地一睁开眼睛，就伤心地想起了眼下的处境，于是便情意绵绵地将妻子从铺上扶起。她抬眼一看，像孩子似的被这突如其来的冰冷的现实吓得胆战心惊，但随即便对他会心地一笑，说："我准备好了！"

当这对新婚夫妇手拉手走进外屋时，所有的人都不由自主地给他们让开路，这样，这对新婚夫妇无意中就走在了这批被押赴刑场的死囚的头里。市民们每天都看到那些押往刑场的悲哀的队伍，对此已经习以为常，尽管如此，这次却诧异地目送这支奇特的队伍离去，因为走在队伍前面的两个人——一位年轻军官和那位头戴新娘花环的姑娘——洋溢着异乎寻常的快乐情绪和对幸福颇有把握的神态，因此即使很迟钝的人在这里也会虔敬地感觉到一个崇高的秘密。其他人也不像以往被押赴刑场的死刑犯那样慢腾腾地拖着踢踢踏踏的步子，而是每个人都以热情似火的目光和矢志不移的信任紧紧盯着这对新人。他们两人已经意想不到地三次实现了自己的愿望，在这两位幸福的人身上必定还会、一定还将再次出现奇迹，出现最后的奇迹，从而把大家从确定无疑的死亡中解救出来。

生活总是喜爱奇怪的事情，然而现实中的奇迹却很少出现。当时在里昂习以为常的事情现在终于发生了。这支囚犯队伍被押过大桥，来到勃罗多的沼泽地里，在那里等待他们的是十二队步兵，每三支枪的枪筒瞄准一个人。士兵把死囚一行行排好，一排子弹就把所有犯人撂倒。接着，士兵们就将尚在流血的尸体扔进罗讷河，滚滚急流漫不经心地将这些陌生人的脸庞和命运冲入河底。只有那个婚礼上用的花环从正在下沉的新娘头上缓缓脱落下来，还毫无意义地、十分显眼地在奔腾而去的波浪上漂浮了一阵。后来花环也消失了，对于那个从死神嘴唇上抢来的、因而更值得纪念的爱情之夜的记忆，也随着花环的消失而久久地被遗忘了。

森林上空的那颗星

深切思念弗朗茨・卡尔・金茨凯*

有一次，身材颀长、穿着讲究的侍者法朗索瓦，从漂亮的波兰伯爵夫人奥斯特洛夫斯卡的肩头俯下身去摆放餐具时，发生了一件奇特的事情。这件事持续的时间只有一秒钟，没有引起任何颤动和惊恐，一切都纹丝未动。可是这却是千万个小时和日子都为之欢愉和怅然的一秒钟，就如簌簌作响的高大橡树连同摇晃的树枝和摆动的树冠，其巍巍气势全都安安稳稳地包藏在一粒四处飘飞的花粉之中一样。这一秒钟内外表上看不出一丝迹象。伯爵夫人手中的餐刀正在寻找食物，法朗索瓦，这位里维埃拉大饭店的机灵的侍者，便赶紧弯下腰去，把盘子摆摆好。就在这一瞬间，他的脸恰好紧贴着她一头松软的、香气四溢的卷发，他本能地睁开谦卑地下垂的眼睛，他迷醉的目光在这片黑色的发波中窥见了她白净的脖颈，其柔和、粉白的线条延伸下去，消失在鼓起的深红衣服里。他的心里仿佛忽地升起了紫色的火焰。餐刀碰到难以察觉地颤动的盘子上，发出微微的声响。虽然在这一秒钟里他预感到了这突如其来的陶醉的种种严重后果，但他巧妙地控制住了自己的激动，仍以一个风度翩翩的年轻侍者那种有点讨好的热情继续侍候伯爵夫人用餐。他迈着沉着的步子，把盘子送到常同伯爵夫人一起用餐的贵族面前。这位贵族年纪比她稍长，举止温文尔雅，正在用法语讲些无关紧要的事情，其法语说得极其准确清晰，声音犹如水晶一般。送了盘子，年轻侍者就目不斜视、面无表情地从餐桌边退下。

这几秒钟乃是一种奇特的、充满沉醉的失落的开始，一种陶醉的、神魂颠倒的感受的开始，就连爱情这个郑重和骄傲的字眼也难于将它表达。这是那种盲目忠诚、毫无欲愿的爱情，只有年纪很轻和年纪很大的人才会有的爱情，除此之外人的一生中是根本体会不到的。这是一种毫不深思熟虑的爱情，它不加思考，只是梦想。他全然忘记了人们对侍者所持的那种虽不公正，但却无法消除的蔑视，这种蔑视就连聪明、潇洒的人对身穿跑堂服的人也会表露出来的。他并不去考虑种种可能性和偶然性，而是在自己的血液里培育这种奇怪的情愫，直至其隐秘的眷恋把种种嘲笑和责难统统视若敝屣。他的缱绻柔情不是表现在眨动和窥视的目光中，不是表现在突发胆大妄为时放肆的举止上，不是表现在春心荡漾失去自制时渴望的嘴唇和颤抖的手上，这柔情表现在默默的尽心侍候上和做好各项细小的服务工作中，明知这些小事不会被人注意，所以谦卑中的柔

---

* 弗朗茨·卡尔·金茨凯（1871—1963），奥地利诗人和小说家，第一次世界大战期间曾和茨威格一起在维也纳的战争档案馆服务过。

情就显得更为崇高和神圣。晚餐以后他用那么温存、那么缠绵的手指把她座位前桌布的皱痕抚平，犹如抚摸可爱而温柔的女人之手；他倾注全部深情将她身边的每样东西收拾得十分对称，仿佛在恭候她来参加筵席似的。他将她芳唇碰过的那些酒杯都小心翼翼地拿到他那间开有天窗、散发着霉味的小房间里，让它们像珍贵的首饰一样在明朗的月光下熠熠闪光。他常常在某个角落秘密偷听她走路或漫步的声音。他吸吮她的话语，犹如人们美滋滋地用舌头品味一种甘醇可口、香气醉人的葡萄美酒，他贪婪地抓住每一句话和每个吩咐，就像孩子们抓住飞来之球。就这样，他那颗沉醉的心给他可怜的、不值一提的生活带进了一束千变万化、绚丽多姿的光辉，法朗索瓦这个穷跑堂爱上了一位永远也无法企及的异国伯爵夫人，关于这件事的来龙去脉，他脑子里从来未曾有过这样聪明的愚蠢想法：用冷冰冰的毁灭性语言将它原原本本地加以表达。因为他压根儿没有觉得她是现实的人，而是觉得她很高很远，到达这里的，只是她生命的反光。他喜欢她发号施令时的那副盛气凌人的傲慢，喜欢她那两道几乎相碰的颐指气使的青黛色眉毛，喜欢她薄唇周围密密的皱褶，喜欢她言谈举止的自信与优雅。对他来说，表现出卑躬屈膝那是理所当然的，他觉得能低声下气地在她身边做些低贱的侍奉工作，那是幸福，因为正是由于她，他才能进入围绕着她的那个令人着迷的圈子。

就这样，在一个普通人的生活中突然做起了一个梦，这就像路边精心培育的一棵珍贵花木，往日它的萌芽全被熙攘的行人踩坏，如今却盛开了。这是一个朴实的人的沉迷，是冷酷而单调的生活中一个令人回肠荡气、飘飘欲仙的梦。这样的梦就像无舵之舟，毫无目的地飘荡在一平如镜的水上，晃晃悠悠，其乐无比，直到它猛地一下撞在一处不知晓的湖岸上。

可是现实比所有的梦境更严酷，更粗暴。一天晚上胖门房沃州[①]人从他身边走过时说："奥斯特洛夫斯卡明天乘八点钟的火车走。"接着还说了另外几个无关紧要的名字，这些他根本就没有听见。因为听了前一句话他脑子里嗡地一下，像翻江倒海似的，卷起阵阵汹涌澎湃的波涛。有几次他机械地用手指抚推紧锁的眉头，仿佛要把压在那里、紧紧束缚着智力的那层东西拨开。他迈了几步，脚下踉踉跄跄。他心神不定、惊惶失措地快步从一面镶着金框的大镜子前走过，镜子里一张苍白的陌生面孔木然地瞧着他，似乎什么思想也没有，好像统统都被禁锢在阴暗朦胧的墙壁后面了。他几乎下意识地扶着栏杆，摸索着走下很宽的台阶，进了暮色苍茫的花园，几棵高大的伞松寂寞地耸立着，就像阴暗的思绪。他那摇晃不定的身影像只翩翩低飞的黑色大夜鸟，又往前趔趄了几步，随后便跌坐在一张长椅上，脑袋倚着冰凉的扶手。这时四周一片岑寂。后面，大海在簇簇圆形灌木丛中闪闪发光。柔和、颤动的灯光在那里微微闪亮，在这静谧的夜晚只有远处滚滚翻涌的波涛单调而持续地在吟唱。

突然间，一切都明白了，完全明白了。这事是如此清楚，又如

① 瑞士西南部行政州域，居民主要讲法语。

此苦涩，他几乎现出了一丝微笑。一切全都完了。奥斯特洛夫斯卡伯爵夫人要回家去了，而侍者法朗索瓦仍旧干他的活。这事难道真那么奇怪吗？来这里住上两三个星期或三四个星期的客人不是全都走了吗？多傻呀，连这都没有想到！一切都明明白白，明白得让人笑，让人哭。各种思绪冗杂芜驳，像团乱麻。明天晚上，乘八点钟的火车去华沙。去华沙——那要好多小时，要穿过好多森林和山谷，越过好多丘地和山岭，驶过好多草原、河流和喧嚣的城市。华沙！多么遥远的华沙！他根本不能想象，但是内心深处却能感觉到这个骄傲而带有威胁性的、严峻而遥远的字眼：华沙。而他……

刹那间，他心里还升起一星点梦幻似的希望之光。是啊，他可以跟着去呀。他可以在那里当仆役，当抄写，当车夫，当奴隶；还可以当乞丐，冻得哆哆嗦嗦地站在华沙的街头，只要不离得那么远，只要能呼吸到同一城市的气息，或许有时她坐车疾驶而过的时候能看见她——哪怕只能见到她的身影，她的衣服和她的黑发。于是种种行色匆匆的梦幻闪烁而来。可是时间是残酷无情的。那事绝对办不到，这点他看得一清二楚。他算了一下自己的积蓄，顶多也只有一二百法郎。这点钱连一半路费都不够。往后怎么办？突然，他好似透过一条撕破的面纱看到了自己的生活，感到它现在好可怜，好可悲啊。寂寞空虚的侍者生涯已被愚蠢的渴望折磨得苦不堪言，他的未来大概就是这样可笑。他全身起了一阵寒战。突然，所有的思想之链都猛不可挡地汇集在一起。现在只有一种可能。

树梢在难以觉察的微风中轻轻摇曳。他面前阴森的黑夜令人胆寒。这时他不慌不忙，镇定自若地从椅子上站起来，踩着咯咯作响的砾石走上台阶，进了灯光通明、寂静无声的大厦。到她窗前，他便停住脚步。窗户黑乎乎的，没有一星点闪烁的、可以点燃梦幻般渴念的灯光。所以他血液的跳动很平静，他迈步走去，颇似个不再被困惑、不再受欺骗的人。到了房间里，他往床上一躺，毫不激动，睡得沉沉的，一夜没有做梦，直到第二天早晨，铃声才把他叫醒。

第二天，他把自己的举止完全约束在精心琢磨过的限度之内，强自镇定。他以冷冷的漠然态度干着他的服务工作，神情中显示出无忧无虑的自信力，谁也感觉不到这副虚假的面具掩盖下的苦涩的决断。快开晚餐之前，他拿着自己的那点小小的积蓄跑到一家最气派的花店，买了精心挑选的鲜花，花的色彩绚丽多姿，说明了他的心意：盛开的金红色郁金香象征热情似火，宽瓣白菊使人觉得像是充满异国情调的淡淡的梦，窄窄的兰花表示憧憬中的秀丽形象，此外还有几枝矜持、妩媚的玫瑰。接着他又买了一只用闪光的乳白玻璃制成的花瓶。尚剩的几个法郎，他从一个小乞儿身边走过时以极其迅速的动作毫不在乎地给了他。随后他便急忙赶回。他心情忧郁，郑重其事地将插着鲜花的花瓶摆放在他怀着身心的快感慢慢地、一丝不苟地最后一次为伯爵夫人准备的餐具之前。

接着晚餐开始了。他工作的时候仍和往常一样：冷冷的，没有声音，眼明手快，不抬头张望。只是直到最后，他才以一道她永不知晓的没有尽头的目光盯着她整个柔软而骄傲的身躯。他觉得，她从来没有像在他这别无所求的最后的目光中所呈现的那么美。随后他便平静地从餐桌边退下，出了餐厅，未做告别，脸无表情。他像个该受到侍者躬身致意的客人一样，穿过过道，走下十分气派的迎宾台阶，朝大街而去：你定会感觉到，在这一瞬间他告别了过去。在饭店门口他犹豫不决地停了一秒钟，接着他便顺着闪光的别墅和宽大的花园拐向一条林荫道，边沉思边漫步向前，自己也不知道要往何处去。

他就这样心神不定地怀着梦一般的失落感漫无目的地走着，一直走到晚上，他什么也不再去思考，不去思考过去的事情，也不去思考那不可避免的事情。他不再考虑死的问题了，就像人们在最后的瞬间举起闪闪发亮、令人胆寒的手枪，用深深的目光打量一番，并在手里掂量一阵之后，又重新将枪放下一样。他早已给自己做了判决。[1] 只不过种种画面依然纷至沓来，匆匆浮现，旋即飞去，犹如迁徙的飞燕。先是青春岁月，直到一堂倒霉的课为止。在这堂课上，他为诱人的前途所惑，干了一桩愚蠢的事，因而一头栽进了纷乱的世界。随后便是无休止的奔波，为挣钱糊口而卖力，所作的种种尝试又一再碰壁，直到人们称之为命运的黑乎乎的巨浪把他的骄矜击得粉碎，并将他抛在一个低声下气的岗位上。许多色彩绚丽的回忆卷起阵阵旋涡而去。末了，这些天的温柔影像还从清醒的梦境中闪闪发光；可是这些梦猛地一下又撞开了他不得不通过的现实的阴暗大门。他思忖，还不如今天就死了好。

他思索了片刻，考虑了通向死亡的各条道路，并将其痛苦和快

① 意为“他早就决定了自己的命运”。

捷程度做了一番比较。突然，他生出一个念头，为此他浑身起了一阵战栗。他神志沮丧，一下想到一个阴森的象征：既然她从他的命运之上飞驶而过，毁了他的命运而毫不知晓，那么就让她把他的身体也碾碎吧。这件事要让她亲自来做。要让她亲自完成她的作品，就这样，这个想法便迅速形成了，而且毫不踌躇。不到一小时了，特别快车八点开，它就要从他身边把她劫走。他要扑在火车的车轮下，让夺走他梦中情人的同一股狂暴的力量把自己碾成齑粉。他要将血流在她的脚下。这些念头纷纷袭来，仿佛彼此在欢呼。他也想好了那个殉情的地点：在上面林木密布的山坡上，就在那沙沙作响的树梢挡住鸟瞰近处海湾的视线的地方。他看了看表：秒针和他突突直跳的血液几乎打着同样的节拍。已经到动身的时候了。他疲软的脚步竟一下有了弹性和坚定不移的目标，出现了坚毅而急促的节奏，向前迈步的时候把梦想都一个个加以扼杀。在南方傍晚五彩缤纷的暮色中，他心神不宁地朝那个地方奔去。那儿，在远处森林茂密的山峦间，天上好似嵌着一条紫带。他急忙往前跑去，一直跑到铺着轨道的地方，那里，两条银线在他面前闪亮，为他指路。铁轨引导他蜿蜒向上，穿过吐着芳香的深谷，淡淡的月光透过披在山谷上的朦胧面纱，将世界染成一派银色；铁轨引导他爬上一条坡道，来到山岗上，从那里可以看到远处黑黝黝的浩渺的海洋在海滩灯光的映照下闪闪发光。他终于看到了幽深的、不安地沙沙作响的森林，铁轨在它投下的阴影中延伸。

他喘着粗气站在黑暗的林坡上。这时天色已晚，他的四周树木一棵挨一棵，黑黝黝的，令人不寒而栗。只有高处，在微光闪烁的树冠中，树枝间才有一抹苍白而颤抖的月光洒落，每当晚风微拂，树枝就发出阵阵呻吟。有时，在这阴郁的静谧中还传来远处夜鸟怪异的啼鸣。在这令人心悸的寂寞中，他的思绪凝固了。他只是等待着，等待着，注视着第一个陡峻的S形曲线的弯道处是否有列车的红灯出现。有时他又心神不宁地看看表，一秒一秒地数着。随后他就专心致志地倾听机车在远处的鸣叫。但这是错觉。一切又都变得寂静无声。时间似乎凝固了。

终于，远处山下灯光闪亮了。这一瞬间他感觉到心里撞了一下，但并不清楚这是恐惧还是高兴。他突然扑倒在铁轨上。起初，片刻间他只感到太阳穴上铁轨惬意的凉爽，接着他便凝神谛听。火车还很远。大概还要几分钟才会到这里。除了风中树木的簌簌低语，别的什么还听不见。各种思绪纷繁缭乱，一齐涌上心头。突然，有一种思绪无法排遣，像是利剑穿心，痛不堪言：他为她而死，而她却永远不知就里。他的生活里激起了汹涌的波涛，但是连一个细微的泡沫也未曾触及她生活的浪花。她永远不会知道，一个素不相识的生命曾眷恋过她，并为她而肝脑涂地。

万籁俱寂的空气中从远处传来机车有节奏地爬坡时发出的微弱的喘息声。但是他那个思绪还在灼燃，其势依然一丝未减，在最后的几分钟里还在折磨这个行将命赴黄泉的人。隆隆的列车越来越近。这时他再次睁开眼睛。他上面青黑色的天空默默无语，几处树冠簌簌作响。森林上空有一颗闪闪发光的白色星星。森林上空的一颗孤独的星星……他头枕着的铁轨开始轻轻震动，低声歌唱了。可是那个思绪像火一样在他心里，在他目光中灼燃，目光里饱含着他爱情的全部炽热和绝望。所有的憧憬以及那最后的痛苦的问题全部都涌溢而出，注入那颗闪闪发亮的温柔地俯视着他的白色星星。这位行将殒命的人再次以他最后的、无法言说的目光拥抱了那颗闪亮的星星，森林上空的那颗星星。随后他闭上眼睛。轨道颤抖了，摇晃了，飞驰的列车隆隆地越来越近，森林里也轰隆隆地响个不停，像是敲响了无数口巨钟。大地像在摇晃。风驰电掣般的一声呼啸震耳欲聋，嗖地一下卷起一阵轰响，紧接着便是刺耳的“呜——吱——”的声音，这是汽笛发出的野兽般的惊叫以及列车一下没有刹住而发出的尖厉呻吟……

美丽的伯爵夫人奥斯特洛夫斯卡定了一个包厢。开车以来她一直在读一本法国小说，火车的颠簸使她微微摇晃。在这狭窄的空间里空气闷热，充满了许多正在枯萎的花儿所散发的令人窒息的香味。临别时人家送的豪华的花篮里白丁香的花簇好似熟透的果子，疲倦地耷拉着脑袋，花朵软绵绵地倚着花茎，而又沉又宽的玫瑰花萼在这醉人的浮香热云中像要枯萎了。令人窒息的闷热给这沉沉的香气之波加了温，使得它们即使在列车呼啸飞驶时也在懒洋洋地往下浮垂。

突然间书本从她虚弱的手指中掉下。她自己也不明其就里。使她松开手的是一种隐秘的感情。她感到一种昏昏沉沉的痛苦的压迫。骤然，一阵不可理喻的、揪心的痛苦紧紧袭上心头。她想，在这闷热的、令人眩晕的花香中非窒息不可。那令人忧惧的痛苦还未消退，她感觉到疾驰的车轮的每次震动，不假思索地滚滚向前的隆隆声把她折磨得心力交瘁。突然间她心里升起一种渴望，要把飞奔的列车刹住，把正朝着难以理喻的痛苦疾驰的列车拉回来。她一生中还从未像这几秒钟那样感到自己的心被那种不可理喻的痛苦和莫名的恐惧紧紧钳住过，无论是碰到可怕的事、看不见的事或是残酷的事都未曾体验过类似此刻的那种恐惧。这种难以言表的感觉越来越强烈，喉咙被卡得越来越紧。但愿列车停下，像祷告一样，她在心里呻吟着这个想法。

这时突然响起了尖厉的汽笛声，机车发出狂叫示警，制动闸咔嚓咔嚓吐出凄惨的呻吟。飞滚的车轮放慢了节奏，而且越来越慢，随后嘎吱一声，哐啷一撞就停了下来……

她拖着笨重的脚步，费力地摸索到窗户边去呼吸清凉的空气。窗户的玻璃乒乒乓乓掉落下来，外面有人影在奔跑……几个声音飞快地说了几个字：一人自杀……压在轮下了……死了……在野外……

她吓得心惊胆战。她本能地将目光注视着高高的、默默无言的天空，以及那边黑黝黝的、簌簌作响的树木。树木上面是森林上空一颗孤独的星星。她觉得星星的目光犹如一颗晶莹的泪珠。她凝视着这颗星星，突然感到一种从未有过的哀伤。这是一种充满激情和渴望的哀伤，她一生中还从未体验过……

列车开始缓慢地继续行驶。她倚在一角，感到眼泪从脸颊上轻轻滴落。难以理喻的恐惧消退了，只是还感到一种深沉而奇怪的痛苦，她努力思索这痛苦的踪迹，但是没有找到。她心里充满痛苦，就像孩子在漆黑的深夜突然惊恐地醒来，感到自己十分孤独时的那种痛苦……

月光巷

轮船为风暴所耽搁，很晚才在法国海港小城靠岸，我因而未赶上开往德国的夜班火车。这样，未曾想到，竟在这个陌生的地方待了一天，晚上，除了在市郊一家娱乐中心听听女子乐队演奏的忧伤音乐或同几位萍水相逢的旅伴乏味地闲聊一阵之外，就别无其他有吸引力的活动了。旅店的小餐厅里烟雾弥漫，连空气都是油腻腻的，真让人难以忍受，何况纯净的海风在我唇上留下的一抹咸丝丝的清凉尚未消退，所以我更是倍感这里空气之污浊。于是我便走出旅店，沿着灯光明亮的宽阔的大街，信步走向有国民自卫军在演奏的广场，重新置身于懒洋洋地向前涌动的散步者的浪涛之中。起初，我觉得在这些对周围漠不关心、衣着外省色彩颇浓的人的洪流中，晃晃悠悠地随波逐流倒是颇为惬意，但是过不多久，我对于那种涌动的陌生人的浪涛，他们断断续续的笑声，那些紧盯着我的惊奇、陌生或者讥笑的目光，那种摩肩擦背的、不知不觉地推我往前的情景，那些从千百个小窗户里射来的灯光，以及刷刷不停的脚步声就无法忍受了。海上航行颠晃得厉害，我的血液里现在还骚动着一种晕乎乎、醉醺醺的感觉：脚下好似还在滑动和摇晃，大地似乎在喘息起伏，道路像在晃晃悠悠地飘上天空。这种喧闹嘈杂一下子弄得我头晕目眩，为了摆脱这种状况，我就拐进一条小街，连街名都没有看。从那里，我又拐进一条小巷，那无名的喧嚣这才渐渐平息下来。随后，我又漫无目的地继续走进那些血管似的纵横交错的小巷，进入这座迷宫。我离中心广场越远，这些小巷就越黑。这里已经没有大型弧光灯——宽阔的林荫大道上的月亮——的照耀了，透过微弱的灯光，我终于又能看见星星和披着黑幕的天空了。

我现在所处的位置大概离港口不远，在海员住宅区，因为我闻到了腐臭的鱼腥，闻到了被海浪冲上岸来的藻类散发出的甜丝丝的腐烂味，还有那种污浊的空气和密不通风的房间所特有的霉气，它潮湿地弥漫在各个角落里，一直要等到一场猛烈的暴风雨来临，才能让它们喘一口气。这捉摸不定的黑暗和意想不到的寂寞令我陶然，于是我便放慢脚步，仔细观察一条条各不相同的小巷：有的寂静无声，有的卖弄风情，但是所有的小巷全是黑黑的，都飘散着低沉的音乐声和说话声。这声音是从看不见的地方，是从屋宇里如此神秘地发出来的，以至于几乎猜不出隐秘的发声处，因为所有的房子都门窗紧闭，只有红色或黄色的灯光在闪烁。

我喜欢异国城市里的这些小巷，这个情欲泛滥的肮脏的市场，这些秘密地麇集着勾引海员的种种风情的场所。海员在陌生而危险的海上度过了许多寂寞之夜以后，来到这里过上一夜，在一小时之内就把他们许许多多销魂的春梦变为现实。这些小巷不得不藏在这座大城市的阴暗的一隅，因为它们厚颜无耻和令人难堪地说出了在那些玻璃窗擦得雪亮的灯火辉煌的屋子里，那些戴着各式各样假面具的体面人干的是些什么勾当。屋子的小房间里传出诱人的音乐，放映机映出刺眼的广告，预告即将上映的辉煌巨片，悬挂在大门门楣之下的小方灯眨巴着眼睛在亲切地向你问候，明明白白地邀你入内，透过半开的门户可以窥见戴着镀金饰物的一丝不挂的肉体在闪烁。咖啡馆里醉汉们大吵大嚷，赌徒们又喊又骂。海员们相遇都咧嘴一笑，他们呆滞的目光因即将享受的肉欲之欢而变得炯炯有神，因为这里什么都有：女人和赌博，佳酿和演出，肮脏的和高雅的风流艳遇。可是这一切都是羞答答的，奸诈地躲在假惺惺地垂下的百叶窗后面，全是在里面进行的，这种虚假的封闭性因其隐蔽和进出方便这双重诱惑而更加撩人。这些街道与汉堡、科伦坡、哈瓦那的街道差不多，就像大都市里的豪华大街都彼此相仿一样，因为上层和下层的生活，其形式各地都是相同的。这些不是老百姓的街道，是纵情声色、肉欲横流的畸形世界最后的奇妙的残余，是一片黝暗的情欲漫溢的森林和灌木丛，麇集着许多春情勃发的野兽。这些街道以其展露的东西使你想入非非，以其隐藏的东西让你神魂颠倒。你可以在梦里去造访这些街道。

这条小巷也是如此，进了这条小巷我感到一下就被它俘获了。于是我就跟在两个穿胸铠的骑兵后面去碰碰运气，他们挂在腰上的马刀碰在高低不平的路面上发出叮当的响声。几个女人在一家啤酒馆里喊他们，骑兵哈哈大笑，大声对她们开着粗鲁的玩笑。一个骑兵敲了敲窗户，随即就招来一阵谩骂；骑兵继续往前走去，笑声也越来越远，一会儿我就听不见了。小巷里又没有了声息，几扇窗户在雾蒙蒙的黯淡的月光下闪着朦胧的灯光。我停下脚步，深深吸吮着夜的宁静。我觉得这宁静很奇怪，因为在它的后面有某种秘密、淫荡和危险的东西在微微作响。我清楚地感觉到，这种宁静是个骗局，在这条雾蒙蒙的黝暗的小巷里正弥散着世界上某种腐败之气。我站在那儿，倾听这空虚的世界。我已经感觉不到这座城市，这条小巷，以及它们的名称和我自己的名字，我只觉得，在这里我是外国人，已经奇妙地融进了一种我不知晓的东西之中，我没有打算，没有信息，也没有一点关系，可是我却充分感觉到我周围的黑暗生活，就像感觉到自己皮肤下面的血液一样。我只有这么种感觉：这一切都不是为我生发的，可是却又都属于我。这是一种最幸福的感觉，是由于漠不关心而得到的最深刻、最真切的体验所产生的，它是我内心生机勃勃的源泉，总让我莫名其妙地感到一种快意。正当我站在这条寂寞的小巷里聆听的时候，我仿佛期待着将会发生什么事似的，好把自己从患夜游症似的窃听人家隐私的感觉中推出来。这时我突然听见不知何处有人在忧郁地唱一首德国歌曲，《自由射手》[①] 中那段朴素的圆舞曲：“少女那美丽的、绿色的花冠。”由于距离远或是被墙挡着的缘故，歌声很低，歌是女声唱的，唱得很蹩脚，可是这毕竟是德国曲调，在这里，在这世界上陌生的一隅听到用德文唱的这首歌，感到分外亲切。歌声不知是从何处飘来的，然而我却觉得它像一声问候，是几星期来我听到的第一句乡音。我不

① 三幕歌剧，德国作曲家韦伯作品。

禁自问：谁在这里说我的母语？在这偏僻、荒凉的小巷里，谁的内心的回忆重新从心底唤起了这支凄凉的歌？我挨着一座座半睡的房子顺着歌声摸索着寻去。这些房子的百叶窗都垂落着，然而窗户后面却厚颜无耻地闪烁着灯光，有时还闪现出正在招客的手。墙外贴着一张张醒目的纸条，写着淡啤酒、威士忌、啤酒等饮料的名称，尽是些自吹自擂的广告，这说明，这里是一家隐蔽的酒吧，但是所有的房子的大门都紧闭着，既拒人于门外，又邀你光顾。这时远处响起了脚步声，不过歌声一直未停，现在正用响亮的颤音唱着歌词的叠句，而且歌声越来越近：我找到了飘出歌声来的那所房子。我犹豫了片刻，随后便朝严严地垂着白色帘子的门走去。我正决意躬身进去的时候，走廊的暗影中突然有什么东西一动，是人影，显然正紧贴在玻璃窗上窥视，这时被吓了一大跳。此人的脸上虽然映着吊灯的红光，但还是被吓得刷白。这是个男人，他睁大眼睛盯着我，嘴里嘟哝着，像是说了句表示歉意的话，随即便在灯光昏暗的小巷里消失了。这种打招呼的方式也真怪。我朝他的背影望去，在光线微弱的小巷里，他的身影似乎还在挪动着，但是已经很模糊了。屋里歌声依旧，我觉得甚至更响了。我被歌声所吸引，于是便按动门把手开了门，快步走了进去。

像被一刀切断了似的，歌的最后一个字落了下来。我大吃一惊，觉得前面一片空虚，有一种含有敌意的沉默，仿佛我打碎了什么东西似的。渐渐地，我的目光才适应，发现这房间几乎是空空的，只有一张吧台和一张桌子，显然这里只是通往后面那些房间的前厅。后面的房间房门都半开着，灯光昏暗，床上铺得整整齐齐，单就这点，对于这些房间的原本用场就一目了然了。桌子前面，一位浓妆艳抹、面带倦容的姑娘支着胳膊，背倚桌子，吧台后面站着臃肿肥胖、脏兮兮黑乎乎的老板娘，她身边还有一位还算标致的姑娘。一进屋，我就向她们问了好，声音显得有点生硬，过了好一会儿才听到一句有气无力的回答。来到这空空的屋子，碰到如此紧张而冷淡的沉默，我感到很不舒服，真想立刻转身就走，可是我虽然尴尬，却又找不到什么借口，只好将就着在前面桌旁坐下。那姑娘这时才想起自己的职责，问我想喝点什么；听到她那生硬的法语，我马上就知道她是德国人。我要了啤酒，她拖着懒洋洋的步子去拿了啤酒来，这步子比她那浅薄的眼光更显得漠然和冷淡；她的眼睛有气无力地在眼皮底下微微闪着浊光，宛如行将熄灭的一对蜡烛。她按照这类酒吧的习惯，完全机械地在我的酒杯旁又为她自己放了一只杯子。在举杯为我祝酒时，她的目光空空地在我身上掠过：我这才有机会将她细细端详。她的脸倒还算漂亮，五官端正，但是好像是内心的疲惫使这张脸与面具相似，变得俗不可耐，面容憔悴，眼睑沉重，头发散乱；面颊被劣质化妆品弄得斑斑点点，已经开始凹陷，宽宽的皱痕一直伸到嘴角。衣服也是随随便便地披在身上，过量的烟酒使嗓音变得干涩而沙哑。总而言之，我感到这是一个疲惫不堪、麻木不仁、只是由于惯性才活着的人。我怀着拘谨而恐惧的心情向她提了一个问题。她回答的时候看都没看我，一副漫不经心的样子，毫无表情，几乎连嘴唇都没有动一下。我感到自己是不受欢迎的。老板娘在我身后打着哈欠，另一位姑娘坐在一角，眼睛朝这儿瞅着，似乎在等我叫她。我本想马上离开的，但我浑身发沉，另外好奇和恐惧心也把我吸引住了，使我像喝得醉醺醺的海员似的坐在这浑浊、闷热的空气里，因为淡漠也具有某种刺激性。

这时，我被身旁突然发出的一阵刺耳的笑声吓了一跳。与此同时，蜡烛的火苗也颤悠起来了：吹来一阵过堂风，我感觉到背后有人把门打开了。“你又来啦？”我旁边的女人用德语尖刻地嘲笑道，“你又绕着房子爬了，你这吝啬鬼？好吧，进来吧，我又不会揍你。”

她这样尖叫着打招呼，仿佛从胸中喷出一股火焰。我转过身来，先是朝她、随后又朝门口望了望。门还没有全开，我就认出了这颤颤悠悠的身影，认出了此人那唯唯诺诺的目光，他就是刚才像是贴在门上的那个人。他像个乞丐，怯生生地手里拿着帽子，被这刺耳的问候和哈哈大笑吓得直打哆嗦。这笑声犹如一阵痉挛，一下子把她笨重的身体都震得晃悠起来了，同时后面吧台那儿老板娘匆匆向她耳语了几句。

“坐那边，坐在弗朗索瓦丝那里！”当这可怜人怯生生地拖着踢踢踏踏的步子走近她时，她大声呵斥道，“你没见我有客人吗！”

她用德语对他大声嚷嚷。老板娘和另一位姑娘听了都哈哈大笑，虽然她们什么也没听懂，不过看来她们是认识这位客人的。

“弗朗索瓦丝，给他香槟，要贵的，给一瓶！”她笑着朝那边喊道，随后又冲他嘲讽地说，“要是嫌贵，那就去外面待着，你这可怜的吝啬鬼！你是想来白看我的吧，我知道，你是想来白捡便宜的。”

在这阵恶毒的笑声中，他长长的身躯好像融化了，背也驼了起来，一副忍气吞声的样子，仿佛要把这张脸藏起来似的，他伸手去拿酒瓶的时候，手抖得厉害，倒酒时把酒也洒到了桌上。他竭力想抬眼看看她的面孔，但是目光怎么也无法离开地面，一直盯着地上贴的瓷砖打转。现在，在灯光下我才看清他那张形容枯槁的面孔：疲惫不堪，毫无血色；潮湿、稀疏的头发贴在瘦骨嶙峋的头颅上；手腕松弛，像折断了似的——整个是一副有气无力的可怜相，但却心怀怨恨。他身上的一切都不对劲，都挪了位，而且蜷缩了。他的目光抬了一下，但马上又惊恐地垂了下去，眼睛里交织着一股恶狠狠的光。

“您别去理他!”姑娘以专横的口气用法语对我说，并紧紧抓住我的胳膊，像是要将我拉转身来似的，“这是我和他之间的旧账，不是今天的事。”随后她又龇着亮晶晶的牙齿，像要咬人似的冲他大声吆喝道：“尽管来偷听好了，你这老狐狸！你不是想听我说的话吗？我是说：我宁愿跳海，也不跟你走。”

老板娘和另一位姑娘又发出一阵哈哈大笑，笑得喘不过气来。看样子，对她们来说，这是一种寻常的逗乐，每天的笑料。可是，这时另一位姑娘突然做出温柔多情的样子，往他身上靠，并对他大献殷勤，发动攻势，他却吓得直打哆嗦，连拒绝的勇气都没有。看到这一切，我真有点毛骨悚然。每当他迷惘的目光以颇为愧赧又竭力讨好的神态看我的时候，我就感到心悸。我身边那个女人突然从松弛状态中惊醒过来，眼露凶光，连手都在颤抖，看到这副架势我很害怕。我把钱往桌上一扔，想走了，但是她没有拿钱。“要是他打扰您，我就把他，把这条狗撵出去。他必须照办。来，再跟我喝一杯。来!”她突然娇滴滴地做出一副媚态，紧紧倚在我身上，我立即就看出，这只不过是为了折磨别人而演的戏。她每做出一个狎昵的动作，就往那边瞧上一眼。我看到，她只要对我做出一个风骚的姿势，他全身就是一阵抽搐，仿佛在他身上放了一块烧红的烙铁似的。看到这种情景，真让人作呕。我不去理睬她，而是紧紧盯着他，现在气愤、恼怒、嫉妒和贪欲在他心里滋生，可是只要她一转过头来，他就赶忙弯下腰去，见此情景，我也感到不寒而栗。她紧紧地往我身上贴，我感觉到了她的身体，她那由于在这场恶毒的游戏中获得的乐趣而颤抖的身体，她那散发着劣质脂粉味的刺眼的脸和她那松软的肉体的难闻的气味令我感到恐惧。为了避开她，我便拿出一支雪茄。正当我的目光在桌上寻找火柴时，她就向他发了话:“把火拿来!”

对她的这个厚颜无耻、蛮不讲理的命令，他竟百依百顺，这倒使我比他更为吃惊。见此情景，我就急忙自己找了火柴。可是，她的话竟像鞭子一样，啪的一下抽在了他身上。他拖着趔趄的脚步，蹒跚地走过来，把他的打火机放在桌上，动作非常之快，仿佛手碰了桌子就会被烧着似的。这瞬间，我的目光与他的相交叉，我看到，他的眼睛里隐含着无限的羞愧和切齿的愤恨。这卑躬屈节的目光刺痛了我这个男子汉和他的兄弟的心。我感到受了这女人的侮辱，也同他一起羞愧难当。

“非常感谢您，”我用德语说——她抽搐了一下——“本来就不该麻烦您的。”说着，我便向他伸出手去。他犹豫好一会儿之后，我才感到他湿润而瘦削的手指，突然间，他痉挛般地使劲握了握我的手，以表达他的感激之情。这瞬间，他的眼睛闪闪发亮，直视我的眼睛，但随即又低垂到松弛的眼睑下面去了。出于对那女人的反抗心理，我想请他坐到我们这边来。我的手大概流露出了邀请的姿势，因为这时她急忙冲他吼道："你还是坐那儿去，别在这儿打扰！"

她那尖刻的声音和折磨人的恶行令我深恶痛绝。这烟味很浓的下等酒吧，这令人恶心的娼妓，这弱智的男人，这弥漫着啤酒、烟雾和劣质香水的气味对我有什么用？我渴望呼吸新鲜空气。我把钱推到她面前，正当她娇里娇气地挨近我的时候，我就站起身来，毅然躲开。我对参与这种侮辱人的缺德勾当极其厌恶，我以断然拒绝的态度清楚地表明，她的色相诱惑不了我。这时，她满脸怒容，嘴角起了一道皱褶，现出行将发作的神色，但她忍住没把话说出来，而心中的仇恨却一目了然。她猛地朝他转过身去，他见她这副横眉怒目的样子，被她的淫威吓得魂飞魄散，赶忙把手伸进口袋，哆哆嗦嗦地用手指头掏出一个钱包。匆忙之中他连钱包上的带子结都解不开，显然，现在他害怕单独同她待在一起。这是一只编织小包，上面嵌有玻璃珠珠，是农民和小老百姓用的。一眼就可看出，他不习惯乱花钱，不像那些把手伸进叮当作响的口袋，掏出一大把钱来往桌上一摔的海员；显然，他习惯于仔仔细细地点数，还要把钱用手指头夹着掂量一番。"瞧他为了这几个宝贝角子都抖成了什么样子！不觉得太慢了吗？你就等着吧！"她挖苦道，并往前逼进一步。他吓得直往后退，而她见他这副丧魂落魄的样子，便把肩膀一耸，眼里含着极其厌恶的神情说道："我不拿你一分钱，你的钱让我恶心。我知道，你的几个宝贝小钱都是有数的，一个子儿也舍不得多花。只不过，”她突然拍了拍他的胸脯，“别让人把你缝在这儿的票子偷了去啊！”

果真，就像正在发作的心脏病患者突然抓住胸口一样，他那苍白而颤抖的手紧紧抓住外衣上的那个地方，他的手指下意识地在那儿摸了摸那个秘密的藏钱之处，这才放心地把手放下。“吝啬鬼！”说着，她啐了一口吐沫。这时，那备受折磨的人突然满脸通红，猛地把钱包摔给了另一位姑娘，从她身边冲出大门，像是从大火中逃了出来似的。那姑娘先是吓得大叫一声，随即便哈哈大笑。

她气得火冒三丈，眼露凶光，先还直愣愣地站了一会儿，随后就又松弛地耷拉下眼皮，筋疲力尽地弯下松弛下来的身体。在这一分钟里她看上去显得又老又疲倦。她现在投向我的目光里压抑着某种犹豫不决、茫然若失的神情。她站在这里，满脸羞愧，迟钝麻木，像个喝得烂醉醒过来的醉妇。“到了外面他会为他失去的钱而心痛的，也许会跑去报警，说我偷了他的钱。不过明天他又会到这儿来的。然而他休想得到我。谁都可以得到我，只有他不能！”

她走到吧台前，扔下几个硬币，咕噜噜一口气吞下一杯烈酒。她的眼里又露出了凶光，但很浑浊，像是蒙了一层愤怒和羞辱的泪水。看到她我感到十分恶心，对她没有丝毫同情。我道了声“晚安”就走了。老板娘回了句“Bonsoir”[①]。那女人没有回过头来，只是发出一阵刺耳的、讥讽的大笑。

---

① 法语，晚上好。此处为“再见”的意思。

我出得门来，外面只有黑夜和天空，到处笼罩着闷热的昏暗，漠漠云层遮掩着无限遥远的月光。我贪婪地吸着微热的，但却沁人肺腑的空气，我为森罗万象的人生际遇感到无比惊奇，那种恐怖的感觉消散了。我又感到，每扇玻璃窗后面总在上演一出命运剧，每扇大门都展示着一场风流韵事，这个世界上的事真是千姿百态，无所不在，即便在这最最肮脏的一角也像在萤火虫闪烁不灭的光照下映现出种种窃玉偷香的悲剧。这是一种会使我无比陶醉，乃至流下眼泪的感觉。方才见到的那些令人厌恶的情景已经远去，紧张的情绪变成了舒心适意的倦意，渴望把这种种经历过的事情变成更美的梦。我的目光下意识地朝周围寻觅了一番，想在这纵横交错的迷宫似的小巷中找到回旅店的路。这时，一个人影趔趄着脚步，到了我身边，他准是悄没声地先走近来了。

“请您原谅，”我立刻就听出了这低三下四的声音，“我想，您找不到路了。能允许我……允许我给您指路吗？这位老爷是住在？”

我说了旅店的名字。

“我陪您去……要是您允许的话。”他马上谦恭地加了一句。

恐惧又袭上我的心头。在我身边，蹑手蹑足、幽灵似的脚步在移动，虽然几乎听不见，但却紧紧地跟在我身边，还有这条海员巷的黝暗和对刚才所经历的事情的回忆，这一切渐渐为一种梦幻般的紊乱的感觉所代替，既无判断，也无反抗。我没有看到他的眼睛，但却感觉到他低三下四的目光，我还觉察到他的嘴唇在颤动；我知道，他想跟我说话，可是我既没有表示同意，也没有表示反对，我的感觉正处于昏昏沉沉的状态之中，我的好奇心同身体迷迷糊糊的感觉一起一伏地融合在一起。他轻轻地咳了好几次，我发觉，他的话被嗓子眼里的什么东西堵住了，那女人的残忍竟神秘莫测地转到了我身上，所以见他的羞耻感同急于要倾吐的心情在搏斗，我就感到暗自欣喜：我没有助他一臂之力，而是让沉默又厚又重地挡在我们之间，只听见我们杂乱的脚步声——他的脚轻轻地趿拉着，像老人一样，我的脚步故意踩得又重又响，仿佛要逃离这肮脏的世界似的。我感到我们之间的紧张气氛越来越强烈：这沉默充满了内心的尖声呼喊，好似一根绷得过紧的弦。后来他终于打破沉默，先是极其胆怯地说道：

“您……您……我的老爷……您在那屋里见到了蹊跷的一幕……请原谅……请原谅我又提起这件事……您一定觉得她很奇怪……觉得我很可笑……这女人……就是……”

他的话又停住了。他的喉咙像被什么东西紧紧哽住了。随后，他的声音变得很小，匆匆地悄声说道：“这女人……就是我的老婆。”这话惊得我差点儿跳了起来，因为他很抱歉似的连忙说：“就是说……以前是我的老婆……五年，是四年前……在我的老家黑森的格拉茨海姆……老爷，我不希望您把她想得很坏……她成了这样，也许是我的过错。以前她并不总是这样……是我……是我把她折磨成现在这样的……虽然她很穷，穷得连衣服都没有，她什么东西都没有，我还是娶了她……我呢，我很有钱……就是说颇有资产……不算很有钱……或者说至少那时……您知道，我的老爷……她说得对，我以前也许很节俭……但这是以前的事了，还在不幸发生之前，我诅咒这件事……我的父母亲都很节俭，大家都这样……每一分钱都是我拼命工作挣来的……她却过得很轻松，她喜欢漂亮的高档东西……但她很穷，为此我一再责骂她……我本不该这样的，现在我才知道，我的老爷，因为她骄傲自大，目空一切……您别以为她那副样子是真的，不，她是装出来的……是为了给人看的，她自己内心也很痛苦……她这样做只是……只是为了伤害我，为了折磨我……因为，因为她感到羞愧……或许她真的变坏了，但是我……我并不相信……因为，我的老爷，她这人以前是很好，很好的……”

他擦了擦眼泪，心情十分激动，便停了下来。我不由得看了他一眼，突然间，我不再觉得他可笑了，就连“我的老爷”这个在德国只有下等人才用的奇怪的、低三下四的称呼也不再觉得刺耳了。由于费劲说出了心里话，他的面孔显得十分舒展，现在他又迈着沉重的脚步踉踉跄跄地继续往前走去，但却目不转睛地盯着石铺的路面，仿佛在摇曳的灯光下费劲地读着从痉挛的喉咙里痛苦地吐出来刻在路面上的话。

“是的，我的老爷，”现在他深深地吸了口气，声音低沉，与刚才完全不同，就像发自一个较为温和的内心世界一样，“她原来非常好……对我也很好，我使她摆脱了贫困，她很感激……我也知道，她很感激……但是……我……乐意听感恩的话……一次又一次……一次又一次地听感恩的话……听到感恩的话，我心里很舒服……我的老爷，我感到自己比她强，心里就美滋滋的，舒坦极了……要是我知道，我是个坏人……为了不断听到她对我说感恩的话，我真愿把所有的钱都拿出来……她非常傲气，她发觉我要她感恩时，反而说得越来越少了……所以……也仅仅是这个原因，我的老爷，我就总是让她来求我……我从不主动给她钱……她要买件衣服，买条带子都得来向我乞求，我心里感到很惬意……我就这样折磨了她三年，而且越来越厉害……可是，我的老爷，这仅仅是因为我爱她……我喜欢她的傲气，可是我又总想打掉她的傲气，我真是个疯子，她一要什么东西，我就火冒三丈……但是，我的老爷，我这并不是真的……只要有机会侮辱她，我就快活得要命，因为……因为我根本就不知道，我是多么爱她……”

他又不说了。他蹒跚地走着。显然，他把我忘了。他不由自主地说着，像在梦里似的，而且声音越来越大。

“这事……这事我那时……在那个晦气的日子才明白……那天，她为她母亲要一点钱，只是很少、很少一点，我没有答应她……实际上钱我已经准备好了，但是我想让她再来……再来求我一次……啊，我说什么啦？……是的，那天晚上我回到家里，她已经走了，只在桌上留了一张字条，这时我才明白过来……‘你就留着你那些该死的钱吧，你的一个子儿我也不要了。’……字条上就写了这些，再没有一句别的话……老爷，三天三夜我就像发了疯一样。我请人到河里去找，到树林里去寻，给了警察好几百个马克……所有的邻居家我都去了，但是他们对我只是嘲笑和挖苦……一丝形迹都没发现……后来，另一个村的人告诉我，说他曾经见她在火车上同一个士兵在一起……她到柏林去了……当天我就赶了去……我放弃了我的收入……损失了几千马克……大家都偷我的东西，我的仆人、管家，大家都偷……但是，我向您起誓，我的老爷，我觉得这些都无所谓……我在柏林住了一个星期，终于在这个人流的旋涡里找到了她……我到了她那里……”他重重地吸了口气。

“我向您起誓，我的老爷……我没有对她说一句重话……我哭了……我跪了下来……我答应把钱……把我的全部财产都拿出来，让她掌管，因为那时我已经知道……没有她我就活不了。我爱她身上的每一根毛发……她的嘴……她的身体，爱她的一切……是我，是我一个人把她推下火坑的呀……我走进屋里时，她的脸一下变得刷白，像死人一样……我买通她的女房东，一个拉皮条的下流女人……她靠在墙上，脸色像墙上的白灰……她仔细地听着我说。老爷，我觉得……她，是的，她见到我几乎很高兴……可是我谈到钱的时候……我所以谈到钱，我向您起誓，只不过是为了向她表明，钱我已经不再考虑了……这时她却啐了一口……接着就……因为我一直还不想走……这时她就把她的情夫叫来，他们一起把我取笑了一通……可是，我的老爷，我还是老去那儿，每天都去。那儿的人把一切都告诉了我，我得知，那无赖把她扔了，她的生活非常困难，于是我又去那儿一次……一次又一次，老爷，可是她把我骂了一顿，并把我偷偷搁在桌上的钞票撕得粉碎，我再去那儿时，她已经走了……为了再找到她，我的老爷，我真是竭尽了全力！整整一年，这我可向您起誓，我不是在生活，而只是不停地打听，我还雇了几个侦探，后来终于打探出，她到了那边，在阿根廷……流落……流落青楼……”他犹豫了片刻。说最后这个词的时候就像要断气一样。他的声音变得更低沉了。

“起初，我吓了一跳……但是后来我思忖，是我，就只是我，把她推下深渊的……我想，她受了多少苦啊，这可怜的女人……主要是因为她太傲……我找了我的律师，他给领事写了信，寄了钱去……没让她知道是谁寄的……只是要她回来。我接到电报，说一切都办得很顺利……我知道了她回来时坐的轮船……我就在阿姆斯特丹等着……我提前三天到了那里，真是心急如焚……轮船终于到了，才见到地平线上轮船冒出的烟，我就乐不可支，我觉得我简直无法等到轮船慢慢地、慢慢地驶近并靠岸了，船开得很慢，很慢，随后旅客从跳板上过来了，她终于，终于……我没有立即认出她……她的样子变了……脸上涂了脂粉，就是……就是这样，您所见的那副模样……她见我在等她……她的脸色变得煞白……幸好有两名海员把她扶住，要不然她就从跳板上摔下去了……她一上岸，我就走到她身边……我什么也没有说……我的喉咙像是卡住了……她也没有说话……也不看我……挑夫挑着行李走在前面，我们走着，走着……突然，她停住脚步，说……老爷，她说的话……让我心痛，听了真让人伤心……‘你还愿意让我做你的老婆？现在也还愿意吗？’……我握着她的手……她哆嗦着，但没有说话。可是我感觉到，现在一切又言归于好了……老爷，我是多么幸福啊！我把她领进房间以后，我就像个孩子似的围着她跳，还伏在她脚下……我一定说了些愚蠢透顶的话……因为她含着眼泪在微笑，并爱抚着我……当然是怯生生的……可是，老爷，我感到好适意啊……我的心融化了。我从楼梯上跑上跑下，在旅店里订了午餐……我们的婚宴……我帮她穿好结婚礼服……我们下楼，喝酒吃饭，好不快乐……噢，她快活得像个孩子，那么亲热和温厚，她谈论着我们的家……谈到我们要重新添置的各种东西……这时……”他突然粗着嗓门说，并且做了个手势，仿佛要把谁砸烂似的，“这时……这时来了一个茶房……一个卑鄙的小人……他以为我喝醉了，因为我发了疯似的，跳啊，笑啊，还笑着在地上打滚……我只是因为太高兴了啊……噢，高兴得不知所以，这时……我付了账，他少找我二十法郎……我把他斥责了一顿，并要他把钱补给我……他很尴尬，便搁下那枚金币……这时……这时她突然尖声大笑……我愣愣地盯着她，她的面孔已经变了样……一下子变得嘲讽、严厉和凶狠……‘你还是老样子……甚至在我们结婚的日子也一点没变！’她冷冷地说，语气那么锋利，那么……伤心。我心里感到惶恐，诅咒自己那么斤斤计较……我设法重新笑了起来……但是她的快乐情绪已经没有了……已经消失殆尽……她自己单独要了房间……对于她我没有什么东西舍不得的……夜里我独自躺在床上，心里盘算着第二天早上给她买些什么东西……作为礼物送给她……我要向她表明，我这人并不小气……再也不违背她的心意了。第二天一大早我就出去，给她买了手镯，然而，我回来走进她的房间……房里已经空了……同上次完全一样。我知道，桌上准留了字条……我走开了，向上帝祈祷，希望这次不是真的……但是……但是……桌上果真留了字条……上面写着……”他犹豫了。我下意识地停住脚步，望着他。他耷拉着脑袋，过了一会儿，他以嘶哑的声音低声说道：

“上面写着……‘让我安静吧。你让我感到恶心……’”

我们到了港口，突然，近处波涛拍岸的轰鸣打破了黑夜的沉寂。停泊在近处和远处的海轮宛如一只只黑色巨兽，都睁着亮晶晶的眼睛，不知从何处传来了歌声。什么东西都看不清楚，但却感觉到许多东西，一座人口稠密的城市正在沉睡，正在做着可怕的梦。在我身边，我感觉到这个人的影子，它幽灵似的在我脚前颤动，在摇曳的昏暗灯光中，时而拉长，时而缩短。我一句话也说不出，既想不出话来安慰他，也没有什么问题要问他，但是我感到他的沉默粘在了我身上，粘得很紧，使我感到压抑。突然，他战战栗栗地抓住我的手臂。

“可是，没有她我是不会离开这儿的……我找了几个月才重新找到她……她在折磨我，但是，我会百折不挠地坚持下去的……我的老爷，我求您，请您跟她谈谈……我不能没有她，请把这话告诉她……我的话她不听……我再也不能这样活着了……我再也不能看着男人上她那儿去了……我再也不能在门口守着他们重新走出来……一个个喝得醉醺醺地哈哈大笑……这条巷里的人都认识我……他们只要看见我在那儿等着，就哈哈大笑……快把我弄疯了……可是，每天晚上我还是照样站在那儿……我的老爷。求求您……请您跟她谈谈……我是不认识您，但是，看在仁慈的上帝分上，请您跟她谈谈……”

我下意识地想从他手中把胳膊脱出来。我感到心里发毛。可是他却觉得我对他的不幸无动于衷，于是突然跪在街心，把我的脚抱住。

“我恳求您，我的老爷……您一定得跟她谈谈……您一定得……要不然定会发生可怕的事的……为了找她，我花掉了所有的钱，我不会让她留在这里……不会让她活着留在这里。我已经买了一把刀……我买了一把刀，我的老爷……我决不让她留在这里……决不让她活着留在这里……我受不了……请您跟她谈谈，我的老爷……”他像发了疯似的在我面前直打滚。就在这时，街上有两个警察朝这儿走来。我一把将他拉起。他直愣愣地盯着我看了一会儿，随后便用完全陌生的、干巴巴的声音说：

“顺着这条巷子，您在那儿拐进去，就到您住的旅店了。”他又一次愣愣地看着我，瞳孔好像融化了，白白的，空洞洞的，很是吓人。接着他就离开了。

我紧紧裹着大衣。我冷得发抖。我只感到疲倦，觉得醉醺醺的，昏沉而麻木，好似梦游一般，同时我又有一种不祥的预感。我想好好想一想，把这些事情思考一番，可是那疲倦却时时从我心头翻起黑浪，将我卷走。我摸索着回到旅店，往床上一倒，睡得沉沉的，像头牲畜。

第二天早晨，这件事情中到底哪些是梦幻，哪些是真的，我也弄不清了，而且我心中也有什么东西不让我去弄清楚。我醒得很晚，我是这座陌生城市里的陌生人。我去参观一座教堂，它的古代镶嵌艺术据说很有名。但是我的眼睛望着教堂，什么也没有看进去，昨天夜里所遇之事又浮现在我眼前，越来越清晰，而且轻而易举地推我去寻找这条小巷和那所房子。可是这些奇怪的小巷只有夜里才有生气，白天都戴着灰色的、冷冰冰的面具，只有熟悉的人才能认出面具下面的条条小巷来。我怎么找也没找到那条小巷。我又失望又疲惫地回到住处，脑子里总也摆脱不了那种种图像，不知是妄想中的还是回忆中的那些图像。

我乘坐的火车晚上九点开。我怀着遗憾的心情离开这座城市。挑夫扛起我的行李，在我前面朝车站走去。在一个十字路口，突然有什么东西使我转过头来：我认出了通向那座房子去的那条横着的小巷。我让挑夫等一下，就走过去再朝那条烟花巷看了一眼，挑夫先是有点吃惊，随后就调皮而会心地笑了。

巷子里黑黑的，同昨天一样，在淡淡的月光下我看见那座房子的玻璃门在闪闪发亮。我还想再走近一点，这时黑暗中出来一个身影，发出簌簌的声响。我感到不寒而栗。我认出了那个人，他正蹲在门槛上向我招手。我想走近一点，但是我心里发怵，所以赶紧逃走，怕被缠在这里，误了火车。

但是，后来在拐角处我正要转身时，又回头望了望。我的目光与他相遇时，他猛地一使劲，站了起来，朝大门撞去。他手里金属的亮光一闪，因为这时他飞快地打开了门，我从远处看不清他手里拿的到底是金币还是刀子，反正在月色中他手指缝里有亮晶晶的闪光……

象棋的故事

今天午夜有一艘巨型客轮将从纽约驶往布宜诺斯艾利斯。轮船即将起锚，此刻船上呈现一派常见的紧张和繁忙景象。到码头上来为朋友送行的客人拥挤不堪，歪戴着帽子的电报投递员穿过一个个休息室，高声喊着旅客的名字；有的旅客拽着箱子，手里拿着鲜花；孩子们好奇地在客轮的阶梯上跑上跑下，乐队不知疲倦地在甲板上卖劲地演奏。我站在上层甲板上同一位朋友聊天，稍稍避开这喧嚷的人群。这时，我们身旁闪光灯刺目地闪了两三下——大概是某位知名人士在起航前的一刻还在接受记者的快速采访和照相。我的朋友朝那边看了看，笑着说："岑托维奇在您船上，他可是个罕见的怪物。"听了他的话，我脸上显然露出十分不解的表情，所以他接着便解释道："米尔柯·岑托维奇是国际象棋世界冠军。他在美国从东到西的巡回比赛中取得全胜，现在要乘船到阿根廷去夺取新的胜利。"

经他一说，我真想起了这位年轻的世界冠军，甚至还记起了他一鸣惊人、名满天下的若干细节；我的朋友看报要比我仔细得多，所以能拿好些奇闻逸事来补充我所知道的那点细节。大约在一年以前，岑托维奇一下子就跻身于阿廖欣、卡帕布兰卡、塔尔塔柯威尔、拉斯克、波戈留波夫等久负盛名的棋坛高手的行列。自从七岁神童列舍夫斯基在一九二二年纽约国际象棋比赛中一鸣惊人以来，棋坛上还从来没有因哪位无名之辈闯入名声显赫的高手之中而引起那么大的轰动。因为岑托维奇的智力素质一开始绝不会预示他的前程会那么光彩夺目，平步青云。他不久就露馅了：这位国际象棋大师在日常生活中无论用哪种语言都写不出一句没有错误的句子，正如一位被他惹恼的棋手尖刻地嘲讽的那样，“在任何方面，他都全方位地缺乏教养”。他父亲是多瑙河上一名赤贫的南斯拉夫船夫，一天夜里小船被一艘运粮食的轮船撞翻，父亲遇难。当地那个偏僻小村里的神甫出于同情，便收养了这个当时才十二岁的孩子。这位好心的神甫想方设法给他辅导，以弥补这不爱说话、有点迟钝、脑门很宽的孩子在村校里未能学会的功课。

但是，神甫的心血全都是白费。米尔柯两眼瞪着那几个给他讲了上百次的字总还是不认识；课堂上讲的最最简单的东西，他那迟钝的脑袋也理解不了。他都十四岁了，算数还得靠扳手指头，读书看报对这个半大不小的男孩子来说那是特别费劲的事。但是，这倒不能说米尔柯不乐意或者脾气倔。让他干什么，他都乖乖地去干，担水，劈柴，下地干活，收拾厨房，要他干的事，他样样都干得很认真，尽管慢腾腾得让人恼火。不过，最使好心的神甫生气的，还是这怪僻的孩子对什么事都漠不关心。你不专门叫他，他就什么也不干。他从不提问题，不和别的孩子一起玩，不特别关照他干什么事，他自己从来不去找活干。家务一干完，米尔柯就坐在屋里发呆，目光空虚无神，就像牧场上的绵羊对周围发生的事情熟视无睹，无动于衷。晚上，神甫叼着农家的长烟斗，照例要同巡警队长杀三盘棋。这时，这位头发金黄的少年总是默默地蹲在一旁，沉重的眼皮下，那双眸子盯着画着格子的棋盘，好似昏昏欲睡、漫不经心的样子。

一个冬日的晚上，两位棋友正专心致志地在进行每天的对弈，这时从村道上飞快驶来一辆雪橇，叮叮当当的铃声越来越近。一个农民急匆匆地奔进屋来，他戴的帽子上已经积了一层白雪。他说，他的老母亲已经生命垂危，他恳请神甫尽快赶去，及时给她施行临终涂油礼。神甫毫不迟疑，当即随他前去。巡警队长杯里的啤酒还没喝完，他又点了一袋烟，正准备穿上他那双沉重的高筒皮靴回家的时候，忽然发现米尔柯的目光一动不动地紧紧盯着棋盘上刚开始的那局棋。

“嗨，你想把这盘棋下完吗？”巡警队长开玩笑说。他确信，这睡眼惺忪的小伙子连棋子都不会走。男孩怯生生地抬眼望着他，然后点了点头，就坐到神甫的位子上。走了十四步棋，巡警队长就输了，并且不得不承认，他的失败绝非是不小心走了昏着的原因。第二盘棋的结局也没有什么改观。

“真是出现了‘巴兰的驴子’[1]！”神甫回家以后惊奇地大叫起来。巡警队长对《圣经》不太熟悉，所以不懂这句话的意思。神甫

① 典出《旧约·民数记》第二十二章。比喻比主人还聪明的人，或者比喻一贯沉默寡言、突然开口抗议的人。

便向他解释，说两千年前就发生过类似的奇迹：一头不会说话的牲口突然说出了智慧的话。尽管时间已晚，神甫还是忍不住要同他那半文盲的学生对弈一盘。米尔柯也是不费吹灰之力就把他赢了。他的棋下得坚韧、缓慢、果断，他那俯在棋盘上的宽阔的脑袋连抬都不抬一下。他的棋下得极其稳健，无懈可击；接连几天巡警队长和神甫都没能赢过他一盘。神甫收养的这个孩子在其他方面智商极低，对于这一点他比谁都更了解，也更能做出评判。现在他当真很想弄明白，这种单方面的奇特的才能究竟能在多大程度上经受住更为严格的考验。他让米尔柯到乡村理发师那儿去把乱蓬蓬的金黄色的头发理一理，好让他显得有几分精神，然后就坐雪橇带他到邻近的小镇上去。他知道，小镇广场上的咖啡店的一角常常聚集着一群瘾头很大的棋友，根据经验，他知道自己的棋不是这帮人的对手。这位头发金黄、脸颊红红的十五岁少年，今天身穿皮毛里翻的羊皮袄，脚蹬沉重的高筒皮靴。当神甫将他推进咖啡馆时，使得在座的棋友中激起不小的惊讶。进了咖啡馆，少年人怯生生地低垂着双眼，诧异地立在一角，直到人家叫他到一张棋桌上去，他才动窝。第一盘米尔柯输了，因为他在好心的神甫家里从未见过所谓西西里开局的下法。第二盘他就已经同镇上最优秀的棋手弈成和棋。从第三四盘开始，他就一个接一个地把所有对手杀得落花流水。

在南斯拉夫外省的小城里，激动人心的事情是很少发生的；所以这位农民冠军的初次亮相，对于聚集在那里的这帮绅士来说立即就成了轰动的新闻。大家一致决定，无论如何也得让这位神童在城里待到明天，以便把国际象棋俱乐部的其他成员都召集起来，尤其是好到城堡里去通知那位狂热的棋迷——西姆奇茨老伯爵。神甫以一种完全新的自豪心情打量着他所抚养的这个孩子，但是在为自己慧眼独具而感到乐不可支的时候，却不愿耽误自己的职责应做的主日弥撒[1]，于是表示同意把米尔柯留下来，做进一步的考验。于是年轻的岑托维奇由棋友出钱住进旅馆，当晚他第一次见到抽水马桶。第二天是星期日，下午棋室里挤满了人。米尔柯一动不动地在棋盘前坐了四个钟头，一言不发，连眼睛都不抬起来看一下，就一个接一个战胜了所有棋手。最后有人建议下一盘车轮战。大家解释了好一会儿，才让这位脑袋不开窍的少年明白，所谓车轮战，就是他一个人同时跟好几个棋手对弈。米尔柯一搞清楚这种下法，就进入状态，拖着他那双沉重的咯吱作响的靴子缓步从一张桌子走到另一张桌子，结果八盘棋他赢了七盘。

此后，大家进行了广泛的讨论。虽然严格说来这位新冠军并非本城居民，可是当地的民族自豪感却熊熊地点燃了。这么一来，地图上的这座迄今为止还几乎没有被人注意的小城，说不定会第一次获得向世界输送一位名人的荣誉呢。一位名叫科勒的经纪人平时专门介绍女歌星、女歌手到驻军歌舞剧场去演出，这时也表示，他在维也纳认识一位杰出的小个子国际象棋大师，只要有人提供一年的资助，他就准备把这位年轻人安排到那里去接受棋艺方面的专门培养。西姆奇茨老伯爵六十年来天天下棋，还从未遇见过这么一个奇特的对手，当即便认捐了这笔款项。从这一天开始，这位船夫的儿

---

① 在星期日举行的礼拜仪式，是基督教新教的主要宗教活动。

子就春风得意，青云直上，令世人为之惊讶不已。

半年以后，米尔柯便掌握了国际象棋技艺的全部奥秘。不过，他还有一个奇怪的弱点，这一弱点让他后来多次在行家面前露出马脚，并为他们所嘲笑。因为岑托维奇始终不会凭记忆下棋，用行话来说，就是不会下盲棋，即使下一盘也不行。他完全缺乏那种把棋盘置于无限的想象空间的能力。他面前总得有张画着六十四个黑白相间的方格的棋盘和三十二颗摸得着的棋子；在他享有世界声誉的时候，他还随身带着一副棋盘可以折叠的袖珍象棋，在他想把一盘名棋复盘或是解决某个问题时，直接就能具体看到棋子的位置。这点瑕疵本身是微不足道的，但却暴露出他缺乏想象力，这就像音乐界一位卓越的演奏家或指挥不打开乐谱就不能演奏或指挥一样。但是这个奇怪的缺憾并没有影响米尔柯令人惊讶的飞黄腾达。他十七岁就获得了十多个国际象棋奖，十八岁摘取匈牙利冠军，二十岁终于夺得世界冠军。那些棋风最凌厉的冠军在智力、想象力和勇气方面个个都要比他高出不知多少，可是在他坚韧而冷峻的逻辑面前却一一败下阵来，就像拿破仑败在慢腾腾的库图佐夫[①]手下，汉尼拔败在拖延者费边[②]手下一样，据李维[③]的记述，康克推多也是在小时候就表现出冷漠和低能的显著特点。于是，卓越的国际象棋大师的画廊里第一次闯进了一位与精神世界完全不沾边的人。要知

---

① 库图佐夫（1745—1813），俄国军事统帅。一八一二年率俄国军队大败入侵的拿破仑军队。

② 费边（约前280—前203），古罗马统帅。

③ 李维（前59—17），古罗马历史学家，著有《罗马史》。

道，画廊中的国际象棋大师的行列里汇聚了智力超凡的各种类型的人物——哲学家、数学家，以及计算精确、想象力丰富和往往富于创造性的人物——可是岑托维奇却只是个农村青年，他性格迟钝，寡言少语，即使是最精明的记者也休想从他嘴里套出一句有新闻价值的话来。当然，岑托维奇从不向报纸提供精练的警句格言，不久报上刊登了关于他这个人的大量逸事，这一点也就得到了弥补。在棋桌上，岑托维奇是无与伦比的大师，可是从他离开棋盘站起身来的一刻起，他就成了一个荒诞不经的、近乎滑稽可笑的人物，而且无可救药。尽管他穿了一身庄重的黑西服，打了豪华的领带，领带上别了一枚有点显摆的珍珠别针，尽管对指甲做了精心修剪，但是他的整个举止风度仍然是那个头脑简单、在村里替神甫打扫房间的乡下少年。他极其粗俗吝啬，贪得无厌，一心想方设法利用自己的天赋和声望去捞取一切可以捞取的金钱，那样子既笨拙又厚颜无耻，惹得棋界同行既好笑又好气。他从一座城市到另一座城市，总是下榻在最便宜的旅馆，只要答应给他报酬，即使是最寒碜的俱乐部，他也去下棋；他同意把自己的肖像印在肥皂广告上，甚至不顾竞争对手的嘲笑——他们深知，他是个三句话都写不好的草包——把自己的名字卖给一本叫作《国际象棋的哲学》的书，实际上为那个专门以逐利为目的的出版商撰写这本书的是一名加里西亚大学的学生，是个无名之辈。像所有性格坚韧的人一样，他也根本不懂得可笑一说；自从在世界比赛中取胜以来，他就自以为是世界上最重要的人物了，他觉得，所有那些绝顶聪明、才智过人、光灿夺目的演说家和著作家也都在他们各自的战场上被他一一斩于马下，尤其是他挣的钱比他们多，这个具体事实将他原来的犹豫不决变成了冷酷的、往往是拙劣地有意显露的趾高气扬。

“不过，这种平步青云怎么能不叫这空虚的脑袋感到飘飘然呢？”我的朋友说。他还给我讲了岑托维奇颐指气使、目空一切的可笑事例。“一个从巴纳特[①]来的二十一岁的乡巴佬，突然间靠在木棋盘上摆弄几下棋子，在一星期之内赚的钱就比他全村全年伐木和干重活辛辛苦苦挣的钱还多，他怎么能不踌躇满志，沾沾自喜呢？还有，要是一个人压根儿就不知道这个世界上曾经有过伦勃朗、贝多芬、但丁和拿破仑，那不是很容易把自己看作伟人吗？这小伙子那孤陋寡闻的脑袋里只知道一件事，那就是几个月来他从未输过一盘棋，而且正因为他不知道除了国际象棋和金钱之外，这个世界上还存在着其他有价值的东西，所以他完全有理由沉湎于飘飘欲仙的感觉之中。”

我的朋友讲的这些情况大大激起了我特殊的好奇心。我平生对患有各种偏执狂的人、一个心眼儿到底的人最有兴趣，因为一个人知识面越是有限，他离无限就越近，正是那些表面上看来对世界不闻不问的人，在用他们的特殊材料像蚂蚁一样建造一个奇特的、独一无二的微缩世界。因此我对自己的意图毫不隐晦：在开往里约热内卢的十二天航程中仔细观察这位智力单轨发展的奇怪标本。可是，朋友提醒我：“您的运气恐怕不会这么好。就我所知，迄今为止还没有一个人

---

① 东欧历史上的民族杂居地区，一次大战后匈牙利保有塞格德，罗马尼亚取得东部大片土地，余归塞尔维亚-克罗地亚-斯洛文尼亚王国（南斯拉夫）。

能从岑托维奇那里弄到一星半点可用作心理分析的材料。这个狡猾的乡巴佬虽然知识极其贫乏，但却非常聪明，从不暴露自己的弱点，其实他的办法极其简单，那就是除了从几家小旅店找来的境况与他相仿的几个同乡外，他不跟任何人说话。他只要感到有个有教养的人在场，就立刻爬进他的蜗牛壳；所以谁也无法夸口，说是曾经听到过他的一句蠢话，或是摸清了他缺乏教养到何种程度。”

确实，我的朋友说得不错。旅行头几天的情况就表明，不硬着脸皮去纠缠就根本不可能接近岑托维奇。当然，这种死皮赖脸的事我是做不出的。有时他倒也走上上层甲板，但每次总是反背着双手，目中无人，显出一副陷入沉思的样子，宛如那幅名画上的拿破仑；此外，在甲板上散步本来很逍遥，可是他总是匆匆忙忙、风风火火的样子，想跟他搭句话，你得跟在他后面小跑步才行。他又从来不在休息室、酒吧和吸烟室露面；我向服务员悄悄打听过，得知他一天的大部分时间都待在自己的舱房里，在一个大棋盘上研究棋局或把下过的棋重新摆一摆。

他的防御技术比我想接近他的意愿还要巧妙，为此三天以后我真的开始生气了。我一生中还从未有机会同一位国际象棋大师结识，现在我越是竭力想赋予这种类型的人以普通人性，就越觉得难以想象，人的大脑怎么能一辈子都完全围着一个有六十四个黑白方格的空间转呢！根据自己的切身体验，我知道这种“国王的游戏”[①] 具有神秘的

---

① 德语 Schachspiel（国际象棋）一词是由 Schach（国际象棋）和 Spiel（游戏，玩）两字复合而成。Schach 这个字源自波斯文 schah，意为“国王”，它与 Spiel 复合在一起，按字面的意思就是“国王的游戏”。

魅力，在人所想出来的各种游戏中，唯有这种游戏绝对容不得半点偶然的随心所欲，它的桂冠只给予智慧，或者更确切地说，只给予某种特殊形式的天赋。那么，把国际象棋称作一种游戏，岂不是犯了侮辱性的限制之罪吗？它难道不也是一门学问，一种艺术，飘浮于这两者之间，就像穆罕默德的棺椁飘浮在天地之间一样？它难道不是一对对矛盾的无与伦比的结合吗？它是古老的，却又永远是崭新的；它在布局上是机械的，不过只有通过想象才能极尽其妙；它被限制在几何形的呆板的空间里，然而在其组合上却是无限的；它是不断发展的，但又是毫无创造性的；它是得不到结果的思想，是什么也算不出的数学，是没有作品的艺术，是没有物质的建筑，尽管如此，业已证明，其存在确比所有的书籍和艺术作品更久长；它属于各个民族和各个时代，而且无人知晓，是哪位神灵把这种游戏带到人间来供人们消遣解闷，磨砺禀性，激励心灵的。它何处为始，何处是终？每个孩子都能学会它的初步规则，每个臭棋篓子都可以一试身手，然而就在这固定不变的小小的方块之内却会产生一类特殊的大师，与他们相比，所有其他的人都望尘莫及。他们只是在棋艺方面有天赋，他们是特殊的天才，在他们身上想象力、耐心和技巧也分配得十分精确，并一一起着作用，就像在数学家、诗人和音乐家身上一样，只不过层次和结合不同而已。从前观相术盛行的时候，要是加尔①解剖了国际象棋大师的颅脑就好了，这样就可确定，这些棋艺天才的大脑灰质是否有一种特殊的曲纹，他们的颅

① Franz Joseph Gall（1758—1828），德国解剖学家、生理学家，颅相学的创始人。

脑里是否有一种比常人更发达的棋肌或棋突。像岑托维奇这样的棋手，在绝对迟钝的智力中散布着特殊的天赋，就像在一百公斤不含矿质的岩石中含有一条金脉一般！他这样的实例要是激发起那些观相术家的兴趣就好了。这样一种独一无二的天才游戏是定会造就出特殊的棋王来的，对于这一点，一般来说，我一直都很清楚，然而很难想象，甚至不能想象，一个思想活跃的人竟一辈子把自己的世界仅仅局限在黑白方格之间狭窄的单行轨上，只在三十二颗棋子前后左右的挪动中寻找成功的喜悦，一个人开局先走马而不走卒竟是件了不起的大事，能在棋谱的某个不起眼的地方提到一笔就意味着不朽——总之，一个人，一个会思想的人，十年，二十年，三十年，四十年如一日，将自己思想的全部张力一次又一次可笑地用在把木头棋子“王”逼到木制棋盘上的角落里去，而自己竟没有发狂！

现在，这么一位了不起的人，这么一个奇特的天才，或者说这么一个谜一般的傻瓜第一次离我那么近，在同一艘船上，相隔仅六个船舱，但是我真倒霉，我虽然对有关精神方面的事最好奇，而且这种好奇心往往会变成一种激情，尽管这样，我还是未能接近他。于是我就想出一些荒诞透顶的计谋：我假装要为一家重要报纸去采访他，以刺激他的虚荣心；要不我抓住他贪得无厌的心理，建议他到苏格兰去参加一场报酬颇丰的比赛。末了我想起猎人的一个非常灵验的办法：要把山鸡引过来，就学山鸡交尾时的叫声。那么要把象棋大师的注意力吸引到自己身上来，难道还有比自己去下棋更有效的高招吗？

我一生中从来就不是一个正经八百的国际象棋艺术家，其原因十分简单，那就是我总不把下棋当一回事，只不过是下着玩玩的；要是我坐下来下一小时棋，那可不是为了去劳神费脑，相反，是为了使紧张的脑子得到放松。我是本着“玩”这个字的真正意义下棋的，而别人，那些真正棋手却是为了“较量”。下棋和谈恋爱一样，必须有个对手，而此刻我还不知道，除了我们，船上是否还有其他爱下国际象棋的人。为了把他们引出洞来，我就在吸烟室里设下一个简陋的圈套：我同我妻子在棋桌上对弈，尽管她的棋比我还臭。这样我们就像捕鸟人，网开一面，专等鸟儿来自投罗网。果然，我们走了还不到六个回合，有个人打旁边走过时就停了下来，还有一位请求我们允许他观战；最后来了一位我们所期盼的对手，他向我叫阵，要同我对弈一盘。他名叫麦克康纳，是苏格兰深井采油工程师，我听说，他在加利福尼亚钻探石油发了大财。从外表上看，麦克康纳体格粗壮，方方的腮帮结实坚硬，牙齿坚固，脸色很好，透着红润，大概是威士忌喝多了，至少这是一部分原因。引人注目的是他那宽阔的肩膀，真有点儿运动员的威武架势，可惜下棋的时候也锋芒毕露，因为这位麦克康纳先生是属于踌躇满志、极其自负的那种类型的人，即使是一盘无足轻重的棋，下输了，他也觉得是贬低了自己的人格。这位白手起家的大块头阔佬，生活中习惯于一意孤行，为自己的成功感到飘飘然，骨子里都渗透着顽固不化的优越感，因此他把任何阻力都看作是对他极不礼貌的反抗，几乎就等于是对他的侮辱。输了第一盘，他就沉下了脸，并且啰唆开了，蛮不讲理地说，这盘棋只是一时疏忽才输的，第三盘输了，他又把原因归之于隔壁船舱里声音太吵；他每输一盘棋，绝不肯就此罢休，必定立即要求再下一盘。起初我觉得这种顽固的虚荣心很好玩；后来我想，我的本意是把世界冠军吸引到我们桌上来，所以只把他的虚荣心看作是实现我的意图的一种不可避免的伴生现象。

第三天我的计划成功了，但也只是成功一半。无论是岑托维奇从上层甲板上看我们下棋，或是他只是偶尔光临一下吸烟室——反正，他一见我们这些门外汉竟在摆弄他的这门艺术，就下意识地走近了一步，从这个适当的距离朝我们的棋盘投来审视的一瞥。这时正好该麦克康纳走棋。这一步棋就足以让岑托维奇明白，对于他这位大师级的人来说，我们这点儿业余棋手的水平是不值得继续看下去的。就像我们在书店里人家向我们推荐一本蹩脚的侦探小说，我们看都不看一眼就露出不言而喻的表情将书搁在一边一样，现在他也以同样的表情从我们棋桌边走开，出了吸烟室。“他掂量了一下，觉得没意思。”我思忖，对他那种冷冰冰的、瞧不起人的目光心里有点生气。为了发泄一下我的气恼，我就对麦克康纳说：

“您这步棋大师似乎不怎么看得上眼。”

“哪个大师？”

我向他解释说，刚才从我们身边走过、并以鄙夷的目光看我们下棋的那位先生就是国际象棋大师岑托维奇。我还补充了一句，说，就让他去好了，我们两人认了，名人的鄙视不会使我们伤心的；穷人只有这点能耐。然而出乎我的意料，我随便这么一说，竟对麦克康纳先生产生了完全意想不到的作用。他立刻就激动起来，忘掉了我们的棋局，他的虚荣心上来了，激动得几乎可以听到脉搏怦怦跳动的声音。他说，他根本不知道岑托维奇在船上，无论如何岑托维奇得跟他下盘棋。他一生中还从来没有跟一位世界冠军下过棋，除了有次跟另外四十个人一起同世界冠军下过一盘车轮战。就是那盘棋也是够紧张的，当时他还差点儿赢了呢。他问我是否认识这位国际象棋冠军，我说不认识。他又问，我想不想去跟他打招呼，把他请到我们这儿来？我没有答应，因为据我所知，岑托维奇不怎么愿意结识新交。另外，对一位世界冠军来说，跟我们这些三流棋手下棋又有什么吸引力呢？

嗨，对于一个像麦克康纳这样虚荣心很强的人，我是不该说什么三流棋手之类的话的。他生气地往后一靠，陡然说，就他而言，他不信一位绅士客气地去请岑托维奇下棋，会遭他拒绝。应他之请，我给他简要描述了这位世界冠军的为人。听了以后他便满不在乎地撂下我们这盘棋，心急火燎地冲到上层甲板上去找岑托维奇。我又一次感到，这位宽肩膀的人一旦想要干什么事，是阻挡不了的。

我颇为紧张地等待着。十分钟以后，麦克康纳先生回来了，我觉得他不那么兴高采烈。

“怎么样？”我问。

“您说得不错，”他有点生气地回答，“他是个不怎么讨人喜欢的先生。我做了自我介绍，告诉他我是谁。他连手都没有伸给我。我试图让他明白，要是他跟我们下盘车轮战，我们船上所有的人都会感到骄傲，感到荣幸。妈的，他就是不答应。他说很遗憾，他同他的经纪人签了合同，合同特别规定，在整个这次巡回比赛期间，他不得下没有报酬的棋，而他的最低酬金是每盘二百五十美元。”

我笑了。“这点我倒从未想到，在黑白方格上挪动几下棋子竟是一桩进项那么丰厚的买卖。那么，我想，您也就客客气气地告辞了吧。”

然而，麦克康纳仍然十分严肃地说：“棋局定在明天下午三点钟，就在这个吸烟室。我希望，不要让他不费吹灰之力就把我们杀得落花流水。”

“怎么？您同意给他二百五十美元了？”我惊诧地叫了起来。

“干吗不给？C’est son métier.[①] 要是我牙痛，而船上碰巧有个牙科大夫，我也不会白要他给我拔牙呀。这人要价很高，这是对的。各行各业里货真价实的行家也都是生意人。在我来说，买卖说得越清楚越好。我宁愿付现金，也不愿求什么岑托维奇先生对我大发慈悲，到头来还得感谢他。再说，我在船上的俱乐部里有个晚上输掉的就超过二百五十美元，而这还不是同世界冠军下呢。对‘三流棋手’来说，败在岑托维奇手下也不算丢脸。”

我注意到，我说的“三流棋手”这句无心的话竟深深伤害了麦克康纳的自尊心，我心里真觉得好笑。但是，既然他打算为这个玩笑付出昂贵的价码，那么对他的这种过分的虚荣心，我也就不好加

① 法语，他是吃这碗饭的。

以非议了，更何况他的虚荣心最终将介绍我去结识这个怪人呢。我们赶紧将这件行将发生的大事通知了迄今为止曾宣称自己是棋手的那四五位先生，并让人为即将举行的比赛做好准备，为了尽量不受过往旅客的干扰，不仅要把我们这张桌子，而且还要将紧挨着的几张桌子统统预先定好。

第二天，我们的人在约定时间全部到齐。中间那个席位正对国际象棋大师，当然是给麦克康纳留的。他一支接一支地抽着很冲的雪茄，以缓和内心的紧张，并一再焦急地看手表。这位世界冠军让大家足足等了他十分钟之久——根据我朋友所讲的故事，我早就预感到他会来这一手的——这样，他的出场就更显出稳操胜券的神态。他从容不迫、泰然自若地走到棋桌旁。他也不做自我介绍，一来就以乏味的专业语气讲了各项具体安排，他的这种无礼行为似乎是说："我是谁，你们都知道，至于你们是些什么人，我不感兴趣。"因为船上没有那么多棋盘，所以没法下车轮战，他就建议我们大家一起来下他一个人。他说，为了不打搅我们商量，每走一步棋，他就到这房间头上的另一张桌子上去。遗憾的是没有小铃，所以我们每走了一步，马上就要用匙子敲敲杯子。他建议，如果我们没有异议，每步棋的时间最多十分钟。我们像腼腆的小学生一样，对他的每项建议当然都表示同意。挑颜色时，岑托维奇猜得黑棋。他还站着就走了第一步，接着便立即转身走到他建议的位置上等候去了。他懒洋洋地往椅子上一靠，顺手拿起画报翻翻。

谈论这盘棋的本身，并没有多大意思。不言而喻，它的结局本在情理之中：以我们的彻底失败而告终，而且弈至第二十四回合就输掉了。一位世界冠军不费吹灰之力就横扫五六个中下流棋手，这事本身并不值得大惊小怪；令我们耿耿于怀的，只是岑托维奇盛气凌人的那副样子，他让我们大家清楚地感觉到，他轻而易举就把我们赢了。每次他都似乎只是漫不经心地朝棋盘上看一眼，懒洋洋地从我们身边走过，那神情就好像我们都是木头棋子似的。这种无礼的姿态不由得叫人想起，有人朝癞皮狗扔去一根骨头，却不去看它一眼。其实照我看，他要是稍微通情达理一点，是可以指出我们的错误，或者说句客气话来对我们加以鼓励的。可是下完这盘棋，这个没有人性的国际象棋机器人连一个鼓励的字都没有说，在说了"将死了"之后就一动不动地站在桌子前等着，看我们是否还想跟他再下一盘。像人们对付厚颜无耻的粗鲁之辈一样，我站起来无可奈何地把手一摊，表明随着这桩美元交易的结束，至少就我来说，我们这场愉快的相识也就到此为止了。令我气恼的是，我身边的麦克康纳这时却声音沙哑地说道："再下一盘！"

麦克康纳挑战性的话简直使我大吃一惊；事实上他此刻给人的印象是个正要出拳的拳击家，而不是温文尔雅的绅士。也许这是他对岑托维奇对待我们的那种让人受不了的态度的回敬，也许仅仅是他一碰就跳起来的那种病态的虚荣心在作怪——反正麦克康纳的性格全变了。他满脸通红，一直红到额头的发根；由于心里生气，他的鼻翼鼓鼓的；显然，他身上在冒汗；他紧紧咬着嘴唇，深深的皱纹从嘴角一直伸到雄赳赳地往前突出的下巴。我在他的眼睛里发现了遏制不住的激情的烈焰，我心里感到不安。这种烈焰通常只有玩轮盘赌的赌徒，如果他下了双倍赌注，但接连六七次就是没碰上他所押的那个颜色时才会出现。此刻我知道，这种狂热的虚荣心将使他同岑托维奇不停地对弈下去，按原来的赌注或者加倍，一直下到他至少赢一盘为止，即使要耗掉他全部资产也在所不惜。如果岑托维奇坚持奉陪到底，那么他就在麦克康纳身上发现了一个金窖，他在到达布宜诺斯艾利斯之前就可以从这个金窖里挖出好几千美金来。

岑托维奇一动不动。"请吧，"他客气地回答，"现在该诸位先生执黑了。"

第二局也没有什么改观，只不过又来了几位好奇者，所以我们这个圈子不仅扩大了，而且也活跃多了。麦克康纳两眼直愣愣地盯着棋盘，仿佛他要以赢棋的愿望对棋子施行催眠术似的；我感觉到，为了向对手这个冷血动物扯着嗓门欢叫一声"将死了"，即使牺牲一千美元，他也会兴高采烈的。奇怪的是，他那强忍的激动不知不觉中也感染了我们。现在，每走一步都要进行比第一局更为热烈的讨论，每次直到最后一刻，在大家都同意给信号叫岑托维奇到我们桌上来的时候，总还会有人对大家的意见提出异议。渐渐地，我们弈至第十七步了。这时出现了极为有利的局势，对此我们自己都感到惊奇，因为我们成功地把 c 线上的卒一直推进到倒数第二格的 c2；只要将卒往前推进到 c1，我们的卒就可以升变为一个新后了[①]。由于这个胜机过于一目了然，我们心里反倒不很踏实；我们

---

① 国际象棋规则规定，如果卒进到第八排，就可升变为具有最大威力的后或下变为车、象或马。

大家都心存疑虑，担心这个表面上看来是我们取得的优势极可能正是岑托维奇故意给我们设下的圈套，因为他对棋局看得比我们远得多。但是无论我们大家怎么煞费苦心地探索和讨论，还是找不到这个暗藏的花招。最后，允许我们考虑的时间快完了，我们决定就冒险走这一着。麦克康纳的手指都碰到了卒，想把它推到最后一个方格里。这时他感觉到胳膊猛的一下被紧紧抓住，有人轻声而激动地对他耳语：“上帝保佑！不能走这着！”

我们大家都情不自禁地转过脸去。一位大约四十五岁上下的先生，瘦削的脸上轮廓分明，脸色像石灰一样，白得出奇，先前在甲板上散步时就引起过我的注意。几分钟前我们的全部注意力都集中在解决那步难棋，他大概就是那时来到我们这儿的。他感觉到我们的目光都在注视着他，便匆匆补充道：

“您现在如果把卒子升变为后，他马上就会用象 c1 来吃掉它，您再回马吃掉象。但是，这期间他把他的通路卒走到 d7，威胁你们的车，你们即使跳马将军，也没有用，再走九到十步棋你们就输了。这同一九二二年皮斯吉仁大赛上阿廖欣与波戈留波夫交手时下的棋局几乎完全一样。”

麦克康纳大为诧异，其惊奇的程度绝不亚于我们。他放下手里的棋子，两眼紧紧盯着这位不速之客，这位像是从天而降、来助我们一臂之力的天使。一个能够预先计算出九步之后会有杀着的人，准是一流专家，说不定也是去参加这次国际象棋大赛的，没准还是冠军争夺者呢。他恰好在关键时刻突然到来并且伸出援助之手，这简直是异乎寻常的事。麦克康纳第一个回过神来。

"您有什么主意呢?"他激动地悄悄问道。

"卒子不要马上往前走，而是先避开！尤其要先把王从 g8 这个危险位置撤到 h7。这样，他或许就转而进攻另一翼去了。不过您可把车从 c8 退到 c4 来阻挡；于是，他就得多走两步，丢掉一个卒，这样也就失去了优势。这么一来，盘面上就成了卒对卒，如果您防守不出破绽，就可以下成和棋。更高的奢望是达不到了。"

我们再次惊诧不已，啧啧称奇。他计算得那么精确和快速，真有点邪乎，这些步子他仿佛是照棋谱念的。真是意想不到，我们与世界冠军对弈的这盘棋在他的参与下，居然有下和的机会，怎么说也神了。我们大家不约而同地往旁边挪了挪，好让他看到棋盘。麦克康纳又问了一次：

"那么就把王从 g8 走到 h7?"

"对！最要紧的是先避开!"

麦克康纳照此走了一着，我们敲了玻璃杯。岑托维奇迈着惯常的漫不经心的步子走到我们桌边，朝我们这步对着打量一眼，接着就把王翼的卒 h2 进到 h4，同我们这位素不相识的救星所预言的完全一样。这位陌生人这时激动地悄声说：

"进车，进车，从 c8 进到 c4，这样他就非得保卒不可。不过他这样走也无济于事！您马 c3 进 d5，不用管他的通路卒，这样就重新建立了均势，随后就全力压过去，不用守了!"

我们不明白他所说的。对我们来说，他说的全是中文。[1] 不过

---

① 以前欧洲人认为中文难学又难懂。这里的意思是说听不懂他说的话。

一旦对他着了迷，麦克康纳也就不假思索地照他的意见行棋。我们又敲了玻璃杯，把岑托维奇叫了过来。这回他第一次没有迅速做出决定，而是紧张地注视着棋盘。随后他下的那着棋正是这位陌生人先就向我们点明的。岑托维奇落子以后正转身要走，可是就在他尚未转身之前，发生了一件谁也没有意想到的新奇事。岑托维奇抬起眼睛，把我们每个人都打量一番；很显然，他是想找出那个一下子对他进行这么顽强抵抗的人来。

从这一瞬间起，我们心情之激动到了难以估量的程度。在此之前我们下棋的时候并没有抱多大的希望，现在我们都想煞煞岑托维奇的冷漠和傲慢。这个想法使我们大家热血沸腾，兴奋不已。但是，这时我们的新朋友已经对下一步棋做了安排，我们可以把岑托维奇叫来了。我拿起匙子敲玻璃杯的时候，手指都在发抖。现在我们第一个胜利已经到来了。岑托维奇此前一直是站着下棋的，现在他犹豫了好一阵，终于坐了下来。他坐下去的时候动作缓慢而迟钝；就这样，他与我们之间纯粹从身体上来说，他迄今为止的那种居高临下的架势没有了。我们迫使他至少在空间上同我们处于同一平面上。他考虑了很长时间，低垂的眼睛一动不动地紧盯棋盘，因此几乎连他黑眼睑下面的眼珠也看不到。在紧张的思考中，他的嘴慢慢地张开，这样就赋予他的圆脸以一种单纯的表情。岑托维奇考虑了几秒钟，然后走了一着棋，就站了起来。我们的朋友随即低声说道：

“这步棋是拖延战术！想得倒好！但是不要上他的当！逼他兑子，非兑不可，这样便是和棋了，现在神仙也帮不了他的忙。”

麦克康纳完全照他的意思走棋。接下来的几步双方你来我往，我们对此更是莫名其妙，实际上我们其余的人早就沦为了摆摆样子的龙套。大约弈了七个回合之后，岑托维奇经过长时间的思考，抬起头来说："和了。"

一刹那室内鸦雀无声。我们突然听到海浪的喧嚣，休息厅的收音机里传来爵士音乐，甲板上散步者的脚步声以及从窗缝里透进来的轻微的风声都听得清清楚楚。我们人人屏住呼吸，事情来得太突然，大家还没有回过神来，这位陌生人居然能将他的意志强加于世界冠军，把这盘已经输了一半的棋下和，这真使我们目瞪口呆。麦克康纳突然往后一靠，随着快乐的"啊！"的一声，他憋着的那口气咻地一下从嘴里吐了出来。我又对岑托维奇进行了观察。在下最后这几着棋的时候，我就觉得，他的脸色仿佛更加苍白了。但是他很善于控制自己，仍然保持着看起来满不在乎的木讷神情，一面用镇定的手归拾棋盘上的棋子，一面漫不经心地问道：

"先生们还想下第三盘吗？"

这个问题他纯粹是就事论事地从纯商业的角度提的。但奇怪的是，他提问时并没有看麦克康纳，而是抬起眼睛直接紧紧地盯着我们的救星。他准是从最后几着棋上认出了他事实上的、真正的对手，就像一匹马能从骑者更加稳健的骑姿上认出一位新的、更好的骑手来一样。无意中我们也随着他的目光急切地望着这位陌生人。可是陌生人尚未来得及考虑或答复，正陶醉在虚荣之中、万分激动的麦克康纳就已经以胜利者姿态在冲着他喊了：

"那当然！但是现在您得一个人跟他下！您一个人同岑托维奇

对弈！”

然而，这时发生了一件未曾预料到的事情。很奇怪，这位陌生人还一直在紧张地盯着那张棋盘，而棋盘上的棋子已经收拾起来了。他感觉到所有人的眼睛都在注视他，而且人家又那么热情地在同他说话，不觉大为骇然，脸上现出十分慌张的神情。

“绝对不行，先生们，”他结结巴巴地说，显然有点惊惶失措，“这完全不可能……没有考虑的余地……我已经有二十年，不，是二十五年没有挨过棋盘了……我现在才看到，未得你们允许就参与你们的棋局，这样的举止是多么的不得体……请你们原谅我的冒失……我一定不再继续打搅了。”听了这话我们都很愕然，大家还没有回过神来，他已经转身离开了吸烟室。

“这根本不可能！”性格豪爽的麦克康纳用拳头捶着桌子吼道，“他说有二十五年没有下过棋了，绝对不可能！他每一着棋，每一步对着都预先算到五六步之外。这种本事绝非瞬息之间就可学会的。所以他说的绝无可能——是不是？”

最后这个问题麦克康纳是下意识地向岑托维奇提的。但是这位世界冠军不为所动，依然是冷冰冰的。

“对此我无法做出判断。但是不管怎么说，这位先生的棋下得有点奇怪，也很有意思，因此我也故意给了他一个机会。”说着，他便懒洋洋地站起身来，并以他讲究实际的方式补充道：

“如果这位先生或者在座的诸位先生明天想再下一局，那我从下午三点钟以后愿意奉陪。”

我们都忍不住轻声笑了。我们每个人都知道，岑托维奇绝不是慷慨地让给我们这位不相识的援手一个机会，他的这种说法无非是掩饰自己没有下好的一个幼稚的遁词而已。因此我们心里滋长起更加强烈的愿望，要亲眼看着把他这种盛气凌人的态度打掉。我们这些心平气和、懒懒散散的乘客心里一下子生起一股疯狂的、充满虚荣心的战斗豪情，因为如果正巧在我们这艘航行在汪洋中的船上能摘下国际象棋世界冠军头上的桂冠，这个记录定会由电讯迅速传遍全世界。这个想法很具挑战性，令我们为之着迷。另外，那种神秘而蹊跷的事也颇有刺激性：恰好在关键时刻我们的救星出乎意料地来介入我们的棋局，他那几乎有点怯生生的谦虚同那位职业棋手那种趾高气扬的神气正好形成对照。这位陌生人是谁？难道通过这里的这次偶然巧遇我们竟找到了一位尚未被发现的国际象棋天才？或是出于某种尚不清楚的原因，一位著名的国际象棋大师对我们隐瞒了自己的名字？我们兴奋地讨论了所有这些可能性。我们认为，为了把这个陌生人谜一般的胆怯和出人意料的自述同他精妙绝伦的棋艺联系在一起，即使是最最大胆的假设也不为过。不过有个问题我们大家的意见是一致的，那就是绝不放弃再杀一盘。我们决定，要不遗余力地促使我们的支援者第二天同岑托维奇对弈一盘，麦克康纳答应由他来承担这次比赛经济上的风险。这期间我们从乘务员那里了解到，我们不认识的这位先生是奥地利人，而我是陌生人的同乡，所以大家就委托我把大家的请求转达给他。

不用很长时间，我就在甲板上找到了匆匆溜掉的那位先生。他正躺在躺椅上看书。我在朝他走去之前，先抓住这个机会将他端详一番。他轮廓分明的脑袋枕在枕头上显得稍稍有些疲劳；这张还比较年轻的脸显得出奇的苍白，这再次引起我的特别注意；两鬓的头发雪白，白得闪闪发亮。不知是什么原因，我有这么个印象，觉得这个人准是突然变老的。我刚走到他跟前，他就很有礼貌地站起身来，介绍自己的姓名。我听了马上就觉得很熟悉，这是奥地利一家古老的名门望族的姓氏。我想起姓此姓的人中，有位是舒伯特的密友，老皇帝[①]有位御医也出身于这个家族。我向 B 博士转达我们的请求，希望他接受岑托维奇的挑战，他听了显然感到非常惊讶。这表明，他根本不知道刚才与之对弈的是位世界冠军，而且是目前战绩最好的世界冠军，而那盘棋他却光荣地将对手顶住了。由于某种原因，我说的这个情况似乎对他产生了特殊的印象，因为他一再反反复复地问，我是否真有把握，他的对手确实是公认的世界冠军。我马上就发现，这个情况使得我的任务完成起来容易得多了，至于万一棋输了，经济上的风险将由麦克康纳来承担这件事，由于考虑到 B 博士比较敏感，所以觉得还是不对他说为好。经过好一阵犹豫，B 博士最终答应比赛一次，不过他特别请我提醒其他几位先生，千万不要对他的棋艺抱过分的希望。

“因为，”他脸上带着沉思的微笑补充说，“我真不知道，我能不能正确地按照各种规则来下棋。我从中学时代起，也就是说自二十多年以来我连棋子都没有再摸过，请相信我，这绝不是假谦虚。就是在那个时候，我下棋也没有特殊的才华。”

他这话说得极其自然，使我对他的真诚没有一点儿怀疑。可是

---

① 指奥匈帝国皇帝弗兰茨·约瑟夫一世。

他对各个大师的每盘具体的棋局又记得那么清楚，对此我又不得不表露出我的惊讶；我说，无论怎么说，他至少在理论上对国际象棋总是做过很多研究吧。B 博士又露出那奇怪的梦幻般的笑容。

“做过很多研究！——天知道，倒可以这么说，我对国际象棋做过许多研究。但那是在非常特殊的、是在史无前例的情况下发生的。这是一个相当复杂的故事，充其量只能把它当作我们这个可爱的伟大时代的一个小插曲。要是您有半小时耐心的话……”

他指了指旁边的一把躺椅。我愉快地接受了他的邀请。我们周围没有其他人。B 博士把看书时戴上的老花镜摘下放于一边，开始说：

“承蒙您提到，您是维也纳人，还记得我们家族的姓氏。不过我猜您准没听说过那个律师事务所。它起初是我父亲和我、后来是我单独主持的，因为我们不办理报上讨论的案件，我们的规矩是不接受新的当事人的委托。实际上我们已经不再从事正式的律师事务了。我们的业务只限于法律咨询，主要是受委托管理大修道院的财产，我父亲以前是天主教党的议员，所以同各大修道院关系很密切。此外，有些皇室成员的财产也委托我们管理。因为君主政体已经成了历史，所以这方面的情况我们今天可以谈了。我们家族同皇室以及天主教会的联系从上两代就开始了，我叔叔是皇帝的御医，另一位叔叔是塞滕施特滕修道院院长。我们只是保持了这些联系。这是一种静悄悄的，我想说是一种无声的活动，因为当事人对我们家族历来都很信任，所以我们依旧做着这份工作。这个工作只要求严格的保密和可靠，此外并没有更多的要求，而先父正是具有这两种品质的典范；由于他的谨慎，所以无论是在通货膨胀的年代还是政权变革时期，实际上他都为当事人成功地保存了可观的财富。后来德国希特勒上台，开始掠夺教会和修道院的财产，于是德国那边就同我们进行各种谈判和交易，以通过我们的手保住他们的动产免遭没收，关于罗马教廷和皇室进行的某些秘密政治谈判，我们两人知道的比外界知道的要多得多。正因为我们事务所并不惹人注目，门上连牌子都不挂，外加我们两人都很小心谨慎，有意避免同保皇派来往，所以我们很保险，没有人擅自对我们进行调查。事实上在那些年里奥地利当局从未料到，皇室的秘密信使交接最重要的信件一直都是在我们设在五层楼上的那个不起眼的事务所里进行的。

“纳粹分子早在扩充军备，妄图征服世界之前，就开始在其邻国组织一支同样危险的和训练有素的军队——由受歧视、受冷落和受损害的人组成的军团。他们在每个机关企业里都设立了所谓的‘支部’；他们的坐探和间谍无处不在，包括在陶尔斐斯①和舒施尼格②的私人宅邸里。就是在我们这个很不起眼的事务所里也安插了他们的人，可惜我知道得太晚了。当然，此人只不过是个可怜而无能的办事员。他是一位神甫介绍来的，我雇用他的唯一目的，就是为了使我们事务所对外像是个正规机构的样子；实际上我们只用他办些无关紧要的差事，接接电话，整理整理文件，当然是那些无足

① 恩格尔伯特·陶尔斐斯（1892—1934），奥地利政治人物，一九三二年五月出任奥地利总理，一九三四年七月被纳粹分子枪杀。

② 卡尔·舒施尼格（1897—1977），奥地利政治家。一九三四年任奥地利总理，后被纳粹分子投入监狱，一九四五年五月获释。

轻重、不会引起怀疑的文件。他不许拆信件，所有的重要信件都是我亲手用打字机打的，不留副本；每份重要文件我都拿回家去；所有的秘密会谈全都挪到修道院院长办公室或我叔叔的诊室去进行。由于采取了这些预防措施，所有重大的事情这名坐探一件都未曾看到；但是由于发生一件不幸的偶然事件，这心怀叵测、追名逐利之徒一定发现我们不信任他，背着他做了种种很有意思的事。也许有次我们不在，信使没有按照约定称‘贝恩男爵’，而是一不小心说了‘陛下’这个词，要不就是这无赖非法拆看了信件——总之，在我怀疑他之前，他就从慕尼黑或柏林接受了监视我们的任务。一直到后来，我被捕入狱已经很久了，我才想起，开始的时候他工作马虎大意，而在最后几个月却忽然变得积极起来，而且好多次几乎是死皮赖脸地主动要求将我的信件送往邮局。我不能说我没有某些疏忽大意之处，但是那些伟大的外交家和将军到头来不也是被希特勒那套伎俩狠狠地要弄了吗？盖世太保早就将我牢牢地盯住了，下面这件事就是最具体的证明：就在舒施尼格宣布下野的那个晚上，也就是希特勒进入维也纳的前一天，我已经被党卫队逮捕了。幸好，我一听到舒施尼格的辞职演说，就把最最重要的文件全部烧毁了，余下的文件连同为证明几所修道院和两位大公爵存在国外的财产所不可缺少的凭据，我真是在冲锋队破门而入之前的最后一分钟将其统统塞在一只盛脏衣服的筐里，让我那年迈而可靠的女管家送到我叔叔那边去的。”

B博士停下来点了一支烟。借着闪烁的火光，我发现他的右嘴角神经质地抽搐了一下，这我先前就已经注意到了，现在我观察到，每隔几分钟就要抽搐一次。这只是微微抽动一下，就像拂过一丝微风，但是它却使这张脸显出引人注意的心神不安的神情。

“您大概在猜想，现在我要给您讲关于集中营的事——所有忠于我们古老的奥地利的人都被押解来关在那里——讲我在集中营里受到的侮辱、拷打和刑讯了吧。这样的事情并没有发生。我被列入另外一类。我没有被驱赶到那些不幸的人那儿去，纳粹分子对他们施行肉体和精神折磨，把长期积聚起来的仇恨一股脑儿都发泄在他们身上。我被归入另外一类人之中，这类人数量不多，纳粹分子想从他们身上逼取金钱或者重要情报。本来，盖世太保对我这个本不值一提的小人物当然毫无兴趣，但他们一定已经获悉，我们曾经是他们最顽强的敌人的财产代理人、经管人和亲信，他们指望从我身上榨取可以构成罪证的材料，既可用来反对修道院，证明它们非法牟利，也可用来反对皇室以及所有那些在奥地利不惜流血牺牲为维护君主王朝而竭尽全力的人。他们猜想——真的，这倒并非空穴来风——我们经手转移出去的那些资金，绝大部分还藏着，他们想夺过去，可又无从下手；所以他们当天就把我抓了去，想用他们那套行之有效的方法迫使我供出这些秘密。他们想要在我这类人身上榨取金钱或者重要材料，所以没有把我们送进集中营，而是给我们以特殊待遇。您也许还记得，我们的总理以及罗斯柴尔德男爵——纳粹分子指望从他的亲属那里敲诈数百万——都没有被投进铁丝网围着的战俘营，而是表面上给予优待，被送进大都会饭店——同时也是盖世太保的总部——每人住一单间。我这个不起眼的小人物居然也得到了这种奖励。

“在饭店里住单间——这话本身听起来就极其人道，不是吗？可是请您相信我，他们没有把我们这些‘知名人士’塞进二十个人挤在一起的冰冷的木棚里，而是让我们住在供暖还不错的饭店单间里，这绝不是他们给予我们的一种更人道的待遇，而是挖空心思想出来的更加狡猾的方法。他们想从我们嘴里逼出他们所需要的‘材料’，采用的不是毒打或者用刑，而是以杀人不见血的方式，采用最最狡猾歹毒的隔离手段。他们并没有对我们怎么样，只是将我们置于完全的虚空里。大家都知道，像虚空那样对人的心灵所产生的那种压力是世界上任何东西都办不到的。他们把我们每个人分别关在一个完完全全的真空里，关进一间同外界绝对隔绝的房间里，不用拷打和冰冻从外部给我们压力，而是让我们从内心产生一种压力，最终撬开我们的两片嘴唇。乍一看，安排给我的房间绝对不能说不舒服。这房间有一扇门，一张床，一把沙发椅，一个洗脸盆，一扇上了栅栏的窗户。可是这扇门白天黑夜都是锁着的，桌上不许放纸和铅笔，窗户外面是一道防火墙；在我周围，甚至在我自己身上都是空无所有。我的每样东西都被搜走了：搜走手表，让我不知道时间；搜走铅笔，我就无法写东西；搜走小刀，使我无法割断动脉血管；就连抽支烟稍微提提神也不允许。除了不许说话、不许回答问题的看守，我见不到一张人的脸，听不到一点人的声音；从早晨到夜晚，从夜晚到早晨，眼睛、耳朵以及所有其他感官都得不到一丝养料，你成天寂寂一身，茕茕孑立，守着桌子、床、窗户、洗脸盆等四五件不会说话的东西，一筹莫展；你就像玻璃罩里的潜水员，身处寂静无声的黑黝黝的海洋里，甚至感觉到通向外部世界的绳索已经扯断，你永远不会被人从这无声的深底拉回到水面上去了。整天没什么事可做，没什么东西可听，没什么东西可看，你的周围到处是一片虚空，一片绵延不断的完全没有空间和时间的虚空。你走来走去，走去走来，来来回回，循环往复。但是，即使是看似毫无实体形迹的思想也需要一个支撑点啊，否则它就要开始旋转，就要毫无意义地围着自己转圈；思想也受不了虚空。你从早到晚期待着什么，可是什么也没有发生。你等啊，等啊，等啊，你想啊，想啊，想啊，直到太阳穴发痛。什么也没有发生。你仍是孤独一人。孤独一人。孤独一人。

"这样延续了十四天，我在时间之外，世界之外生活的十四天。要是当时爆发了战争，我也不会知道；我的世界就只有桌子、门、床、洗脸盆、沙发椅、窗户和墙这几样东西，我整天凝视着同一面墙上的同一张壁纸，久而久之，壁纸上锯齿形图案的每根线条都好似用刻刀刻进我大脑深处的褶皱里去了。后来，审讯终于开始了。突然来传我了，也弄不清那是白天还是夜里。他们喊了我的名字，押着我穿过几条走廊，也不知道要带我到哪里去；后来，在一个什么地方等着，也不知道那是什么地方，突然，又站在了一张桌子前面，桌旁坐着几个穿制服的人。桌上堆着一叠纸：那是档案，不知道里面是些什么材料。接着就开始提问，这些问题真真假假，有的单刀直入，有的阴险奸诈，有的声东击西，有的设置圈套；你回答问题的时候，陌生而恶毒的手指在翻材料，你不知道里面有些什么东西，陌生而恶毒的手指在审讯记录上写些什么，你不知道写的是什么。可是，对我来说，这次审讯中最可怕的是，我始终猜不出，也估计不到，盖世太保对我们事务所的事情确实已经知道了哪些，哪些想从我口里获取。我已经对您说过，在最后一刻让女管家把那些可以构成罪证的文件送到我叔叔那里去了。可是，他收到这些文件了？他没有收到？那个坐探办事员泄露了多少？他们截住了多少信件？这期间在我们代理的那些德国修道院也许已经撬开了某个糊涂神甫的嘴，那么到底逼出了多少秘密？他们问呀，问呀，没完没了地问。我给修道院买过哪些有价证券，同哪些银行有通信往来？我认不认识一位某某先生？我收到过瑞士或者某某地方的信件没有？我一点也估计不出，他们到底查到了多少问题，所以我每个回答关系都非常重大。要是我承认了他们尚未掌握的某件事，我也许就会无谓地使某人罹难；我要是什么都不承认，那就自己害了自己。

“不过，审讯还不是最可怕的。最可怕的是审讯以后回到我那虚空之中，回到那个有着同一张桌子、同一张床、同一个洗脸盆和同样的壁纸的同样的房间里。因为只要我单独一人的时候，我就要重新琢磨审讯的情况，思考怎么回答才最聪明，下次提审也许会因我说话不小心而引起他们的怀疑，如果这样，我该怎么说才能弥补。我仔细思量，反复琢磨，认真检查我向预审官说的每一句证词，把他们提出的每个问题和我回答的每一句话都简要重复一遍，想估量一下我说的话有哪些可能被记录在案。不过我知道，我永远也估计不出来，也不会知道。但是这些思想一旦在这虚无的空间里发动起来，就不停地在脑袋里转动，翻来覆去，循环往复，还不断地想出一些新的事情来，而且睡着了脑袋里还在转；每次审讯之后，我脑子里还在经历着那些提问，深究和折磨的煎熬，或许甚至比审讯时的折磨更为残忍，因为每次审讯一个小时就结束了，而审讯之后由于寂寞的无情折磨，脑袋所受的煎熬却是没有完结的时候。我的四周总是只有桌子、柜子、床、壁纸、窗户，没有任何分散我注意力的东西，没有书，没有报纸，没有陌生的面孔，没有可以记点东西的铅笔，没有可以用来玩的火柴，没有，没有，什么都没有。现在我才发觉，把人单独囚禁在饭店的房间里这一套做法用心何其险恶，对人精神上的摧残又何其厉害。要是在集中营里，也许得用小车推石头，推得两只手磨出血来，两只脚冻僵在鞋里，可能得二三十人挤在一个又臭又冷的小屋里。可是你能看到人的脸，可以将目光投向一片田地，一辆手推车，一棵树，一颗星星，以及别的什么东西，而这里呢，你周围都是同样的东西，始终都是这些东西，从来不会改变，真是可怕。这里没有什么东西可以使我分心，使我从自己的思想、从自己的胡思乱想、从自己病态地将审讯时的提问和自己的回答不断复述中解脱出来。而这一点恰恰正是他们打的如意算盘——他们要憋死你，要让你自己的思想来憋你，直到憋得你喘不过气来，你别无他法，最后只好向他们吐露真相，将他们想要的一切招供出来，归终把材料和人统统抛了出来。我渐渐感觉到，在这虚空的令人毛骨悚然的压力下，我的神经开始松弛了，我意识到这种危险，便把神经绷得紧紧的，我想，即使把每根神经都绷断，也要找到或者想出点事情来分散自己的注意力。为了使自己有点事做，我就试着把以前会背的东西，如民歌、儿歌、中学课本里的幽默故事、民法条款等，一一朗诵出来，并再复述一遍。后来我又试着演算，随便拿些数字来相加、相除，可是在虚空中我的记忆缺少附着力，没有能使我的思想集中在上面的东西。脑袋里老是出现和闪烁着这个想法：他们知道什么？我昨天说了些什么，下次又该说些什么？

“这种真是难以描述的状况延续了四个月。四个月，写起来容易，才不过两个字！说起来也容易：四个月，一共才四个音节。[①]嘴唇动一下就把这几个音发出来了：四个月！但是谁也无法描述，测定，谁也无法用直观例子向别人、也无法向自己说明，在没有空间、没有时间的情况下时间有多长，无法向别人讲清楚，这虚空，虚空，你周围的虚空是如何蛀食和摧毁你的心灵的，整日所见就只有桌子、床、洗脸盆和壁纸，屋里成天都是沉默，成天是同一个看守，他看都不看你一眼就把饭塞了进来，时时刻刻是同样的思想在虚空中围着你转啊转，直弄得你神经错乱，疯疯癫癫为止。我心里惴惴不安，从一些细小的征兆中我发觉自己的脑子混乱了。起先，在审讯的时候心里是清楚的，陈述冷静沉着，深思熟虑；哪些该说，哪些不该说，这种双重思维还在起作用。现在我连说最简单的句子都是结结巴巴的，因为我在作法庭陈述时，眼睛总像是着了魔似的愣愣地盯着那支往纸上做着记录的笔，仿佛我想追上自己说的话似的。我感觉到，我的力气越来越不济了，我感觉到，为了救我自己，我将会把自己所知道的一切，也许还有更多的东西全部交代出来，为了摆脱虚空的窒息，我将会出卖十二个人，供出他们的秘

① 四个月，德文为 vier Monate，是两个字，四个音节。

密，而我自己呢，除了片刻休息之外，什么好处也得不着，我感觉到这样的一刻越来越近了。一天晚上确已走到了这一步：在我快要憋死的当间，看守恰好给我送饭来，于是我就突然朝他背后喊：‘您带我去审讯！我什么都交代！什么都交代！我要交代文件在哪儿，钱在哪儿！我统统都交代，彻底交代！’幸好他没有听到更多的东西，或许他也不想听我说。

“在这极其艰难的时刻，发生了一件意想不到的事。这件事把我救了，至少在一段时间里把我救了。那是七月底一个乌云密布的阴沉沉的雨天：我所以还清楚地记得这个细节，那是因为我被押去审讯、穿过走廊时，雨水正噼噼啪啪地打在玻璃窗上。我得在预审的候审室里等着。每次带去受审都得等，让你等，这也是一种手法。首先，通过叫喊，通过深夜里突然把你从囚室里提溜去受审，让你的神经高度紧张起来，然后，等你做好审讯准备，思想和意志都振作起来准备反击时，他们又让你等着，毫无意义地、无缘无故地等着，一小时，两小时，三小时地等着，等得你身心交瘁。在星期四，七月二十七日，这一天他们让我等得特别长，让我在候审室站着等了两个小时；这个日期我所以还记得，那是有个特别原因的。在候审室里当然不许我坐，我在那里站了两个小时，腿都要站断了。候审室里挂了一本月历，我无法向您解释，在当时如饥似渴地向往着印刷的和手写的东西的情况下，我是如何目不转睛地，如何牢牢地紧盯着墙上‘七月二十七日’这几个字的；我仿佛把这几个字吞进了肚里，刻在了脑子里。随后我又等着，等着，眼睛注视着房门，看它什么时候终于会打开，同时心里在思考，审判官这次会问我什么问题，不过我也知道，他们问的问题可能和我准备的截然不同。但是不管怎么说，这种等待和站立的折磨同时也是一件好事，一种快乐，因为这间屋子怎么说也和我那间不一样，不一样，要稍微大一点，有两扇窗户，而我那间只有一扇，还有，这里没有床，没有洗脸盆，窗台上也没有那道明显的、我观察了几百万次的裂缝。房门油漆的颜色也不一样，靠墙放着另一把沙发椅，左边是一个档案柜，以及一个有挂钩的衣帽架，挂钩上挂着三四件湿军大衣，那是折磨我的刑警们的大衣。也就是说，我在这里可以看到一些新东西，同我那屋里不一样的东西，我那饥饿的眼睛终于又可以看到一些别的东西了，它们贪婪地盯着每一件东西。我细细察看这几件大衣上的每一个皱褶，譬如说，我看到一件大衣的湿领子上挂着一颗水滴，您听起来一定很好笑。我怀着莫名其妙的激动心情等待着，看这颗水滴最后会不会克服重力作用，继续长久地附着在衣领上——是的，凝视着这颗水滴，屏住呼吸对它凝视了数分钟之久，仿佛这颗水滴上悬挂着我的生命似的。后来水滴终于滚落下来了，我就开始数大衣上的纽扣，一件是八颗，另一件也是八颗，第三件是十颗，接着我又比较大衣的翻领；我饥渴难当的眼睛以一种我无法描述的贪婪触摸、把玩和抓住所有这些可笑的微不足道的小事。突然，我的目光呆呆地盯着一样东西。我发现，一件大衣的口袋鼓鼓的。我走近一些，凸起的东西呈长方形。从这一点我就看出这个略为有点鼓突的口袋里藏着的东西：一本书！我的双膝开始发抖：一本书！我已经有四个月手里没有拿过书了，光是想象一本书，想象书里可以看到一个挨一个的字排列成一本书的一行行，一页页，一张张，可以阅读和追踪别的一些新的、不熟悉的、可以分散注意力的思想，并将这些思想记在脑子里——光是这么一想。就令你心驰神往，销魂荡魄。我的眼睛像着了魔似的紧紧盯着那个小小的鼓突的地方，我的灼热的目光紧紧盯着那个不显眼的地方，仿佛想要在大衣上烧个窟窿似的。我终于无法抑制自己的贪欲；我下意识地一点点移近去。我思忖，这回至少可以隔着呢料拿手触摸一本书了。这个想法使我手指上的神经一直热到指甲上。几乎在不知不觉中，我往那儿越挨越近。幸好看守没有注意我这个肯定很奇怪的举动；也许他也觉得，一个人直直地站了两个小时以后，想稍微往墙上靠靠，这是很自然的。我终于站在挨大衣很近的地方了，我故意把双手反背着，以便人不知鬼不觉地碰到大衣。我触摸了呢料，透过面料我确实感觉到有个长方形的东西，这东西可以弯曲，而且还会窸窣作响——一本书！一本书！偷走这本书！这个念头像枪弹似的穿过我的脑子。也许会成功，你可以把书藏在囚室里，然后就读啊读，终于又可以读到书了！这个想法刚闪进我的脑袋，就像烈性毒药似的发生作用了：我耳朵里一下子嗡嗡直响，我的心怦怦直跳，双手冰凉，都不听使唤了。但是经过第一阵沉迷之后，我又轻轻地、巧妙地更往大衣挨近，两眼紧紧盯着看守，同时用藏在背后的双手把口袋里的那本书从下往上托起。接着将书一把抓住，再轻轻地、小心翼翼地一抽，突然，这本不很厚的小书就到了我的手里。现在我才为自己的行为感到后怕。但是我又不能再把书放回去了。可是把书往哪儿放呢？我把书从背后塞到裤子里，掖在系腰带的地方，再从那里将它慢慢挪到腰部，这样走路的时候我就可以像军人那样用手贴着裤缝，把书压住。现在该做第一次试验了。我离开衣架，一步，两步，三步。行。只要把手紧紧压着腰带，走路的时候就可以把书夹住。

“接着就开始审讯了。这次受审我付出的精力比哪次都多，因为这回我在回答问题的时候其实并没有把全部精力集中在我的口供上，而是首先一心想着要不露声色地把书夹住。幸好这次审讯很快就结束了，我安然将书带到我的房间——我不想详述种种细节来耽误您的时间，因为在走廊里书一下从裤子里滑了下来，真危险，我不得不假装一阵剧烈的咳嗽，咳得弯下腰去，把书重新安然塞回到腰带下。不过，当我带着这本书回到我的地狱里，终于独自一人、可又不再是独自一人的时候，我是什么样的心情啊！

“您大概会想，我一定立即抓起书来看了看，就读了起来。完全不是！首先我要品味一下阅读前的乐趣。我身边有了一本书，自己可以先去幻想一番，这本窃得的书最好是哪一类，这是一种故意延缓的、并且使我的神经奇妙地兴奋起来的快乐：首先这是一本印得很密的书，有很多很多字，有很多很多薄薄的书页，这样我就可以多读一些时间，再就是，我希望这是一本能够在精神上给我激励的作品，不是肤浅的、轻松的作品，而是本可以学习、可以背诵的作品，最好是诗歌，是歌德或荷马——这是个多么大胆的梦啊！可是我终于无法继续控制住自己的欲望和好奇心了。我往床上一躺——这样，万一看守突然把门打开，他也抓不住我的把柄——哆哆嗦嗦地从腰带下抽出书来。

“看了第一眼就使我大为扫兴，甚至感到极其恼怒：冒着那么大的危险窃得的这本书，积聚着那么热烈的期望的这本书只是一本棋谱，是一百五十盘名局汇编。要不是我的窗户闩着，关得严严实实的，我一怒之下不把书从窗户里扔出去才怪，我要这么一本毫无意义的书有什么用？我上中学时像大多数学生一样，无聊的时候偶尔也下棋玩玩。可是这本理论的东西我要它干吗？没有对手可不能下棋，更不用说没有棋子和棋盘了。我懊恼地把这本棋谱浏览了一下，心想说不定会发现什么可读的东西呢，譬如说一篇序言啦，一篇导读啦。但是除了一盘盘名局的干巴巴的正方形棋图以及棋图之下起先令我莫名其妙的符号，诸如 a2—a3，Sf1—g3 之外，其他什么也没有。这一切我觉得像是一种无法解开的代数方程式。后来我才渐渐地猜出，a、b、c 这些字母代表经线，数字 1 至 8 代表纬线，两者相合就可以确定每个棋子的位置。这么一来，这些纯粹图解式的示意图毕竟获得了一种语言。我思忖，也许我可以在囚室里做一个棋盘，然后就照着棋谱把这些棋局摆一摆；像是上天的旨意，我床单的图案恰好是粗线条的方格子。把床单好好一叠，终于把它摺出六十四个方格来了。于是我就先把书藏在褥子底下，并将书的第一页撕掉。接着我就开始用我省下来的小块面包屑做成王、后等棋子的样子，不言而喻，棋子做得很可笑，很不完美。经过不断努力，我终于可以在方格床单上摆出棋谱上标明的各个位置了。我把这些可笑的面包屑棋子的一半涂上灰，使颜色深一些，以示区别。但是当我试图用这些棋子将一局棋从头到尾复盘时，起初我失败了。头几天我摆棋的时候，摆着摆着就乱套了，一局棋我就得摆五次，十次，二十次，每次都是从头摆起。不过世界上有谁像我这个虚空的奴隶拥有那么多无法利用的和毫无用处的时间呢？又有谁有那么多无法估量的欲望和耐心呢？六天以后我已经能完美地把这盘棋下完了，再过八天我连面包屑都不用放在床单上，就可以把棋谱上这一盘每步棋的位置记得清清楚楚，再过八天，连方格床单也用不着了。起先棋谱上 a1、a2、c7、c8 这些抽象的符号现在在我脑子里都自动变成了一个个看得见的形象化的位置。这个转化完全成功了：我将棋盘连同棋子都投影在我的脑袋里，光用棋界用语就能看到每步棋的位置，就像一位训练有素的音乐家，只要朝乐谱看上一眼，就足以听出各个声部以及和声来。又过了十四天，我已经能毫不费力地背下棋谱上的每一盘棋——用行话来说，就是下盲棋。现在我才开始懂得，我这次大胆的偷窃给我带来了无可估量的欣慰。因为我一下子有事做了——如果您愿意也可以说这是毫无意义、毫无用处的事，不过它确实摧毁了包围着我的虚空，有了一百五十盘棋的棋谱，我就有了一件神奇的武器来抵御令人窒息的时空的单调。为了使这项新找来的事儿始终保持它的魅力，从现在起我把每天的时间做了精确的划分：上午摆两盘，下午摆两盘，晚上再快速复一次盘。在此之前，我的日子像明胶一样无形无状地延伸着，现在可是填得满满的了，我有事做了，而又不感到疲倦，因为下棋具有一种奇妙的好处，可使智力专注于一个狭窄的范围里，不论如何费劲思考，脑子也不会松弛，相反，会更加增强大脑的灵活和张力。起初我只是机械地照着名局摆棋，在这过程中，在我心里慢慢开始出现一种对国际象棋的艺术妙趣横生的理解。我学会了进攻和防御的精微着法，行棋布阵的谋略和深邃的洞察力，我掌握了预先计算，互相呼应和巧妙应着等技巧，不久就能准确无误地识得每位国际象棋大师棋风的个人特点，就像一个人只消读几行诗就能确定该诗出自哪位诗人之手一样。这件事开始时纯粹是为了填满时间而干的，现在变成了享受，阿廖欣、拉斯克、波戈留波夫、塔尔塔柯威尔等伟大的国际象棋战略家的形象，宛若亲爱的朋友，都来到我这寂寞的斗室。棋局中无穷无尽的变化使这间不会说话的囚室每天都充满了生气，正是因为我的练习很有规律性，使我原本已经受了损害的思维能力又恢复了自信；我感觉到我的脑子又重新活跃和振奋起来了。而且由于不断进行思维训练，甚至还好像磨得更锋利了。我考虑问题的时候思路更清晰，思想更集中，这一点尤其是在审讯的时候得到了证明：不知不觉中，在棋盘上对付虚假的讹诈和暗藏的诡计方面达到了完美无缺的程度；从这时起提审的时候我再也不露出任何破绽，我甚至还觉得，盖世太保们渐渐开始带着某种敬意来观察我了。也许他们在暗暗自问，他们看着其他人都垮了，唯独我还在进行不屈不挠的反抗，这种力量是从哪些秘密源泉汲取的？

“这是我的幸福时光，我日复一日地将棋谱上的一百五十盘棋局系统地一一进行复盘，这段时间大约延续了两个半月至三个月。随后出乎意料，我又遇到了一个死点。突然之间我又重新面对一片虚空，因为我把每盘棋都从头到尾下了二三十次，这样，这些棋局就失去了新鲜的魅力，不再给人以惊喜，先前那种令人兴奋、令人激动的力量枯竭了。这些棋局的每一步我早已背得滚瓜烂熟，再一次又一次地将它们重复又有什么意思？刚一开局，这盘棋的进程就像自动在我心里展开了，已经不再有惊喜，不再有紧张，不再有任何问题了。为了使自己有事可做，为了给自己制造已经成了不可或缺的劳累，并分散自己的注意力，我真需要另一本汇集了别的棋局的书。可是这是完全不可能的，所以在这条奇怪的歧途上只有一条路：必须自己发明新的棋局来代替旧的棋局。我必须设法跟自己下，更确切地说，是向自己作战。

“我不知道，对于这种‘游戏中的游戏’——同自己对弈的精神状态您了解到何种程度。但是只要粗略一想，就足以明白，下国际象棋是一种纯粹的、没有偶然性的思维游戏，因此要跟自己对弈的想法从逻辑上来说是荒谬的。国际象棋的引人入胜之处，从根本上来说仅仅在于其战略是在两个不同的脑袋里不同地发展的，在这种精神战争中黑方并不知道白方的花招，所以不断想方设法去猜测和挫败其诡计，同时就白方而言，对于黑方的秘密意图它力图预先加以识破，给予反击。如果现在执黑和执白是同一个人，那情况就十分荒谬了：同一个大脑同时对一些事情既应该知道，又不应该知道，作为白方在行棋的时候，它能奉命忘掉一分钟前黑方的愿望和意图。这种双重思维其实是以意识的完全分裂为前提的，大脑的功能就像机械仪表一样，开关自如。想要自己战自己，这在国际象棋中是个悖谬，就像一个人想要跳过自己的影子一样。

“好了，说简短些吧，这种悖理和荒谬之事我在绝望中竟试了几个月之久。可是，为了使自己不至于陷入完全精神错乱或者智力的彻底衰颓，除了去做这件荒唐事之外，我别无选择。我那可怕的处境逼得我不得不至少去试一试，把自己分裂成一个黑方我和一个白方我，要不然我就得被我周围恐怖的虚空压垮。”

B博士往躺椅上一靠，闭了一会儿眼睛。他仿佛要把令人心烦意乱的回忆强压下去似的。他左边嘴角上又出现了奇怪的抽搐，他无法控制的抽搐。接着，他在躺椅上把身子略为坐直一些。

“这样，到此为止，我希望已经把一切都向您讲得相当清楚了。但遗憾的是我自己也拿不准，其余的事是否也能那么清楚地说给您听。因为这件新工作要求脑子保持绝对的紧张，这就使它不能同时进行任何自我控制。我已经向您提到过，照我看，同自己对弈这本身就很荒谬绝伦；但是即使是荒唐事，面前总有一个实实在在的棋盘，那毕竟还有一个最小的机会，而棋盘这个真实的东西毕竟还容许保持一定的距离，允许享受物质上的治外法权。面对摆着真实的棋子的真实的棋盘，纯粹从身体方面来说，就可以一会儿站在桌子的这一边，一会儿站在桌子的另一边，以便一会儿从执黑的立场，一会儿从执白的立场来把握和运筹局势。但是像我这样迫不得已把向我自己进行的厮杀，要是您愿意的话，也可说是同我自己进行的厮杀投影在一个意想中的空间里。我被迫在脑子里清楚地把握住六十四个方格上每一边的阵势，此外不仅要计算出眼前的行棋，而且也要计算出对弈双方下几步可能要走的棋，确切地说，我要两倍、三倍地盘算，不，是六倍、八倍、十二倍地盘算，我要为每一个我，为黑方我和白方我预先想出四五步棋，我知道，这一切听起来是多么荒谬。请您原谅，我希望您仔细考虑一下我的这种疯癫状态。在抽象的幻想空间中下棋的时候，我作为白方棋手，同时又作为黑方棋手都得为各方预先算出四五步，也就是说，对于棋局发展进程中所出现的各种情况在一定程度上得预先跟两个脑子，跟白方的脑子和跟黑方的脑子配合好。但是即使是这种自我分裂在我这费解的试验中还不是最危险的，由于我独立想出了一些棋局，结果失去了立足之地，坠入了无底深渊。像我前几个星期所练习的那样，光是照名局来下，归终只不过是一种复制的成果，纯粹是对已有物质的重复，这并不比背诵诗歌或者默记法律条文更费劲，这是一种局限的、按部就班的活动，因而是一种绝妙的脑力训练。我上午练习两盘棋，下午练习两盘，这是规定的定额，没有一丝激动我就可以将它完成；这四盘棋是我的正常工作，再说，要是我在下棋的过程中走错了，或者走不下去了，总还可以向棋谱求教。所以对于我受了震惊的神经来说，这是很有疗效的，更能起镇静作用，因为照别人的棋局摆棋不会使自己卷进搏杀中去；管他是黑棋赢还是白棋赢，对我来说都无所谓，这是阿廖欣或波戈留波夫，是他们在争夺比赛的桂冠，而我本人，我的理智，我的心灵，仅仅是作为观众、作为行家里手在品味棋局的转折突变和赏心悦目。但是从我想跟自己搏杀的一刻起，我就下意识地开始向自己挑战了。两个我中的每一个我，黑棋我和白棋我，在互相竞争，为了自己的一方，每一个我都雄心勃勃，心浮气躁，想取胜，想赢棋；作为黑棋我每走一步心里就万分紧张，不知白棋我会怎么应对。我的两个我中的任何一个，要是另一个我走错一步棋就兴高采烈，得意扬扬，而同时对于自己的漏着则怒容满面，忧心忡忡。

“这一切看起来毫无意思，事实上这种人为的精神分裂，这种意识分裂，它所带来的危险的心情激动，在正常人的正常状态下是难以想象的。但是，请您不要忘记，我是从正常状态下被强行拉出来的，是个囚犯，无辜遭到监禁，几个月来受尽别人精心策划的孤寂的折磨，早就要将他积聚起来的愤怒向任何东西发泄了。因为我没有别的东西，只有这种向自己进攻的游戏，所以便将我的愤怒，我的复仇欲望统统狂热地倾注到下棋中去。我心里有种东西自以为是，可是我又只有心里的另一个我是我能与之相搏的，所以我下棋时的激动几乎到了发狂的程度。开始我思考的时候还是不慌不忙，谨慎周到的，在一盘棋和另一盘棋之间还安排了休息时间，好让自己歇一歇，放松一下；可是渐渐地，我那被激动起来的神经就不容许我再等了。我刚走一步我的白棋，就已急不可耐地将我的黑棋向前挺进了；一盘棋刚结束，我就向自己挑战，要下第二盘，因为我这两个我每次总有一个被另一个战胜而要求再下一盘，好扳回来。由于这种疯狂的贪婪心理，这几个月在我的囚室里我同自己究竟厮杀了多少盘，我连个大概数都说不出来——也许一千来盘，也许更多。这是一种我自己无法抗拒的癫狂；从早到晚，我什么也不想，想的只是象、卒、车、王和 a、b、c，‘将死’和‘王车易位’等等，我整个身心都被逼到这个有格子的方块上去了，下棋的乐趣变成了下棋的欲望，下棋的欲望又变成了一种强制，一种癖好，一种疯狂的愤怒。它不仅浸透我清醒的时间，而且也渐渐控制了我的睡眠。我思考的只能是下棋，只能是行棋，只能是下棋过程中出现的问题；有时我醒来，额头湿漉漉的，我断定，睡着了甚至还下意识地在继续下棋，要是我梦见了人，那这个梦一定仅仅是在动象、车的时候，在马往前跳或往后跳的时候做的。就是在被提审的时候，我也不再能明确地想到我的责任了；我感觉到，最近几次审讯的时候，我说的话一定相当的语无伦次，因为，因为审讯官们有时面面相觑，诧异不解。而实际上，在审讯官们向我提问以及他们互相商量的时候，我心里涌动着那糟糕的欲望，只等着把我重新押回我的囚室去，好继续下棋，继续疯狂地下棋，重新下一盘，再下一盘。每次中断都会使我神经紊乱；就是看守来清扫囚室的一刻钟，给我送饭来的两分钟，也使我那狂热的急躁不安的心情大受折磨；有时候到了晚上我那盒饭还在那儿放着，碰都没有碰过，我下棋下得忘了吃饭。我肉体上能感觉到的唯有可怕的口渴；这大概是由于不停地思考，不停地下棋而上火了；一瓶水我两口就喝干了，就缠着看守，让他再给我水，但一会儿我又感到口干舌燥了。最后，下棋的时候——我从早到晚别的什么都不干——我的情绪竟激动到不再能够静静地坐上片刻的程度；我一面思考棋局，一面不停地走来走去，越走越快，棋局越是临近收尾，心情就越是急躁；那种赢棋、取胜的欲望，击败我自己的欲望，渐渐变成了一种愤怒。我焦躁不安，浑身颤抖，因为我身上一方的我总嫌另一方的我走棋太慢。一方就催促另一方；要是我身上一方的我觉得另一方的我应着不够快，我就开始骂自己：'快，快'或者'往前，往前'，您也许觉得这很可笑吧。当然，我今天心里很清楚，我的这种状况完全是精神过分紧张导致的一种病态反映，对于这种病状我还找不到别的名称，只好把它叫作迄今医学上还不清楚的'棋中毒'。后来，这种偏执的癫狂不仅开始侵蚀我的大脑，而且也开始侵蚀我的身体了。我消瘦了，睡不好觉，恍恍惚惚，每次醒来都要费好大的劲才能睁开沉甸甸的眼皮；有时我感到极度虚弱，连拿水杯手都抖得非常厉害，要费很大力气才能把杯子送到嘴边；但是一开始下棋，一股狂热的力量就来了：我紧握拳头走来走去，有时宛如透过一层红雾听见我自己的声音沙哑地、凶狠地冲着自己叫喊：‘将死了！’

“这种令人心惊胆战、难以描述的危机状况是如何出现的，我自己也说不清楚。我所知道的全部情况就是，一天早晨我醒来，觉得跟以往完全不一样。我全身像散了架似的软绵绵地躺着，舒适而安逸。一种深深的、适意的倦意，我几个月来未曾有过的倦意压着我的眼皮，是那么温暖、惬意，起先我犹犹豫豫，竟不愿把眼睛睁开。我醒着躺了几分钟，继续享受恬适的昏昏沉沉的境界，暖融融地躺着，感官陶醉在飘飘欲仙的快感之中。突然，我觉得似乎听见身后有声音，是活人的说话声，我这时心里的狂喜之情您是想象不出的，以往几个月，将近一年以来，除了法官席上那种生硬、凶狠、毒辣的话之外，我没有听到过别的声音。‘你在做梦，’我对自己说，‘你在做梦！千万不要睁开眼睛！让梦境再延续一会儿，要不然你又要看见围绕着你的那间该死的囚室，那把椅子、那个洗脸盆和那图案永远不变的壁纸。你在做梦——继续做下去吧！’

“可是，好奇心还是占了上风。我慢慢地、小心翼翼地睁开眼。奇迹出现了：我处在另一个房间里，这房间比我饭店里的那间囚室宽大。窗户上没有加栅栏，阳光可以不受遮挡地照射进来，窗户外不是我那呆板的防火墙，一眼望去就可看到迎风摇曳的绿树，室内四壁光洁，雪白闪亮，我上面的天花板又白又高——真的，我躺在一张陌生的新床上，这确实不是梦，我身后有人的声音在低语。惊讶之余，我大概是不由自主地使劲动了一下，因为我马上就听到有人走来的脚步声。一个女人步履轻盈地走了过来，头发上罩着白软帽，是个看护，是护士。我惊奇得浑身打了一阵战栗：我已经有一年没有见过女人了。我愣愣地凝视着这个妩媚的身影，我的目光一定极为兴奋和狂热，因为走过来的护士急忙'安静！请您安静！'地说着，让我平静下来。可是我只是聆听她的声音——这不是一个人在说话吗？再说还是一个柔和、温暖，简直可以说是甜美的女人的声音。真是不可思议的奇迹！我贪婪地望着她的嘴，一个人居然能怀着善意同别人说话，这在我这个在地狱里待了一年的人看来，简直是不可能的。护士朝我微笑——是的，她在微笑，居然还有人会善意地微笑——接着她把食指压着嘴唇，意思是让我别出声，然后就轻声地走了。但是我却不能听从她的命令。这个奇迹我还没有看够呢。我硬是想在床上坐起来，好看看她的背影，看看这个善良的人性之奇迹。我想在床沿上欠身坐起来，但未能做到。另外，我感觉到右手的手指和手腕那儿有点儿不对劲，有一个厚厚的大白卷，显然是用很多绷带包扎起来了。我惊奇地望着我手上厚厚的、奇怪的白色包扎，先是摸不着头脑，随后我慢慢开始明白了我在哪儿，并开始思索我自己究竟出了什么事。一定是他们把我打伤了，或者是我自己弄伤了手。我正躺在一家医院里。

"中午大夫来了。他是位和气的、年纪较大的先生。他知道我们家族的姓，并非常尊敬地提到我当御医的叔叔，我马上就感觉到，他对我是一片好意。在随后的交谈中，他向我提出了各种各样的问题，尤其是一个使我感到惊讶的问题：我是不是数学家或者化学家。我说都不是。

“‘怪了，’他喃喃地说，‘您发烧的时候老是大声嚷着一些奇怪的公式——c3、c4什么的。我们大家都听不懂。’

“我向他打听，我究竟出了什么事。他意味深长地笑笑。

“‘不很严重。是神经急性刺激。’他先是小心翼翼地往四处看了看，然后轻声补充说，‘这毕竟是可以理解的。在三月十三日[①]之后，是吧？’

“我点点头。

“‘碰上他们使的这种方法，神经受点刺激并不奇怪，’他喃喃地说，‘您并不是第一个。不过您放心好了。’

“看到他悄悄叫我放心的那种神态以及他对我劝慰的目光，我知道，在他这儿我是非常安全的。

“两天以后，这位好心的大夫相当坦率地把事情发生的经过告诉了我。那天，看守听见我在囚室里大喊大叫，开始他以为有人进了我的屋，我在同此人吵架。他刚到房门口，我就朝他扑了过去，冲着他大喊大叫，嘴里喊着‘跑啊，你这恶棍，你这胆小鬼！’诸如此类的话，并想卡住他的脖子，最后我发了狂似的向他袭击，他不得不大喊救命。我正处于疯狂状态，后来他们就把我拖来让大夫检查，我大概突然挣脱了，就朝走廊里的窗户扑去，打破玻璃，把自己的手割破了——您看这里还有个很深的疤。在医院里的头几夜，我是在大脑极度兴奋的状态下度过的，不过现在他觉得我的意

① 一九三八年三月十三日，希特勒强行宣布德奥合并，奥地利被法西斯德国吞并。

识完全清醒了。‘当然，’他悄悄补充说，‘这一点我还是不向这帮先生报告为好，否则到头来他们又要把您送回到那儿去了。请您相信我，我会尽力而为的。’

“这位乐于助人的大夫是怎么向那些折磨我的人汇报我的情况的，我不得而知。反正他达到了想要达到的目的：把我释放。可能是他说，我神经已经错乱，或者也许在此期间对盖世太保来说，我已经无足轻重了，因为希特勒在那以后已经占领了波希米亚，这样，对他来说，奥地利事件就算了结了。这样，我就只需签个字，保证在十四天内离开我们的祖国。这十四天我为办理一个以前的世界公民今天出国所必需的成千项手续而奔忙：军方和警方的同意证明、税务证明、申请护照、办签证、办健康证明等等，因而没有时间对往事多加思考。看来我们大脑里有一些力量在神秘地起着调节作用，会自动排除那些使我们灵魂讨厌的和对我们灵魂具有危险的东西，因为每当我要回忆我被囚禁的那段日子，我的脑子就有几分糊涂，直到好几个星期以后，实际上是上了这艘船之后，我才重新找到勇气，静下心来思考自己身上所发生的事。

“现在您一定会理解，为什么我对您的朋友们的态度会那么不得体，或许还让人百思不得其解呢。我确实完全是闲逛偶然经过吸烟室才看见您的朋友们坐在那里下棋的；我又惊又怕，感觉到我的脚像长了根似的不由自主地站立在那里。因为我全忘了可以在一个真正的棋盘前用真正的棋子下棋，全忘了下棋的时候有两个完全不同的人真真切切互相面对面地坐着。我用了好几分钟才想起，这两个棋手在那里下的，其实同我在束手待毙的情况下跟我自己下了好几个月的那种棋是一回事。我发现，我疯狂地练习时所使用的那些密码只是这些棋子的代替和象征；让我感到惊喜的是，棋子在棋盘上的移动同我在思维空间中假想的走步是一样的，正如一位天文学家用复杂的方法在纸上算出了一颗新行星，后来果真在天空中看到了这颗皎洁晶莹的星星的实体。我的惊喜同那位天文学家的惊喜大概很相似。我像是被磁铁吸住了，凝视着棋盘，望着那儿我的棋图——马、象、王、后、卒等木雕的真实棋子；为了看清这局棋的阵势，我不得不下意识地先将这些棋子从我那抽象的符号世界里退出来，进入活动棋子的世界中来。好奇心渐渐主宰了我，想观看两位棋手之间真正的较量。这就发生了很尴尬的事，我竟把礼数忘到了九霄云外，参与到你们的棋局中来了。但是您的朋友那步昏着像在我心里捅了一刀。我阻止他走那一步，这纯粹是一种本能行为，是感情冲动的表现，正如一个人看到一个孩子弓身挂在栏杆上，就不假思索地将他一把抓住一样。后来我才意识到，我一性急就贸然行事，这有多么唐突。”

我赶忙对 B 博士说，通过这件偶然的事能与他相识，我们大家都很高兴，对我来说，在听了他向我吐露种种情况后，要是在明天的临时棋赛上能见到他出场，定会兴趣倍增。B 博士听了，做了个不安的动作。

“可别这么说，您真的不要对我抱过多的希望。对我来说，这不过是试一试罢了……试试我到底能不能正常地下棋，能不能用实实在在的棋子同一个活跃着生命力的人在真正的棋盘上对弈……因为我现在越来越怀疑我下过的几百盘，或许是数千盘棋是否真正符合国际象棋的规则，会不会仅仅是一种梦里的棋，一种谵妄棋，一种谵妄游戏，做这种游戏总像是在梦里一样，许多中间阶段都跳过去了。希望您不是当真指望让我不自量力，竟以为能与国际象棋大师，而且是当今世界第一高手较量一番，但愿您对此不要抱有认真的指望。使我感兴趣并让我全力以赴的，仅仅是一种事后的好奇心，想证实一下我那时在囚室里是在下棋还是已经疯了，我当时是处在危险的暗礁之前，还是已经到了它的另一面——仅此而已，只是仅此而已。”

这时船尾响起了进晚餐的锣声。我们聊了几乎两个小时了，B博士对我讲的，要比我在这里归纳的多得多。我衷心向他表示感谢，并向他告辞。但是我刚走上甲板，他就从后面追了来，他激动地、甚至有点结结巴巴地补充说：

“还有件事！请您马上先转告诸位先生，免得我到时候显得没有礼貌；我只下一盘……就让这盘棋把旧账画上个句号——彻底了结，而不是新的开始……我不想第二次染上如痴如狂的棋瘾，这种棋瘾现在回想起来都感到胆战心惊……还有，还有，当时大夫警告过我……郑重其事地警告过我。对某种东西染上了瘾，永远存在着危险，中过棋毒的人即使已经治好了，最好还是不要挨近棋盘……所以，您明白——只下一盘棋，对我自己做个试验，绝不多下。”

第二天，在约定的时间三点钟，我们大家都准时聚集在吸烟室里。我们这边又增加了两位“国王游戏”的爱好者，他们是船上的高级海员，是专门向船上请了假来看比赛的。岑托维奇也没有像昨天那样让别人等他。按照规定挑好了棋子的颜色之后，这场值得纪念的、由 Homo obscurissimus[①] 对著名的世界冠军的国际象棋比赛就开始了。可是很遗憾，这盘棋只是为我们这些外行观众下的，其进展情况没有保存，没有载入国际象棋年鉴，就像贝多芬的一些钢琴即兴曲没有留下乐谱一样。尽管我们在以后的几个下午想一起根据记忆将这盘棋复原，结果是白折腾一场；也许在棋赛进行过程中我们对两位棋手倾注了过多的热情，因而忽视了棋局的进程。因为两位棋手在外表上表现出来的智力差异，在棋局进行过程中愈来愈在形体上显得清楚。岑托维奇这位行家在整个比赛时间里像块石头，一动不动，两眼低垂，紧盯棋盘；在他来说，思考的时候简直像要付出体力似的，使他全部器官不得不高度集中。相反，B 博士的举止轻松自如，无拘无束。作为真正的业余爱好者，B 博士的身体是完全放松的，就业余爱好者这个词的最美好的意义上来说，下棋只是游戏，是令人快乐的游戏。在头几步棋的间隙时间里，他在闲聊中给我们讲棋，并潇洒地点着一支烟，只有轮到他走的时候，他才往棋盘上看上一分钟。他每次都给别人这样的印象，仿佛他早就在等着对手的这步棋了。

开局的几步熟套棋下得相当快。到了第七或第八回合一个明确的计划好像才出来。岑托维奇考虑的时间越来越长，由此我们感到，争取优势的真正战斗开始了。说实话，局势的渐渐发展像真正比赛时的每盘棋一样，对我们这些外行来说是相当失望的。因为棋子越是相互交织，形成一个特殊图案，我们对真正的情况就越是捉

---

① 拉丁文，无名之辈。

摸不透。我们既搞不清这位棋手的目的何在，不明白另一位有何打算，也不知道两人之中哪位是先手。我们只看到一个个棋子像起重机似的在挪动，想砸开敌阵，但是他们这样来来往往有何战略意图，我们却不得而知，因为慎重的棋手每走一步都要预先推断出好几步。另外，我们渐渐感到一种令人瘫痪的疲倦，这主要是由于岑托维奇考虑的时间拖得没完没了引起的，这显然也开始激怒了我们的朋友。我不安地发现，这盘棋时间拉得越长，他在椅子上心神不宁地动得越厉害。由于烦躁不安，他一会儿一支接一支地抽着烟，一会儿又抓起铅笔记点什么。接着他又要了一瓶矿泉水，心急火燎地把水一杯杯灌下肚去；显然，他的推断要比岑托维奇快一百倍。每次，岑托维奇没完没了地考虑以后，决定用他笨重的手将一个子往前一挪，我们的朋友就像见到期待已久的事情终于发生了一样，随即微微一笑，马上就应了一着。他的判断力极其神速，脑袋里一定把对方的一切可能性都预先计算出来了；因此，岑托维奇思考的时间越长，他就越发心烦意乱，在等待的时候他的嘴边强压着一股子火气，几乎是一股子敌意。可是岑托维奇却仍然不慌不忙。他顽固地思索着，默不作声，棋盘上的棋子越少，他琢磨的时间就越长。到第二十四个回合就已足足下了两小时四十五分钟，我们大家已经坐得疲惫不堪，对棋台上的进展几乎无动于衷了。船上的高级海员一个已经走了，另一个拿着本书在看，只是在棋手走子的时候才抬头瞥上一眼。可是等到岑托维奇的一步棋一走，这时意想不到的事突然发生了。B博士一发现岑托维奇抓住马要往前跳，就像准备扑跳的猫一样弓缩着身子。他浑身开始发抖，岑托维奇的马一跳，他就把后狠狠地往前一推，以胜利的姿态大声说：“好！结束战斗！”说完便将身子往后一靠，双臂交叉搁在胸前，并以挑战的眼光看着岑托维奇。他的瞳孔里突然闪烁着一团灼热的光。

我们大家不由得都俯下身来看着棋盘，想搞清以胜利者的姿态高声宣布的这一步棋。第一眼看不出有什么直接的威胁。那么我们朋友的话一定是就局势的发展而言的，而这一发展我们这些考虑得不远的业余爱好者还计算不出来。听到那挑衅性的宣告，岑托维奇是我们中唯一不动声色的人；他平心静气地坐着，仿佛压根儿没有听见“结束战斗！”这句侮辱性的话似的。室内没有任何反应。因为我们大家下意识地屏住了呼吸，所以那只放在桌上做计时用的闹钟的滴答声一下子听得清清楚楚。三分钟，七分钟，八分钟——岑托维奇一动不动，可是我觉得，由于心里紧张，他厚厚的鼻孔似乎张得更宽了。对于这种默默的等待，我们的朋友似乎也同我们一样觉得难以忍受。他突然站了起来，开始在吸烟室里走来走去，起先走得很慢，后来越走越快，越走越快。我们大家都有些奇怪地望着他，不过谁也没有我着急，因为我注意到，虽然他走来走去显得很急，然而他的脚步所迈经的那个空间范围每次都是一样的，这就仿佛他在空荡荡的房间里每次都碰到一个看不见的障碍物，迫使他不得不往回走。我不禁打了个冷战，我发现，他这样走来走去，无意中重现了他从前那间囚室的尺寸：在他被囚禁的几个月中一定也是这样，双手抽搐，肩膀蜷缩，同关在笼子里的动物一样跑来跑去；他在那儿一定就是这样，就只能是这样来来往往跑了上千次，在他僵呆而兴奋的目光里闪烁着发狂的红光。不过他的思维能力看来尚未受到损伤，因为他不时烦躁地朝棋桌转过脸去，看看岑托维奇此刻是否做出了决定。九分钟，十分钟过去了。这时终于发生了我们之中谁也没有料到的事。岑托维奇缓缓抬起他那只一直一动不动地搁在棋桌上的手。我们大家都紧张地注视着他将作出的决断。然而岑托维奇没有走子，而是翻过手，手背果断地一推，将所有的棋子慢慢拨出棋盘。过了一会儿我们才明白：岑托维奇放弃了这盘棋。为了免得当着我们的面明显地被将死，他缴械了。难以置信的事发生了，世界冠军、无数次比赛的折桂者，在一个无名之辈面前，在一个已有二十年或者二十五年没有碰过棋盘的人面前卷起了旗帜。我们的这位匿名朋友，棋界的无名小卒，在公开比赛中战胜了当今世界国际象棋第一高手！

不知不觉中我们激动得一个个都站了起来。我们每个人都觉得，B 博士一定会说点或做点什么来疏导一下我们快乐的受到惊吓的情绪。唯一纹丝不动地保持着镇定的便是岑托维奇。过了一阵，他抬起头来，用冷漠的目光望着我们的朋友。

“还下一盘吗?”他问道。

“当然。”B 博士回答，他那种热情让我感到很不对头。我还没来得及提醒他自己下的“只下一盘”的决定，他就已经坐下了，并开始急急忙忙地把棋子重新摆好。他将棋子集拢的时候是那么激动，以致一个卒子两次从他哆哆嗦嗦的手指间滑到地上；我原先心里就极不好受，现在见他很不自然的激动神情，我心里非常害怕。因为他本是个文质彬彬、温文尔雅的人，现在显然兴奋过度；他嘴角上的抽搐也更频繁，他像发了高烧，全身不住地颤抖。

“别下了!”我在他耳边悄悄说，“现在别下了！您今天已经够了！对您来说，这太费神了。”

“费神！哈哈哈……”他恶狠狠地放声大笑，“要不是这么磨蹭，这期间我都可以下十七盘了！这么慢的速度，又不好睡着，这才是唯一让我费神的呢！——行了！这回您开棋吧!”

最后这几句话他是对岑托维奇说的，语调激烈，近乎粗鲁。岑托维奇静静地、泰然自若地望着他，但是他冷漠的目光似乎是一只攥紧的拳头。突然，两位棋手之间出现了新的情况：危险的紧张气氛和强烈的仇恨。现在已不再是两位互相一比高低的棋手，而是两个敌人，都发誓要把对方消灭。岑托维奇犹豫了很长时间才走第一步棋，我明显地感到，他是有意拖那么长时间的。显然，这位训练有素的战略家已经发现，恰恰是由于他下得慢才弄得对手筋疲力尽和烦躁不安的。因此他用了至少有四分钟，才走了一步最普通、最简单的开局棋：按常规把王前卒往前挪两格。我们的朋友立即以王前卒向迎，可是岑托维奇又做了一次没完没了的停顿，简直让人难以忍受；这就像天上划过一道强烈的闪电，大家心里怦怦直跳，等着惊雷，可是惊雷就是不下来。岑托维奇一动不动。他静静地、慢慢地思索着，我越来越确定地感觉到，他这慢是恶毒的；不过这倒给了我充裕的时间去对 B 博士进行观察。他刚把第三杯水喝下：我不由自主地想到，他给我讲过在囚室里感到一种发高烧似的口渴。这时他身上已经明显地出现了所有反常的激动的征兆；我看见他的额头潮湿了，手上的伤疤比先前更红更显著了。但是他还控制着自己。到了第四个回合，岑托维奇考虑起来又是没完没了，这下 B 博士沉不住气了。

“总得走棋呀！”

岑托维奇抬起头，冷冷地看着他。“据我所知，我们是约定的，每步棋有十分钟思考时间的呀！我下棋，原则上都不少于这个时间。”

B博士紧紧咬着嘴唇。我发现，在桌底下，他的脚烦乱地、越来越烦乱地摆来摆去往地板上蹭。我有一种预感，觉得他身上正在酝酿着某种荒唐的东西。这种预感压得我喘不过气来，使我自己也无法阻挡地变得越来越神经质了。事实上，下到第八个回合又发生了一个风波。B博士等啊等，等得越来越不能自制，他再也无法抑制自己的张力了；他坐在那儿不停地来回晃动，而且禁不住开始用手指头敲着桌子。岑托维奇抬起他那沉重的乡巴佬式的脑袋。

“可以请您别捶桌子吗？这对我是个打搅。这样我无法下棋。”

“哈哈！”B博士短短地笑了一声，“这一点倒是都看见了。”

岑托维奇涨红着脸，严厉而带着恶意地问道：“您这话是什么意思？”

B博士又短短地、幸灾乐祸地笑了起来。“没有什么意思。只不过您显然非常不耐烦了。”

岑托维奇没有吭声，低下了脑袋。

过了七分钟他才走子。这盘棋就是以这种慢死人的速度继续进行着。岑托维奇常常在发愣，而且似乎越来越厉害，后来他总是到约定思考时间的最大限度时才决定走一步棋，而从一个间歇到另一个间歇，我们朋友的举止变得越来越奇怪。看来他似乎毫不关心这盘棋，而是在忙于别的事呢。他不再焦灼地跑来跑去，而是一动不动地坐在他的座位上。他的眼睛直瞪瞪地、几乎是迷乱地凝视着前面的虚空，不停地喃喃自语，说的话谁也不懂；他不是沉湎在没完没了的棋阵组合，就是在创造另一些新的棋局——我怀疑他是在想新棋局——因为在岑托维奇终于走了一步棋之后，每次都得别人提醒B博士，把他从心不在焉的状态中叫回来。随后他每次都只需一分钟了解一下局势；我越来越怀疑，处在这种突然剧烈发作的冷冰冰的精神错乱状态中，其实他早把岑托维奇和我们大家忘掉了。果然，下到第九个回合，危机就爆发了。岑托维奇刚一落子，B博士连棋盘都没有好好瞅一眼，便突然把他的象向前挺进三格，并喊了起来，声音大得把我们大家吓了一跳：

"将！将军！"

大家怀着希望看到一步妙着的心情，立即一齐注视着棋盘。但是一分钟以后所发生的情况，我们谁也没有料到。岑托维奇缓慢地、非常缓慢地抬起头，把我们这群人一个挨一个看了一遍，此前他从未这样做过。他显出一副得意扬扬的神气，他的嘴唇上渐渐开始浮现出一丝得意的、嘲讽的微笑。一直等到他把他这个我们仍不理解的胜利充分享受以后，才带着虚假的客套朝我们这帮人转过脸来。

"遗憾——我可看不出有'将'的棋。也许哪位先生看出对我的王构成了将军？"

我们望着棋盘，随后又不安地看着B博士。岑托维奇的王格确实有一个卒保护着，挡住了对方的象，也就是说，对王构不成将军，这样的棋是孩子都能看得出的。我们心里都很不安。难道是我们的朋友情急之中走偏了一个子，走远了一格还是走近了一格？我们的沉默引起了 B 博士的注意。现在他眼睛盯着棋盘，开始急躁地、结结巴巴地说：

“但是王确实应该在 f7 上呀……它的位置错了，完全错了。您走错了！棋盘上所有的棋子位置全错了……这个卒应该在 g5 上，而不该在 f4……这完全是另一盘棋呀……”

他突然顿住了。我使劲抓住他的胳膊，确切地说，我是在狠狠地掐他的胳膊，他虽然正处在激动不安的迷惘中，大概还是感觉到我在掐他。他转过脸来，像个梦游者似的紧紧盯着我。

“您……想干什么？”

我只说了句“Remember”①，别的什么都没说，同时用手指触了触他手上的疤。他下意识地跟着我的动作做了一遍，目光呆滞地望着自己手上那道血红的伤痕。接着他突然开始颤抖起来，全身起了一阵寒战。

“上帝保佑，”他苍白的嘴唇悄声说道，“我说了什么荒唐话，做了什么荒唐事吗……到头来我又……？”

“没有。”我对他悄悄耳语，“但是您得立即中断这盘棋，现在是关键时刻。请您想一想大夫对您说的话！”

B 博士猛地站了起来。“请原谅我的愚蠢的错误，”他以往日那种客客气气的声音说，并向岑托维奇鞠了一躬，“当然，刚才我纯

---

① 英语，记住。

粹是胡说八道。这盘棋理所当然是您赢了。”接着他又转向我们。“我也要请诸位先生原谅。不过我预先告诫过你们，要你们不要对我抱太多期望。请原谅我的出丑——这是我最后一次试下国际象棋。”他鞠了一躬就走了，他的神情和先前出现时一样，谦虚而神秘。只有我知道，此人何以再也不会去碰棋盘，而其他人还都有点迷惑不解地待在那里，心里隐隐约约地感觉到，在千钧一发之际避免了一场极不愉快和极其危险的冲突。“Damned fool!”① 麦克康纳在失望之余叽里咕噜地骂了一句。岑托维奇最后一个从座位上站起来，还朝那盘下了一半的棋看了一眼。

“可惜，”他大度地说，“这个进攻计划一点不坏。对一位业余爱好者来说，这位先生的天赋委实是异乎寻常的。”

① 英语，该死的笨蛋。

图书在版编目(CIP)数据

象棋的故事 /(奥) 斯特凡 · 茨威格著;韩耀成,关惠文译.
—上海: 上海译文出版社,2016.10 (2024.7 重印)
(茨威格作品集)
ISBN 978 - 7 - 5327 - 7312 - 1

Ⅰ.①象… Ⅱ.①斯… ②韩…③关… Ⅲ.①中篇小说-小说集-奥地利-现代 ②短篇小说-小说集-奥地利-现代
Ⅳ.①I521.45

中国版本图书馆 CIP 数据核字(2016)第 155140 号

Stefan Zweig
Schachnovelle

象棋的故事	Stefan Zweig	出版统筹 赵武平
	斯特凡 · 茨威格 著	责任编辑 李月敏
Schachnovelle	韩耀成 关惠文 译	装帧设计 尚燕平

上海译文出版社有限公司出版、发行
网址: www. yiwen. com. cn
201101 上海市闵行区号景路 159 弄 B 座
上海市崇明县裕安印刷厂印刷

开本 890 ×1240 1/32 印张 9 插页 2 字数 168,000
2016 年 10 月第 1 版 2024 年 7 月第 10 次印刷

ISBN 978 - 7 - 5327 - 7312 - 1/I · 4455
定价: 39.00 元

本书如有质量问题,请与承印厂质量科联系。T: 021 - 59404766